超時空イージス戦隊②

対艦ミサイル奇襲攻撃！

◆

橋本　純

コスミック文庫

本書は二〇〇五年一二月・二〇〇六年一月に小社より刊行された『波動大戦』シリーズを再編集し、改訂・改題したものです。

なお本書はフィクションであり、登場する人物、団体、国家等は、現実の個人、団体、国家等とは一切関係のないことをここに明記します。

目　次

第一部　アメリカ合衆国損耗作戦

序　その1

凄まじい勢いで空から降り注ぐ日本海軍の放った砲弾は、アメリカ海軍第五一任務部隊を完全に包み込もうとしていた。護衛艦隊旗艦である重巡洋艦ミネアポリスの艦橋で硫黄島上陸艦隊総指揮官のフレッチャーが蒼白な顔で叫んだ。

「先刻の空母への攻撃の正体はわからんのか？」

炎上する他の艦を見捨てることを決意する以外にフレッチャーにできる判断はなかった。

「わかりませんが、ロケット兵器のように見えました。ただ恐ろしく早かったのは確かで」

説明をする参謀にフレッチャーは手でやめろとゼスチャーを示した。

「そんなものは見ていたのだから理解できる、なぜあそこまで正確に空母を狙い撃てたのだ？　そしてどこから撃って来たのだ？　私が知りたいのはそこだ！」

前日から始まったサイパン島を争点とした日米の激突。それはアメリカ軍にとってすべてが想定外の戦いとなってしまった。

そもそもアメリカは日本がこのマリアナ海域まで反撃に出られる余力を持っているとは微塵も思っていなかった。まあ、それが油断のすべてだったと言えばそれまでなのかもしれないが、とにかく自分たちが一気に戦争のけりをつけるために硫黄島攻略に出かけようという出鼻を、物の見事に挫《くじ》かれた。

いやそんな生易しいものではない。アメリカ軍は今既にこの段階で瀕死の状況に追い込まれていたのだ。

サイパンを襲ってきた航空攻撃隊によって、硫黄島攻略に出港するのを待つだけの状態にあった輸送船団が壊滅的打撃を受けた。

攻略隊の兵士の大多数が装備もろとも海中に沈み、誰の助けも得られぬまま溺れ息果てていった。かろうじて珊瑚礁の外に脱出できた輸送船も指揮官のアイケルバーガー中将が戦死したために的確な指示が得られず、結局揃ってグアム島へ逃げ帰るルートを選択した。

ここで一部の兵でもサイパンに上陸させておけばこの先の戦況もいくらかは変化したかもしれない。しかし、あのなぶり殺し同然の輪の中にあってパニックを起こさないでいられる人間などほとんどいなかったはずだ。

実際、助かった兵士の多くが戦場恐怖症という精神的疾患に苦しめられることになる。

とにかく輸送船団の壊滅というだけでも大ごとなのに、サイパン島を襲ったのとは別の部隊が、それこそ壊滅したと信じていた日本の機動部隊がハルゼー中将の率いる第三艦隊主力空母を襲い、これにまで壊滅的打撃を加えたのだ。

あろうことか、この時点でハルゼーまでもが戦死してしまった。

サイパン島の輸送船団の護衛を任されていたフレッチャーは、昨夜日本軍潜水艦の執拗なる波状攻撃で空母二隻と戦艦テネシーを失った。その他にも巡洋艦や潜水艦を狩る側のはずの駆逐艦までもが被害を受けた。

それにも屈せずサイパンに向かったフレッチャーだったが、島の近海でいきなり謎の攻撃を受け残っていた空母が炎上した。

いやそれだけではなく、戦艦コロラドが艦橋にやはり空母と同じ攻撃を受け、戦艦部隊を率いていたミッチャー少将が戦死してしまっていた。

なんと、この二日間の海空戦でアメリカ軍では既に将軍だけで四名の戦死者が出ているのだ。これだけでも異常な事態である。

そして今フレッチャーの周囲の『生き残り』としか表現できないような艦隊のまわりには、とんでもなく大きな水柱が何本も湧き上がっていた。

明らかに四〇センチ級以上、いや計り知れない大きさとしか表現できないそれが次々と降り注いでいるのだった。

それもそのはずで、今艦隊を攻撃しているのは島の反対側に接近した日本の連合艦隊主力部隊の二隻の大和級戦艦から撃ち出された四六センチ砲弾なのだから。

「脱出しろ。もはや何も為す術《すべ》はない。被害を受けた艦の乗員救助は諦めるんだ」

このフレッチャーの決断は正しいと言えたろう。いや、むしろ遅すぎたくらいの判断だ。うまく脱出しなければフレッチャーが五人目の戦死した将星に名を連ねてしまう。

アメリカは開戦からここまで洋の東西どちらの戦線でも高級士官の戦死者は出ていなかった。それがわずか二日、いや実際には二四時間の間に四人が同じ戦域で散った。

これは何か大きな誤算がなければ起こりえない失態。それがフレッチャーには理解できたからこそ、あっさり引き際を決められた。

かくして満身創痍の戦闘艦艇はサイパン近海を離れていく。

その様子は、上空を飛ぶ日本陸軍の戦闘機と島の反対側からレーダーを睨む日本艦隊によって確認されていた。

「敢えて追う必要はないな」

戦艦大和の艦橋に将旗を掲げた山本五十六が漏らした。

「そうですね。艦隊は陸上戦闘の援護に回りましょう」

この時サイパン島では昨日の空挺作戦から頑張り続けていた陸海軍の降下部隊に、浮揚艇LCACで駆け付けた陸上自衛隊第一普通科連隊と海軍陸戦隊が加わっていた。そしてアスリート飛行場を軸に有利に戦闘を進めていたが、ここに上陸作戦部隊の本隊がまさに合流しようとしているのであった。

「艦隊は支援砲撃にまわれ」

山本の指示で戦艦部隊は、その標的を陸上のアメリカ軍陣地へと変えた。

「誤射にだけは気を付けろ。味方の位置は逐一確認しろ」

砲術長の指示で各戦艦は各々に攻撃目標を決めていく。

それらの目標は陸上の部隊から正確な位置を報告していた。

「間違っても飛行場には落とさせるな。滑走路に穴でも開いたら大騒ぎだ。それにじんわりと飛べないように壊したB29を本格的に壊されちゃかなわん」

鬼滅部隊を率いてきた長瀬中佐が無線機に取りつく部下に叫ぶ。

既に航空基地は完全掌握下にあり、陸軍の揚陸母艦から発進した鐘馗《しょうき》の部隊が上空を警戒しつつやはり揚陸母艦から発進した隼《はやぶさ》の受け入れを開始していた。

一方米軍の守備隊は、まったく日本軍の動きを掴めず分散したままの戦闘を余儀なくされていた。それでも、時間の経過と共に機動戦力の結集を図るなどの動きを見せ始めていた。

「あのM3中戦車、仕留めるぞ」

陸自第一普通科連隊の第二中隊の一部を引率してきた冴木三佐がカールグスタフを持った部下に言った。

「オーバーキルめですよ」

照準器に目を付けながら部下が言うが冴木は構わずその肩を叩いた。

「勝機は確実に掴む。取りこぼしは許されん」

火箭《かせん》が走り、ロケット弾はM3中戦車の車体を真正面から貫いた。

数秒後ドンという地響きと共に戦車は内部の弾薬に誘爆し、旋回砲塔がゴロンと落下した。

「島は結構広いし、密林は濃い。案外戦闘は長引きそうだな」

冴木が流れる汗を手の甲で拭いながら言った。

その時、彼のすぐ横にいた隊員が一人無言で倒れた。

「幕僚！　狙撃です！」

別の隊員が、急いで八九式小銃を構え狙撃されたと思しきあたりに連射した。

樹の上から何かが落下した。それは狙撃用のスコープ付きライフルを手にしたアメリカ海兵隊員の死体であった。

「やった」

小銃を連射した隊員がぐっと拳《こぶし》を握ったが、その足元で倒れた隊員の首に手を当てた冴木がゆっくり首を振った。

「即死だ」

重い沈黙が自衛隊員の上に流れた。しかし、ここで立ち止まることは許されない。

「作戦続行だ。行くぞ」

普通科連隊の隊員たちはさらなる密林の奥へと踏み分けていった。まだ戦闘は当分続きそうであった。

序　その2

漆黒のアウディA8がゆっくりと国会議事堂の前に乗り付けた。

車は無論令和時代の代物。これは伊東の市街で奇跡的に無傷だったものを国際救援隊政府が運び出し持ち主を見つけると、この世界の貨幣価値に換算。妥当と思われる額を支払い譲渡してもらったものだ。いや、妥当な額というのは政府の言い分なので実際にはかなり安くされているが、中古車は買い叩かれるのが相場と令和の人間は思っているから苦情は出なかった。

この馬鹿でかいアウディは、それまで排気ガス臭いと崔麗華《さいれいか》首相が文句を言い続けた一九三〇年型シボレーから乗り換えた首相専用車であった。

こんなのっぺりした車を見たことのない東京市民や兵士たちは、いつも物珍しそうに走る姿を見つめていた。

先に助手席から降りたSPにドアを開けてもらい、崔は車から降りながら隣に座っていた楢本私設秘書に言った。

「極東のイギリス軍が動けなくなったという話は真実か確認させて頂戴」

以前に比べるとさらに鋭い顔つきになった崔に、このところヤツレの色が濃い楢本が答えた。

「わかりました。今日の貴族院総会の前に情報庁の諜報部から詳細を報告させます」

異世界日本の昭和世界も令和自衛隊のクーデター以降、いやあれは海軍の仕業《しわざ》ということになってはいるが実際は自衛隊が主体となったものであったその政変によって驚くほど変化し、政府組織も時間の経過と共に大変容を遂げた。

現在戦争の主要な情報を集めるのは陸海軍が共同で作った国際救援隊情報庁の仕事となっていた。

伊豆沖大震災に続いて起きた謎の研究所の事故に起因した時空転移で三万の伊東市民と一六隻の護衛艦、そして一個連隊の陸上自衛隊がこの歴史を異にする昭和日本に転移して三か月が過ぎていた。

国会に入った崔は、大臣控室に向かい、部屋の前でＳＰと楢本と別れ扉を押し開けた。

崔は控室で既に待っていた陸海軍両大臣と内務大臣に挨拶した。

「ご機嫌はいかがかしら皆さん」

一同は特にどうということのない返事を返し、崔が席に着くのを待った。国会での政務の前の会合は、ほぼ一方的に崔から話を吹き込まれ終わるのが恒例になっていた。それ故誰も話題を持ち出しはしない。

「戦況報告は聞きました。この先はアメリカの出方次第、そう言うことですね。軍事的な面で私は素人ですから司令部ブレーンと軍部の意見を最優先させます。それより首相としては国内の経済立て直しに全力を傾けたいのです。ご協力を仰げますね」

一同は顔を軽く見合わせて「無論です」と口をそろえた。

崔はそこで手を組み、低い声で言った。

「工業基盤が整うまで予想以上に時間が掛かる。そこがこの先の戦局にとっての懸念材料です。少しでもいい資材が欲しい、それが現場からの声だと言うならどんな手段を使ってでも資材を調達するしかない。無い袖《そで》を振る思案も必要となります」

山下陸軍大臣が少し表情を硬くして聞いた。

「それは資源を求めて戦線を拡大するという意味でしょうか？」

「それが日本とアジアの恒久的平和に必要な手順でしたら拡大も一つの選択肢です。しかし日本が侵略者の汚名をこれ以上浴びないこともまたアメリカを封じた先を論じるなら重要となります。あなた方は戦後の日本がアジア諸国から受ける蔑視《べっし》をご存じないでしょうから言っておきますが、この太平洋戦争が原因となり多くの国が日本に悪意を抱いたまま長い年月外交関係を続けることになったのです。この馬鹿げた歴史をわざわざ踏襲《とうしゅう》することはありません。正々堂々と資源を売って欲しいので邪魔な当主国を名乗る侵略者を排除させてくれと宣言し兵を送れば表面的な政治姿勢はともかくとし民衆の意識は盗めます」

昭和の軍人政治家には思いも寄らぬ話だった。自分達がアジア諸国に土足で踏み込み簒奪《さんだつ》を行うことに、その先の外交が関わるなど想像もできていない。彼らの頭の中に『アジア諸国』が日本と肩を並べる国家として外交関係を結ぶという現実が微塵も思いつけていないのであった。

無理もない。日本はアジアを欧米の支配から開放していくその尖兵《せんぺい》であるという思い上がりが浸透しているのだから。

この席に外務大臣の重光がいたら少しは頷《うなず》いたかもしれないが、全員が軍人政治家の目の前の三人は、かなり面食らっている様子だった。

「サイパンの最終的な占領、失礼この世界のこの時代では奪還でしたね、それが発表できましたら、政府として今後の方針についても大まかな発表を行いますので意見の調整を各方面にお願いしますわ」

上陸からすでに六日が経過しているが、米軍の抵抗は下火になったとはいえ戦力が拮抗《きっこう》している状態での反抗上陸であったため、戦線はどんどん縮小してはいるものの完全占領にはまだ時間が掛かる見込みだった。

「海軍は最大限の艦船を投入し増援の輸送を行っており本日午後に一万四〇〇〇の陸軍将兵が追加上陸します。これで一気に米軍を圧迫し降伏を迫るという考えです」

嶋田海相の言葉に崔は頷きつつ答えた。

「それはもう書面でもらった報告ですから、口頭での報告以上に海軍大臣の目から見た戦況なり感想なりを添えていただけると嬉しかったですわ」

まだまだ昭和軍人たちは崔麗華という女性の政治家としての切り盛りに慣れていない。嶋田は慌てて意見を付けたした。

「おそらく米軍は山間部に逃げ込み継戦を図りますので、近海に留まる戦艦部隊の砲撃でこれに精神的揺さぶりをかけるのが有効でしょう。十中八九これで戦いは決します。今後は戦闘の経過を見つめつつ米軍の海からの逆襲に備えないといけないでしょうね。米太平洋艦隊には二隻の大型空母が無傷で残っています」

山下陸相も大きく頷いた。

「総理は半年間の時間をサイパンで稼げと申しました。なら、ここは早急に島の要塞化にとりかからねばなりませんし、同時に防衛線構築に向け早期のテニアン上陸と奪還も必要となります。米軍は間違いなく再占領を試みるでしょうから」

崔が親指と人差し指で額を挟むように揉みながら答えた。

「無論その方針は認めます。しかし、この戦線だけでかなりの戦費消費になりますね。いろいろ算盤《そろばん》を弾きなおしてみないといけないわ」

崔が難しい顔をして考え込むと控室の扉が開き重光外相が杖を突き義足を引き摺りながら入って来た。

そして重光は一同を見回すと開口一番告げた。

「ドイツ軍がエジプトのカイロ郊外に到達した。英国は戦線を立て直すためにアメリカに援軍強化の要請をしたようだ」

崔が「なるほどそういうことなのね」と呟いた。先刻車の降り際に楢本に調査を命じた件は、どうやらここに根差しての動きだったようだ。

「貴族院本会議は一五分後に開会されます。各議員はご準備ください」

壁の箱型スピーカーから館内放送が流れる。

「さて、行きましょう。この国の行方を決める本会議です。夕刻には報道各社に議事内容を公開し、世界中に日本の決意を報せなければなりません」

崔が立ち上がりながら力強く言った。

昭和一八年五月一五日に令和三年の世界から時空転移してきた伊東市民を中心とする三万余の現代人は、同時に転移してきたこの防衛大臣崔麗華と一六隻の護衛艦、一個連隊の陸上自衛隊と共に第二次世界大戦の、それも自分たちの知っている歴史と異なった展開をする異世界の戦争に巻き込まれた。

このまま自分たちが傍観者になった場合、世界が遠くない将来に最終戦争に突入してしまう可能性が高いことに気付いた令和の人間たちは、この世界の日本政府を転覆させ実権を握り、対米戦争に勝利するためのシナリオを考え始めた。

その第一歩が、令和の世界の歴史より早期に陥落していたサイパン島の奪還であった。乏《とぼ》しい戦力をかき集め自衛隊の全面協力のもとに上陸作戦を成功させ、油断していたアメリカ海軍を撃滅した。

しかし、この一度の勝利では戦争は覆《くつがえ》らないし、最終的な勝利には程遠い。戦略的な見地で言えばむしろまどろみながらチェスをしていた相手を覚醒させてしまったような一手である。

だがこれが令和から来た人間が作り上げた日本と世界の未来を救うための組織『国際救援隊』の方針に適う作戦なのであった。

国会の本会議場に向かった大臣たちは、その後四時間に及ぶ諸議員からの口撃を端から順に封じていき、ようやく政府としての今後取るべき戦争と外交の指針をまとめ上げた。

そして追加議案として一つの変革を採択した。

暫定的に大本営に代わって戦争と国政を司《つかさど》る機関として作った戦争管理委員会、この名称を今後は『国際救援隊政府』と名乗るというもので、その国政機能および国民生活一般への監督権は従来より格段に強化された。

令和の人間たちの中には強固なファシズムだと反発する者も少なくなかったが、そこに搾取や強制が伴わず、この世界で横行していた人種的差別に対して明確な禁止が決められたことで騒ぎは終息した。

既に令和からの転移者たちは、この戦争に勝たなければマズイという事実を噂として耳にし始めていたのだ。まあ、人の口に戸は立てられぬということだ。

夕刻、報道機関を集めての簡単な会見で改革の骨子を説明した崔麗華は、国外向けの放送を行う日本放送協会の役員を前に告げた。

「今後のニュースの原稿に関して、国外向けも含め二点の改善を行います。まず軍の作戦については勝敗を必ず報道します。いいですね、負けたとしたら敗北をはっきり全国民と海外に伝えるのです。そして国内で起きた天災も気象を除いてすべて報道してください。ただし被害に関しては秘匿です」

放送局の役員たちの表情が青くなったり赤くなったり忙しいことになった。だが崔は一切の質問を許さず、政府からの命令という形でこれを押し付けた。

一通りのマスコミ対応が終わり首相専用の控室に戻ると、一人の女性がそこに待っていた。

「あら来てたのね」

とても若いその女性ににこやかにそう言うと崔は席に着き、女性にも着席を促した。

「研究の方はどうなったのかしら、三船さん？」

「言われた通り、伊東の研究室の残りの機材で基礎実験のためのラボを作りました。でも本当にいいのですか？」

若い女性の正体は、秋葉原大学の春日部教授の教え子の一人三船千夏《ちなつ》だった。

「もちろんよ、あなたに説明した通りこれが世界を救う最善最速の道なんですから」

崔が落ち着き払った声で言った。

「でも、教授が戻って来てから始めても良かったんじゃないでしょうか？」

春日部教授は、サイパン攻略に向かった国際救援隊の護衛艦に同乗しており、現在日本へ戻る途上だった。

「いえ。貴女にお願いした計画に、教授は直接関与しません」

「え？」

三船の目が真ん丸になった。まったくの初耳という反応だ。

崔は得意の両手を組んだ格好で三船に言った。

「ここではっきり理解してもらいましょう。貴女のこれから作るものに関して、たとえその片鱗《へんりん》でも他人に漏らしたら貴女自身の身とお仲間の安全は保証しません」

そう言うと崔は机の上にあるやたらでかい旧式なインターフォンのボタンを押し、隣室に控えていたＳＰの一人を呼んだ。

「田所《たどころ》巡査部長、先日お願いした通り今後貴方は伊東でのこの三船さん達秋葉原大の学生と、例のアメリカ資本の未来先端研究所の所員三人の監視役になってもらいます。研究所内の見張りに関しては、あなたが昨日選抜してくれた伊東警察の警官六名と一緒に、また外部との通行と資材の搬入搬出については陸上自衛隊の施設部隊の警備係に全権を委任します。研究所に接近する人間には無条件で逮捕していい権利も与えます」

田所祐樹《ゆうき》巡査部長は黙って頷き崔に敬礼をおくった。

「さあ、では三船さん。いえ三船研究主任、伊東に戻ってさっそく研究に必要な機材のリストアップをして頂戴。内閣府は全力でそれをサポートしますわ。陸軍にも海軍にも内緒でね」

三船が明らかに怒りの表情で崔に吠えた。

「話が違います！　この研究には教授や軍の助力が得られないってことになるじゃないですか！」

崔が椅子の背に背を預け少しそれを揺らしてから答えた。

「できないとおっしゃるのかしら？　理論履修は完璧だと言いましたわよ貴女」

「理論と実践は違います！　そもそも実験だってあの狭い場所ではできませんよ」

崔は表情一つ変えない。

「この世界の京都大学、いいえ京都帝国大学でしたね、そこの物理学研究所と東京帝大の理化学研究所を政府で秘かに押さえました。研究員助手も込みで。研究を本郷の東大で行い、実験段階になったらあなた方には京都に移動してもらいます。軍からも優秀な人材を見つけ次第、組織から切り離してあなたの元に送ります。私は最終的に数千人規模の研究組織を完成させることを念頭に置いていますから」

三船の目がますます丸くなった。

「本気なのですね総理、あなたは本気であれを完成させる気なんですね！」

「無論です。そうじゃなければ教授が出港した後にあなた達に接触した意味がありません。極秘にそして確実に完成させるのに必要な人材として貴方に白羽の矢を立てたのですよ、三船千夏さん」

三船は両手で顔を覆い、その下で大きく顔を歪ませた。

嵌《は》められた。

ものの見事に崔麗華の術中に嵌まり自分は踊らされた。三船は心底悔しがったが、崔という政治家は二十歳《はたち》そこそこの小娘がどうあがいても勝てる相手ではなかった。

崔は少し遠い視線を見せ誰にともなく呟いた。

「戦争に勝つために払う犠牲、結局私たち令和の人間も計り知れない犠牲を払わなければ生き残れない。ここはそういう世界なんです。伊東の市民たちにどこまでその覚悟があるのか、少し不安ですわ」

戦争は続く。自分たちの手でそれを終わらせること、それが令和から転移してきた人間の使命、いや絶対命題となっていた。

崔麗華は誰よりも早く動いた。政治家という立場故の直感と嗅覚に基づき、おそらくこれからも三船同様に彼女に切り崩されていく人材が増えるだろう。そしてこれは、遥かマリアナに遠征した国際救援隊のブレーンたちをも出し抜く行為なのであった。

国際救援隊政府がサイパン島の完全占領を発表したのは、それから五日後。ちょうど護衛艦を含む機動部隊が横須賀に帰還した日の午後であった。

サイパン攻略部隊指揮官の栗林中将の声明で米軍捕虜は二万四〇〇〇名に上がったという発表もＮＨＫの世界向けニュースによって全世界に広まった。

もう一度サイパンを奪い返せるものならやってみろ、そんな挑発にも取れる発表であったがアメリカ政府は何の反応もせず、他の戦線でも軍は動かなかった。

対日戦争において明確な形での敗北が三度続いた。空に続き海、そして陸戦でもアメリカは完敗した。その事実がアメリカ政府に『第二次世界大戦』という枠組み全体での早急な見直しを迫っており、その対応に少なくない時間が掛かるため太平洋における戦いが一時的に停滞してしまったのだ。

実際、目前に迫っていたはずのルソン島上陸作戦は延期となり、フィリピンにいるスプルーアンスは、戦死したハルゼーに代わり再編太平洋第七艦隊指揮官として壊滅した第三艦隊にハワイ残存艦艇を組み込んだ立て直しを命じられ、その身を真珠湾に移動させた。

反攻を押し留められた形のマッカーサーは激怒したが、現実に海軍戦力が不足しているのだから、ここは作戦の強行は主張できない。

かくして束の間の戦闘空白期間が生まれた。

アメリカはその間に、戦力増強案と並行して大西洋と太平洋、さらに地中海の戦況を睨み海軍の割り振り、そして新たな陸軍部隊の編成に取り掛かった。

だが、この期間はそのまま日本の軍備再編にも大きく寄与することになる。

令和の科学力は、まさに全力で昭和日本軍の戦力底上げに邁進していた。

崔麗華という新たな独裁者の号令の下に。

第一章　大日本帝国改造中

1

爆発音が伊東の町に響いた。

町の住戸はどれも無住《むじゅう》となっていた。この温泉の町に住んでいた市民たちは現在、横須賀や戸塚、厚木といった海軍施設の広大な敷地に設けられた難民住宅に生活の基盤を移していた。必要な生活資材一式は崔政権によって用意され、この世界の昭和においては最上級に近い生活環境が実現していた。

まあ当然それでもほぼ全員は不便を訴えているのだが。

季節はすっかり夏になっていた。梅雨明けの暑い陽射しが半ば瓦礫《がれき》に変じた町を照らしていた。東海地方は太平洋高気圧にすっぽりと包まれていた。

その夏の陽射しの中で、伊東の町の整理作業は続いている。大地震で崩れた建物と、その地震後に発生した火災で外壁が焼けたり一部崩れ落ちた建物の撤去作業が続けられているのだ。

当初は道を通行可能にする作業が中心で、陸自が伊東に残していった二台の小型ブルドーザーが活躍した。

この時代にも大型ブルドーザーは存在しているのだが、どう考えても運び込むのに手間と時間と予算が掛かるし、この伊東での作業は秘匿性が高いので、この世界の人間はできるだけ関わらせたくない。そこで迅速に作業を進めるために爆破式の撤去が採用されたわけである。

作業の監督は自衛隊より伊東市職員が担っているが、作業全般は伊東の元々の住人の中から建設業や解体業の社員や職人たちが応募して参加していた。

自分たちの慣れ親しんだ町だけに他人に任せられないという意識で、無事だった建物を丁寧に残しつつ、壊れた建物を片端から撤去していった。

「これ水源とつなげば上水道は復旧可能だなあ」

水道局の管理官が図面を見ながら言った。

「しかし下水処理の施設が使えないですから、結局流せませんね」

この職員のやり取りを聞いていた自衛隊の施設隊の一曹が言った。

「いや、この時代環境規制とかないいんだからそのまま海に流していいんじゃないか。そうすれば水洗便所が使えるようになる」

伊東市の職員たちの目が輝いた。

「それだ！」

というわけで、実は仮設住宅に移った伊東市民よりも早く、この整理作業場の飯場にいる作業員たちは水洗トイレの恩恵にあずかることになった。

まあ、それはともかくこの整理作業には崔政権すなわち国際救援隊政府にとって大きな大きな意味があった。

サイパン作戦発動前から始まった予備調査は一か月に及び、そこで記録された戦略資材、つまり戦争に利用できそうな品々のリストはそれこそ膨大なものになった。

緊急に集められたコンピューター関連以外にすぐには動かせない自動車これが二五〇〇台以上、稼働状態で確保され多少壊れているが利用可能な車体も一五〇〇台近く集まった。これらは順次日本軍の上陸用舟艇である大発によって横浜に集められ伊東市で自動車整備を行っていた民間人と自衛隊施設隊の一部によって整備と分解作業が始められていた。しかし、その数が多いことからこの七月半ばに至っても運び出す車輛はまだまだ残されていた。

そのまま利用可能な車輛、主にトラックは軍に支給されるのだが一番現場で重宝されているのが現時点では軽トラックで、時代と世界は違っても日本人は小さい物をありがたがるという事実を物語っているようだった。

乗用車のうち高級車は東京を中心に政治家や高級軍人に宛がわれたが、小型車の多くはエンジンとフロアパンの状態に分解され上物を乗せ換え人員輸送に使用したりトラックに改造されることになった。この工作は、日本政府が接収した横浜の旧日本フォードの工場内で行われることになった。同時に製造中の917型フォードのトラックにも改良がなされ性能が上げられることになった。

一方かなりの数になるミニバンと大型SUVは人間の輸送に便利なので国内限定で陸自が使用することになった。そして本格的な4WDの一部はサイパンに送られることになったのだが、そこでひと悶着《もんちゃく》あった。

「ジープの名前が入ってる車輛はまずい。あとランドローバーもレンジローバーもだめ。ベンツのGタイプと国産車は全部問題なし」

横浜で船積み待ちの車輛群を検閲した令和の民間人ブレーンたちが土壇場でクレームをつけたのである。

「しかし性能的には明らかに優秀なんですが」

自衛隊員が困ったという顔で言うと、このダメ出しをしたブレーン役の編集者讃岐が吠えた。

「アメリカやイギリス・ブランドのオーバーテクノロジーの車なんて、万一にも連合軍の手に渡ったら確実に大騒ぎになるでしょ！　このランクルやらフォレスターやらだって、いざとなったら爆破処理が必要な車体ですからね。戦場に送り込むにしても指示は徹底させてくださいよ！」

リストを見ながらチェックをしていた同じくブレーン役の臨時講師岩崎があることに気付き質問した。

「ねえ、なんでダンプが二台しかいないの？　最初は五台送るって話だったじゃない」

積み込み作業を監督していた海上自衛隊の三尉が書類を見ながら答えた。

「ああ、それ西日本で急に工事の必要ができたとかで持って行きましたよ。内閣直命の仕事だとか」

ブレーンたちが首を傾《かし》げた。

「軍じゃないのか？　内閣って俺ら救援隊司令部じゃなく総理とか閣僚まわりって

ことだよな」

作家の野木が不思議そうに言った。

「ええ。命令書自体は総理の判子が押してあります。基地建設とかじゃなく大規模な土木工事らしいですよ」

「変な話ね。あたしたちには何も報せてないなんて。まあ、二台でも問題ないんじゃないかしら、アメリカ軍からかなりの工事車輌を鹵獲《ろかく》できたんでしょ」

ホテルマネージャーの有川が目つきを険しくして言った。

「そうですね。当面アスリートの主滑走路二本で作戦用滑走路は足りますし、強化装備の戦闘機部隊の派遣は来月半ばの予定、鹵獲したＢ29の操縦訓練開始も、もう少しかかるはずだし、充分工事は間に合いますよ」

自衛隊員で唯一のブレーン、高野三曹が言った。

このチェックには高齢の名取と、他にもいろいろ仕事の多い春日部教授は同行していなかった。

積み込みの最終確認を終えて一行は伊東から持って来た七人乗りの高級ワンボックスに乗り込んだ。

「火砲は増援隊が持って行ったからいいとして、戦車が足りなくないですか」

運転席に乗り込んだ讃岐が一同に聞いた。

「アメリカ軍がサイパンにシャーマンを持ち込んでなかったのが我々の誤算なのか、それとも基本戦略として最初から対日戦に新鋭戦車を持ち込んでいないのか悩んだのだが、現在、最前線のフィリピンでもM3中戦車までしか確認されていないといぅことで後者と判断した。まあM4の存在を疑ったから一六式機動戦闘車を持ち込ませたけど、結局実弾五発を使っただけで帰国願ったたし、奪ったM3軽戦車を最大限に使う格好で戦術を組んでくれと栗林中将には申し送ってあるよ。なにしろ転用可能な一式砲戦車はまだ合計八輛しかないから最前線に出すのはちょっとなあ」

野木の説明に岩崎が口を挟んだ。

「でも讃岐君の不安はわかるよ。あたしが米軍の指揮官なら奪還作戦に間違いなくシャーマンを投入するもん。アメリカの戦術は最大火力を常に初撃に投入してたんだもの」

しかし野木は首を振った。

「要するに機動戦をやらせなければシャーマンなんて怖くない。サイパンのような小さな島では最初の進出地点より先に進ませない、これが基本戦術さ。栗林兵団にはその細工を十二分に吹き込んだ」

「あら、いつの間に」

有川が意外といった感じで言った。

「サイパンに上陸する前にだよ。日本に俺らが戻ることが決まって『いずも』の上で島に残る部隊の激励会をやったろ、その席に栗林兵団の幹部が集まった時纏めてレクチャーしておいた」

「さすが『文士』先生、かなりまめだったんですね。意外です」

讃岐が感心したという風に言った。

「意外は余分だ。それより早く車を出せ。昼までに永田町に到着できんぞ」

「そうでした」

讃岐が慌てて車を発進させた。すぐに陸軍の憲兵隊のサイドカー、ハーレーを日本でコピーした陸王のそれが二台エスコートとして車の前後についた。護衛半分監視半分、まあ見張られる方も慣れっこになってしまっていたので影のように付き従う彼らをブレーンたちは何とも思わなくなっていた。

「中国の戦線縮小はまだ国会でもめているらしいわね」

後部座席でふんぞり返った有川が言った。

「そうらしいわ。基本では合意させたけど、どの部隊から撤退させるかで紛糾してるそうよ」

　岩崎が右手で自分の左肩をもみながら言った。

「蔣介石はアメリカと手を切れるんですかね。いくらそれが停戦の条件だからって」

　高野が不安そうに言った。

「確かに国民党は一枚岩じゃないから、撤退の順番を間違えたら日本軍は襲われかねないし、アメリカとは太いパイプでつながっていたから日中戦争当時から援助を受けられていた。しかし、逆に日本が軍事的圧力をなくし、むしろ逆に対共産軍との戦闘を支援するとなれば話し合いの席にはつく。現に停戦交渉は着実に進んでいる」

　野木が落ち着いた声で高野に説明した。兵器の知識は飛びぬけていても政治に関して高野は疎いようだ。

「最終的に私たちが提供した情報を切り札にしたら交渉はまとまるはずよ。北満州地区に油田があるなんて、この世界の人間はまだ知らないはずですもの。これを材料にしたら脱アメリカと満州との取引に応じるという二つの案を飲ませることはできると思う。でも満州の生き残りもこの細い線に賭けなければならないのですけどね」

岩崎の言葉に野木が頷いた。

「ああ誰だって石油は欲しいからな。この時代は化石燃料しか頼るべきものがない。だから戦略物資の筆頭が石油であり日本もそれが原因でアメリカと戦っている」

このやり取りを聞いていた有川が、少し目つきを鋭くして呟いた。

「化石燃料ね……」

彼女はこの時何かをその言葉の先に見ていたようであった。

令和のブレーンたちが根城としているのは、永田町の首相官邸の私邸部分。たいして広くないここに、崔麗華はとりあえず自衛隊の資材でプレハブを増築しブレーンの他に彼女自身と彼女の各種スタッフなど総勢二〇名分の仮宿舎を設けた。現在ちゃんとした建物を増築する工事も進められ既に土台は完成し近く上棟式が執り行われる予定だった。

できたら冬になる前に完成させたいと崔は言い、建築は突貫工事で進められている。

その建築現場を横目にブレーンたちは各々の私室ではなく官邸内の会議室に入っていった。

そこには横浜に行かなかった春日部教授と『ご老公』こと名取老人、さらに海上自衛隊の木下首席幕僚、陸上自衛隊の大島連隊長といった面々が顔を揃えていた。

「ああ、皆さん戻ってきましたね。じゃあ会議を始めますよ」

最後に部屋に入って来た崔の私設秘書の楢本がそう言って議長席に座った。

「今摑んでいる限りのアメリカ軍の動きについて報告し、この先の方針の骨子を決めて軍部に通達します。当然ながら、まだ陸海軍に伏せている情報も扱いますので会議後の発言は慎重にお願いします」

楢本はそう言って分厚い書類の束を席の両脇に座った木下と野木に渡し、順に送ってくださいと告げた。

全員に書類が行き渡ったのを確認し会議が始まった。

米国はサイパンでの敗戦後、連日のようにワシントンDCで閣僚会議を開いており、他国の大使たちは政府首脳へ面会もできない状況だという話が、ソ連からのリーク情報としてあがって来ていた。無論軍でも動きは慌ただしく、イギリスの大使館ですらアメリカ軍の上層部にはコンタクトがとれない模様だ。

簡単に言えば、アメリカ政府はこれまでの戦争方針に間違いがなかったか大慌てで検討を開始したということだ。

こういったワシントンでの動きの裏に敗戦以外にもう一つ大きな変化があったことは情報の提供者であるソビエトでも摑んでいない模様だ。

実はアメリカ政府と軍部では、日本国内に関する情報が本当にばったりと入らなくなってしまい、今後の動きについて検討評価どころか全く予測ができなくなっていたのだ。

まず最初に起きたのが日本国内に張り巡らせていた『スパイ網』の壊滅。さらにこれと歩みを同じくし、いきなり日本軍が使用する暗号が全部変更になり通信量が膨大になった。

このことが、アメリカ戦争省の情報部を大きく慌てさせ混乱させる原因となった。無論これらの動きの裏には、令和の知識の協力があった。

岩崎の知識と野木の記憶、さらに伊東市内の野木の自宅にあった（幸いに地震でも崩れず火事にもあわなかった）膨大な書籍から拾った情報でこの世界におけるスパイの首魁《しゅかい》を連続検挙し、そこから芋づる式に協力者を洗い出し一斉に捕まえた。これがつまりアメリカに情報が入らなくなった最初のステップ。さらに日本の陸海軍さらに政府が使用している暗号をアメリカ軍が独力では解読できないレベルまで複雑化させた。

これは既に活用している暗号機器に別の暗号を上乗せし、さらにその解読文自体が暗号化されているという呆れるほど厳重なものだったが、実は手元にスマホなりタブレットが一台あれば簡単に解読できる程度の複雑さでしかなかった。それでも、この時代には初期のアナログコンピューターしかないわけだから、無理に解読しようと試みても演算能力が不足するだけだ。

通信インフラがないので持っていても仕方のない代物に思えた物がとんでもない戦略物資に化けた訳である。

市民からは大量に両者の供出《きょうしゅつ》があったので、この世界の軍での利用にあたっても資材的には事欠く心配はなかったが、とにかくアメリカの手に渡してはいけない代物だから、その取扱いについては特別講習を受けた人間にしか資格を与えず、何らかの危機が迫った場合は命に代えても破壊しろと厳命が出されていた。

令和の人間たちは、この指示にやや反発を見せたがこの世界では普通の命令であることを説かれ最終的には納得した。

ちなみに一般市民がスマホを手放すにあたって最も抵抗を見せた個人情報や写真の類《たぐい》は、提出したその場で削除やデータの保管などを自身でやらせるという形で多くの協力が得られた。

この手のひらサイズでありながら弾道ミサイルの制御程度なら簡単にできる性能を持つ先端機器によって日本は情報遮断にほぼ成功した。

まあ受け手側インフラの都合で一部旧暗号は残る訳だが、可能な範囲で新しい方法を考案し簡単に解読できないシステムを世界中の日本大使館にも構築させた。

現在入手しているアメリカの国内事情は、この新しいネットワークによって運ばれてきている。

新たに軍部と切り離した外務省が主体となる情報部、まあ結局人員の大半は軍出身者なのだが、この情報部は同盟国であるドイツとイタリアにも金銭授受を伴う形で情報提供取引を行い、最新の連合軍内部情報にかなり迫ったそれを入手できていた。

それらを総合すると、現在アメリカ戦争省は六月半ばの上下両院議会終了後緊急に大統領に提言を行ない七月いっぱいの期限付きで、対日戦線での新規作戦の一時中止を承諾させた。

その上で、作戦方針の見直しを行なった結果、サイパンの失陥により硫黄島の攻略作戦は白紙撤回、引きずられる形でフィリピンルソン島への反抗作戦も停止。さらにフィリピンへの輸送路の安全確保を目的に硫黄島攻略後に予定していたパラオ方面への侵攻も一時中止と決定した。

そして、現在敵と対峙する格好になっているテニアンとグアム両島への早急なる守備強化を決定し、航空兵力の増強でサイパンへの圧力を高め、反撃の機会を探るという段取りのようであった。

「遅いな、この動き。アメリカが俊敏に動けない理由はやはりヨーロッパ戦線なのかな」

野木が楢本に聞いた。

「そのようですね。アフリカでドイツ軍が大暴れしているので、イギリスが窮地に陥《おちい》りかけています。この原因の一つにソ連が東部戦線で意図的に戦線縮小を図っているためにドイツが前線での兵力不足を警戒し前進速度を緩めたという現状がありそうです」

「これ俺たちの世界の歴史とかなりかけ離れ始めている。なんでこうなったのかな」

讃岐が不思議そうに首を傾げて言った。すると春日部教授がふんぞり返った姿勢のまま口を開いた。

「玉突き現象が起きていたのだよ。まだ推論の段階だが、大きく我々の世界と違うこの世界の歴史は平行世界の中でも特異なものだった可能性が高い。通常は大同小異的な歴史が数え切れないほど並ぶと予想されているのに、エネルギー変換程度の小さな波動でジャンプさせられる近い位置にこんなかけ離れて行こうとする歴史がある。にわかには信じがたい話だ。おそらく我々がまだ感知していないイレギュラー要素でこの世界における日本の真珠湾攻撃は失敗した。そのインパクトが世界規模に波及し、今のヨーロッパ戦線の戦況が生まれている。まあそう推理できる」

一同が、なるほどと頷いた。

有川が言った。

「なら、その動きを利用しない手はないわよね」

「地球の裏で起きていることでも、やり方次第では私たちにとって戦略の有利な材料になる。アメリカをヨーロッパの戦線でがんじがらめにするのも日本を勝たせるために有効な手段でしょ」

「まあ、確かにそのとおりね」

岩崎が有川に相槌を打った。

「まだ一〇日ほどはアメリカに大きな動きがないとするなら、今のうちに我々は次の手を考えよう」

野木が言うと楢本が大きく頷きながら答えた。

「軍には最大速度で私たちの要求にこたえるよう指示を出し、組織の改編は七〇％まで終わってます。あとは新規の兵器生産計画と工場施設の見直しと拡充、さらに移転準備ですね」

楢本がメモを取りながら言ったが、すぐに視線を上げて付け加えた。

「例の国民向けの情報操作、うまくいってますよ。情報部の藤原中佐は予想以上に使える人間のようです」

一同が顔を見合わせ苦笑した。その情報操作というのは、令和から来た人間たちの正体を隠すためにブレーンたちが考えたものだった。それは複数のあり得そうもない話をばらまくことで焦点をぼかそうという作戦だった。この作戦に従事したのは、新たに編成された陸海軍統合プラス自衛隊も参加した情報部の実働組織、通称藤原機関の仕業であった。

「やはり一番広まったのは過去の英霊が突然乗り移った神兵が戦っているという話。その次が宇宙からの救援で崔総理は異星のプリンセスという話の順ですよ」

楢本がそう言ってふっと笑った。

「マジかそれ」

野木が頭を抱えた。どうやら宇宙人案は彼のアイデアらしい。

「それから地底世界からやって来たというのも根強いですね。まあその後に異世界からやって来たというのが続きますが、未来というのを抜いたおかげで我々の正体はぼけてます」

これを聞いて有川が腕組みしながら言った。

「まだ暫くは、伊東の市民は野に放てないわね。工場の協力に出ている人たちは守秘義務の書類にサインしてもらって監視もついているけど三万人の一般人を開放したらあっという間に話は広まるわ」

楢本が表情を曇らせ頷く。

「そこですよね。今病院を起点にしてコロナ罹患者が多数発生しているので、施設内でのロックダウンを皆さん容認してますが、ワクチン二回接種を終えた人を中心に開放を訴えているのも事実。ですから、いずれは限定的でも施設の外へ出ることを認めないといけなくなると思います。正直三万の市民を何もせずに食べさせていける程この世界の日本政府の財政は豊かじゃないんですよ」

楢本の報告に岩崎が大きくため息をついた。

「秘密を守るのも大事だけど、一般市民に苦労かけさせ続けるのもまずいわ。何かいい方法を後で考えましょう。ところで、今コロナ患者ってどの程度いるの？」

　楢本がメモのページを繰って答えた。

「令和の転移者は三七人ですね」

「令和の？」

　野木が眉をひそめた。他の者もすぐに気付いた。

「この世界の人間にも患者が出たの？」

　楢本が渋い顔で頷いた。

「既に八人、擬陽性が他に二〇人ほどいるので隔離態勢をより厳重にして、看護には伊東市内の病院関係者で固めました。全員が二回の接種を終えてますので」

　讃岐が天井を見上げて何かを呟いたが、その内容は誰の耳にも届かなかった。もし聞こえていたら会合は大騒ぎになっていたかもしれない。彼は「スプレッサーを……」と言いさらに不穏なことを呟いていたのだが。

「じゃあ、私は総理のところに報告をしてから国際救援隊司令部に行きます。他に何かありますか？」

　楢本が聞くと高野が遠慮がちに手を上げた。

「高野『伍長』、なんでしょう」

ペンの尻で高野を指しながら楢本が聞いた。

「フィリピンへの増援という話、どう動いているかもう少し知りたいんですが。今手元に来ている報告では、既に台湾での編成に取り掛かったというものだけで、わかりにくいんです」

楢本が「ああ」と言いながら頷いた。

「それ司令部に行ったら山下大臣と嶋田大臣に頼んで、参謀本部と軍令部からすぐレポートにして提出してもらいます。まあ陸軍の動きには自衛隊側の意見も必要になりますね。大島一佐協力願いますよ」

声をかけられて大島が頷いた。現在陸自第一普通科連隊はサイパンに残った部隊を冴木三佐が指揮し、日本の部隊もまた小和田三佐が監督しており大島は完全に日本陸軍へのアドバイザーとして活動していた。

「戦術面でかなり修正を入れる必要が出そうなので、それを加味して参謀本部からレポートを出させる、それでいいかな高野三曹」

大島の言葉に背筋を伸ばして高野が答えた。

「はい、ありがとうございます」

高野があっさり頷いたので楢本はすっと腰を上げたが、すぐに動きを止めて岩崎の顔を見て言った。

「『副担任』さん、あとで崔総理の執務室に来ていただけますか、総理が個人的なお願いをしたいと申してまして」

岩崎は少し怪訝《けげん》そうな顔をしたが「いいですよ」と頷き、楢本は部屋を出て行った。

会議室を出た楢本が崔麗華の執務室に入ると、そこに三船千夏の姿があった。

「ああ丁度良かったわ、伊東の例のあれに関して色々報告を聞いていたの」

少しだけ楢本の表情が曇った。しかし、すぐに首を振って崔に言った。

「岩崎女史は後でこちらに来ます。しかし、本当に引き入れるおつもりですか？」

楢本の質問に崔が大きく頷いた。

「ブレーンの中でも特に優秀で考え方がこちらに近い人間、それを一人選ぶとしたら女先生しかいないわ。これはもう私の中での決定事項。まあ、それはそれとして三船さんのチームはこの自衛隊のマニュアルのおかげで最終段階の作業に入れるそうよ」

そう言って崔が机の上の分厚いファイルを叩いた。

その表紙にはこう書かれていた。

核汚染物質取り扱いマニュアル。

これは福島でのメルトダウン事故の後に、災害出動する自衛隊に極秘裏に配備されたマニュアルで核物質全般を安全に扱い処理施設まで持って行くための教本だった。

「じゃあ燃料棒の取り出しは終わったんですね」

楢本の言葉に三船が渋い顔で頷いた。

「幸い事故もなく、誰も被爆もせずに。研究所の所員の方々はガラス固化を推奨してましたけど、結局鉛板によるサンドイッチでケース封入という手順に落ち着きました」

いかにも不服そうに見えるのは、明らかに彼女が望んでこの仕事をやっていない証拠であった。

「そうですか。そっちもちゃんと進んでいるんですね」

すると三船があることを口走った。

「それはまあ成り行き上やるしかないみたいなんですけどね、もう一個あの研究所には問題があって、もう私たちだけではどうしたらいいかわからないんです」

「え？」

突然の話に楢本が動きを一瞬止め、すぐに崔の方を見た。

崔麗華は机の上に両肘をつき両の掌で顎を支えながら楢本に言った。

「何か令和の科学をしても理解不能のことが起きてるらしいの。さて、どうしたものかしら」

言葉とは裏腹に崔の表情には全然困った色が浮かんでいないのに楢本は気が付いた。

いったいあの研究所で何が起きているのだ？

崔がさっき言った色々という簡単な言葉の裏に潜んでいたこの予期せぬ事態に楢本は、心中にどんどんと不安を募らせていくのであった。

2

木更津の海軍基地は滑走路が海まで続くが、その先は斜路で文字通り海の中まで進んで行ける。これは飛行艇や水上機などの発進回収のための設備だ。

その斜路の先に大きな機体が三機浮いていた。サイパン戦の前から令和転移者にもお馴染みになっている二式大艇だ。しかし、その機体には、以前と違う装備が幾つか増えていた。

「念のためにダブルになっているのですよ」

二式大艇に向かう小型の発動艇の上で高野三曹が讃岐に言った。

「つまり自衛隊の対潜哨戒装備を組み込んだ俺たちが乗る機体と、この世界の対潜哨戒設備を積んだ機体二機での編隊って訳か」

二人は三機並んだ機体のうち、翼にレドームとポッドを取り付けたそれに向かっているが、その両脇には大きな八木式アンテナを両翼に取り付けた機体が浮いている。つまり、中央のそれが海上自衛隊のヘリから移植したもので、両脇が電波による海上探索を行うこの世界の技術で作られた装置を載せた機体。ただし、これは岩崎と高野の指示で改良を加えた若干ながらオーバーテクノロジーの注がれた代物だ。

「いまだに電力供給の問題が完全にクリアできていないので令和のテクノロジー機は飛行中の探索時間に制限がありますのでね、この海面の電位測定による広域探査と組み合わせたら今までヘリでやっていた哨戒より数倍は広範に敵潜水艦狩りが可能になります」

高野がアンテナ装備の二式大艇を指さしながら言った。

「それで俺たちのサイパン出張に合わせて試験しようってことか。合理的というか、ちゃっかりしてるっていうか」

讃岐が肩をすくめながら言った。

「海上自衛隊はもともと人材が足りないこともあってなんでも合理的に考えるよう日頃から教育されてるんです」

高野が真面目な顔で答えた。

「いいよ、とにかく少しでも早く戦力を整えないとやばいってわかってるし。サイパン周辺の敵潜水艦は文字通り狩りつくさないとまずい。俺たちの出張の目的も栗林さんと次の作戦に向けての細かい打ち合わせだけじゃなく、拾った兵器の再利用方法についての打ち合わせはかなりの急務だからな」

讃岐は言うと高野が表情を引き締めながら頷き言った。

「でも我がブレーンチームとしては、託された実験の評価が最も重要な任務です」

讃岐は足元に置いた大きな荷物を一瞥し頷いた。

「成功させないとな、この実験だけは」

ボートが最新機器を積んだ二式大艇の横腹に接弦し、ロープが機体に固定されると側面ハッチから短い鉄梯子が降ろされ、二人は機内に乗り込んで行った。

この様子を陸上から他の国際救援隊ブレーンの面々が見送っていた。

「一昨日算定した必要物資の確保の目途は立ったようだね。省庁関連の仕事のほとんどを押し付けちゃって悪いねマネージャー」

双眼鏡で高野たちを見つめながら野木が有川に言った。

「いいえ、戦略とか戦術なら口を挟めますけど、兵器の知識となると私は皆さんに及びませんから」

有川も双眼鏡で離水準備に入った二式大艇を見ながら答えた。

「かかか、儂《わし》なぞここまでなんも仕事をしておらんぞ、発破をかけて回っとるだけだ」

裸眼で沖を見つめながら名取老人が言った。本当に五体だけはかくしゃくとしており外からでは年齢相応にまったく見えない。

「いえいえご老公、あなたの貴重な意見はかなり有効に軍の改革に役立ってますよ」

野木は言ったが、これは別に社交辞令でも何でもなく、令和の人間がまったく気付いていないこの世界この時代の日本軍の中にある暗部というか、精神的な奇形を老人の言葉によって洗い出せていたのだ。まさに生き証人という訳だ。

ブレーンチームだけでなく崔麗華の周辺も伊東の市民も自衛隊員もこの昭和一八

年という世界の日本人の思考を全く理解できていなかったし、この世界の常識についても無知だった。それだけに実際に昭和一八年在住の経験を持っていた名取老人のアドバイスはとんでもなく各種作戦や計画の立案に役立っていたのだ。

「プロペラが回りだしたわ。先日海軍省の開発担当者から聞いたけど、航空機の整備状況は画期的に改善して現在は九〇％程度の稼働率を維持してるって話よ。まさに画期的改革だわ」

岩崎が言う。彼女はなぜか単眼の望遠鏡で沖を見ていた。

「陸海軍の整備の現場には何とかメスを入れられたけど、これからは日本中の工場が相手だ。骨が折れそうだな、この産業革命ってやつは」

野木が言う産業革命というのは、この世界ではまだ根付いていない各種の工場合理化と製品規格の統一という地道な作業のことだが、これをやるとやらないでは兵器だけでなく国内のインフラ整備にかかる手間と時間がまったく違ってくるのだ。

案の定というか令和の過去と同じで、この昭和の日本でも工業規格統一はされていなかった。崔政権が誕生した直後、ブレーンの指示で自衛隊の施設科が墨田区の町工場の何軒かに押しかけそこであらゆる螺子《ねじ》とボルトにナット、そして使用する各種工具の統一規格治具を大量生産し日本中の工場にばら撒いた。以後はこの規格治具に合致しない製品は納入禁止という厳しい命令と共に。

これまで職人の勘で作られていたにも関わらず、現場でちゃんと大量の航空機が飛んでいたこと自体奇跡に近いが、これは現場の整備士の腕に頼り切った話であって、ちゃんと素人でもマニュアル通りに整備したらエンジンが回り故障しないのが理想なのだ。その第一歩がこの工業製品規格の導入なのだった。

既に産業省の方で役人が大掛かりな工業規格の必要な品目のリストアップと令和側から提供された資料や現物を前にマニュアル化も進んでいる。いろいろ面倒くさいので崔総理はこれをJIS規格のままの呼称にしてしまった。まあどこからも苦情は出ないし、既に自衛隊が抱えている資材とも共通になるから問題ないというか、そもそも同じ品番にしろと自衛隊の現場からの突き上げがあっての話でもあった。

長い暖気運転の後、まず一番沖にいた二式大艇が錨《いかり》を引き上げ滑水を始めた。この巨大な飛行艇は配備がやっと本格化したばかりで、まだ三〇機ほどしか航空隊に配備されていない。総生産数も増加試作型を入れて四八機、山本長官の専用機は武装を外した特別機でまだ『晴空《せいくう》』の名は与えられていなかった。令和の過去でも輸送型が量産に入るのは昭和一八年秋で、実際の長官機は増加試作三号機を使った改造機だと後で判明した。

そもそも大量配備が予定されている機体ではないので製造はゆっくりとしか進んでいなかったのだが、崔政権の緊急指示で川西航空機製作所はこの巨大な機体のバックオーダーを年産五〇〇機も抱えることになった。はっきり言って本来ならこなせる数ではなかったが、既に三菱と中島飛行機に生産補助の命令が出ていた。

その忙しい命令の背景には、この世界の陸海軍は輸送機の保有数が圧倒的に少なくサイパン空挺作戦の時も結局大量の爆撃機をにわか輸送機に仕立てるしかなかった現状から、二式大艇の輸送型である晴空の方を生産の主力とし輸送はこれに任せようという計算だった。

しかし今はむしろ自衛隊ヘリ部隊だけではカバーできない日本全体の対潜哨戒網とサイパンでの潜水艦狩りの主力として投入するために稼働するほぼ全部の機体に対潜哨戒用の装置の組み込みを行っている最中だった。

そして九州飛行機という、つい二か月前に渡辺鉄工所から分離独立してきたばかりの小さな会社に政府から大量の補助金と他社からの人材派遣が行われた。これは九州飛行機で試作中の海上哨戒機の製作に大掛かりなてこ入れをするためだ。

この機体は令和の過去においては東海という名前で海軍に正式採用されるはずの機体だが、この世界では試作発注が前年に出されていた段階で、まだ試作機の完成に至っていない。そこに無理やり機材と人員を送り込み、令和の世界で東海として知られる機体より優秀な対潜哨戒機を早期に完成させる計画だった。二式大艇を改造した哨戒機の後を早期にこの専門の機種に受け継がせたいという計算だ。

既に二式大艇の投入で、これまで潜水艦探査の主力を担ってきた海上自衛隊のSH60ヘリは、艦隊の行動に伴う任務以外では飛行を制限することになり対潜哨戒ヘリも艦隊全体で保有する機体の半分で足りるという計算に則《のっと》り、対潜用電子装備を取り外し通常の輸送に使用することになった。

その取り外した装置の一部が今から発進する高野たちの乗った二式大艇に移植されたわけだ。しかし、これは秘密兵器でもあり実験が終了したら出張任務の終わった二人を乗せて日本に帰国する予定となっていた。

三機の飛行艇は無事に東京湾から飛び立ち、南の空へと小さくなっていった。

見送りを終えた一同は、格納庫前に停まったいつもの移動用ワンボックスに向かう。

「で、帰りの運転は誰がする？」

野木が聞くと岩崎がちょっと苦笑しながら答えた。

「それ暗にあたしにやれって発言ね。あの二人が出掛けちゃったら、文士先生とあたししかいないでしょ免許持ってるの」

「やれと言われたら儂はできるぞ！　その昔軍のスミダを運転したことがある」

「はいはい、おじいちゃんは大人しく後ろに乗ってね。あたしたちまだ大怪我したくないから」

有川が名取の手を引いてさっさと後部座席に乗り込んだ。

「おいこら、馬鹿にしとるのか！」

「違いますよ、ご老公の手を煩《わずら》わせる必要もないってことです」

野木はそう言うとポケットから鍵を取り出し岩崎に投げた。

「さて、次は津田沼の飛行場ね。ナビがないから道に迷ったらごめんなさい」

運転席に乗り込みながら小柄な岩崎が言う。シートを目いっぱい前に出さないと彼女はアクセルに足が届かなかった。

「大丈夫、道案内くらいしてくれるだろ、あいつら」

助手席に乗り込んだ野木が陸軍のサイドカーを顎で指しながら言った。

次に彼らが向かったのは、この時代では陸軍に接収されているが長く民間飛行家の根城であった津田沼飛行場だった。

彼らはここである人物たちと会合する予定になっていた。

舗装されていない道をガタゴトと時速四〇キロで進んでいった一行だったが、なにしろ交通渋滞も信号もない。けっこうあっさり車は目的地に着いた。

「あれじゃないか？」

助手席の野木が木造の平屋事務所の前の立つ四人の人影を見つけて言った。岩崎がその四人のすぐ前で車を停めた。

「じゃあ、ここは私の出番ということで」

有川がそう言って後部ドアをスライドさせ外に出た。

「ええと、西原小松《にしはらこまつ》さんは？」

有川が声をかけると、中で一番背の低い恰幅《かっぷく》のいい女性が前に進み出た。

「私です。政府の上の部署の方と聞いていたので、もっと年配のお人を想像していたのですが」

やや戸惑った感じで西原が言った。

「まあそんなに若くはないですけどね。ええと、後ろの方々を紹介いただけますか」

有川に言われ西原が頷いた。

「指名でしたから首に縄付けて連れてきた人もおります。左から及位《のぞき》ヤエ、上仲鈴《かみなかすず》子《こ》、馬淵《まぶち》ちょうの三人です」

いずれも若い女性たち。少し年齢はばらけているが、前に出た西原が三十代後半といった感じで、それ以外は二十代前半から後半の枠に入りそうだ。

「皆さん初めまして。政府の政策特別顧問の有川晃子《ありかわあきこ》です」

一同が「よろしくお願いします」と頭を下げたが、緊張でがちがちになっているのが見た目でわかった。

「さあ話は中でしましょう。きっと皆さんには喜んでもらえる話だと思いますよ」

有川が一同を建物の中に誘ったが、彼女の口から出た言葉に中で一番若い及位が敏感に反応した。

「あ、あの、それってもしかしたら私たちに……」

口を開いた及位を西原が嗜《たしな》めた。

「これヤエさん、ちゃんとお話を聞いてから発言しなさい」

「す、すいません先輩」

及位が顔を赤らめ首をすぼめると、一行で一番背の高い、女性としては背の高い方の有川よりさらに長身の馬淵がその背を軽く叩き及位に言った。

「あなたずっと待ってたものね。私たちと違って」

馬淵はそう言って上仲の方を見たが、彼女は決して馬淵に視線を合わせようとしなかった。

事務所の中で席に着いた四人に有川は微笑みながら告げた。

「今日お集まりいただいた皆さんは日本の女性飛行士の中でも特に優秀な二等飛行免許所持者です。わざわざ集まっていただき感謝します」

有川の言うように、目の前にいる四人はいずれも日本人女性としては珍しい技能優秀なパイロットたちだった。

過去形なのには訳がある。彼女たちはもう長く操縦桿を握っていない。軍によって飛行を禁止されていたのだ。

だが、その状況が一気に変わることを有川は口にした。

「本日ただいまを以て女性飛行士への飛行禁止措置は全面解除されます。まずはそれを報告させてもらい本題に入らせてもらいます」

四人のうち西原と及位の顔だけが晴れやかになった。しかし、馬淵と上仲の表情は何処かさえない。

「ええと、それからもう一点先にお知らせしておきます。近日中に女性への一等飛行免許を解禁しますので、みなさん受験資格をお持ちになられるのでいつでも挑戦してください」

及位が小さく拳《こぶし》を握り「やった」と呟いた。これまで女性飛行士はどんなに技術があっても一等免許を所持できなかったのだ。

有川はそこで携えてきたブリーフケースを開き書類を全員に配った。

「今日の本題はこちらです。皆さんにどうしても協力していただきたく集まってもらいました」

書類の表題にはこう記されていた。

『日本女子飛行学校開設及び女性支援航空軍創設準備に関する草案』

これを目にした全員の目が真ん丸になった。

「あ、有川さん、これは？」

代議士夫人である西原が真っ先に口を開いた。彼女は休会状態にあるとはいえ日本婦人飛行家連盟の理事長だ、こういった案件には真っ先に携わる立場にある。その彼女が初耳の提案だったのだ。

「まあ見てもらった通りの話です。ここに集まってもらった方は当面関東地区におけるこのプロジェクト……計画の中心を担ってもらいたいと思い声をかけたのです」

　有能なビジネスウーマンの顔になった有川が四人に告げた。

「なんという素晴らしいニュースでしょう。私たちはまた操縦桿を握れる。そして、軍のお手伝いもできるのですね」

　及位ヤエが目を輝かせて言った。

「飛んでいただけますね」

　有川が聞いたが、及位以外の三人は少し暗い顔で下を向く。それを確認して、有川は頷きまず西原に言った。

「西原さん、あなたがご主人に許可を得なければということが第一にあって即答できないのですね。でしたらご安心ください。必ずご主人を説得できるよう政府が全力をあげます。それに西原さんには、多くの女性パイロットを埼玉に作る飛行学校に教官として集めて頂く仕事をお任せしたいのです。もう学校長には兵頭精《ただし》女史の就任が決定しています。彼女は自分は飛べないが事務方としてなら全面協力すると約束をいただきました」

　西原小松は驚き目を見開いた。あの関東大震災以降決して飛行機に関わろうとしなかった女性飛行家のパイオニア兵頭精が参画するというのが信じられなかったのだ。

「国家で決定したことに反対するようなご主人ではありませんですよね」

有川に言われ西原は頷いた。

「ではそのお仕事、心して受けさせていただきます」

西原の言葉に有川は頷いた。そして馬淵の方に視線を向けて口を開く。

「馬淵さん、貴女にとっての気がかりは同居なされている長山きよ子さんのことですね」

大柄な馬淵が驚いたという顔で有川を見た。

「なんでもご存じなのですね有川さん。でしたら、私がいなければ何もできないきよ子を家に残し操縦桿を握るなんてできないことも理解できるのではないですか」

しかし有川は落ち着いた顔で答えた。

「半身不随で身の回りのことや家事がままならない、この国には他にもそんな方が大勢います。今それらの方の世話は家族に一任されてしまっていますが、新政府ではこういった家庭に三六五日ずっと生活の支援をするための人間を無償で派遣する制度を法律で決めて実施します。ですから長山さんをお世話する人を毎日お宅に派遣することになりますし、場合によったら長山さんに車椅子でもできる事務仕事をお願いし給金を出すことも考えますよ」

馬淵の顔がぱっと輝いた。

「きよ子の世話だけでなく、仕事までいただけるのですか」

有川が静かに頷いた。

「私が全責任を負いますので安心して報告してください。今満州で、政府の人間が西崎キクさんと木部しげのさんに接触しているはずです。お二人にもこの計画に参画してもらうようお願いするために。あなた方には懐かしい名前ではないのですか」

有川はそう言うと視線を上仲に向けた。だが彼女はまだ視線を下に向けたままだった。

それを見て小さく「やはり」と言うと有川は、再度馬淵に視線を向けて言った。

「私たちは軍への協力飛行隊を作るにあたって、戦闘機をすぐにでも操縦できる技量のある貴方や西崎さん、及位さん、そして上仲さんの協力は不可欠と考えています。ですが、上仲さんが操縦桿を握らなくなった原因は軍の飛行禁止ではないことを私は承知しています。上仲さんを今説得できるのは馬淵さん、貴女しかいません。彼女にもう一度飛ぶことを納得させてもらえませんか」

有川に言われ、馬淵は大きく頷き上仲鈴子に顔を向けた。

「すずさん、貴女まだきよ子に対して済まないと思っているの？　とっくに気付いていると思ったわ、きよ子が一つもあなたを恨んでいないことを」

上仲が視線を上げ馬淵の顔を見た。

「お蝶、あなたはそんな言葉で私が素直に操縦桿を握れると思っているの？　私はあの墜落であまりに多くのものを失ったわ。いえ、それ以上のものを長山さんに失わせたわ。彼女のパイロットとしての生命を奪っただけでなく、一生歩けぬ重荷を背負わせ、その長山さんの人生をお蝶にまで背負わせた。貴女がきよ子の面倒を見るために翼を捨てたことが、私には二重の苦しみを与えていたのよ」

しかし馬淵は上仲の手を握って言い切った。

「私は針の先ほども貴女を恨んでいない。それはきよ子も同じ、むしろきよ子は貴女から操縦桿を奪ったと気に病んでいるのよ。あの飛行に同乗したのは自分が無理に頼んだことで、最後まで不時着を諦めなかった鈴はパイロットの鏡だとまで言っているの。そんな貴女だからこの空に戻れる機会を逃さないで！」

かつて女性飛行家として上仲は、馬淵や先ほどから話に名前の挙がっている長山、西崎いや旧姓の松本キクとしての方が世間には広く知られている彼女らとともに翼を並べ日本の空を飛んでいた。しかし、技量優秀として知られる上仲の飛行に長山がどうしても同乗したいと無理を言って飛んだ際に運悪くエンジンストールで機体は墜落した。上仲は無事だったが後部座席の長山は背骨を折り半身不随となってしまった。その長山を女学校時代からの学友の馬淵は事故からこれまで一切の身の回りの世話を焼き共に暮らしていた。しかも、その生活費も飛行家としてのキャリアを捨て一公立学校の教師として得ていたのだ。それはまだ軍の飛行禁止が女性を縛る以前の話だった。

上仲は二人の女性から翼を奪ってしまった責任を感じ自ら操縦桿を手放し、習志野で謡曲の師範になるための修行をしていたのである。

「良かったらお二人、もう少し話し合ってみて。私にも助言させてもらえたらうれしいですけど」

有川がそう言って馬淵と上仲を交互に見つめた。

三〇分後、建物から出てきた有川は満面の笑みで車で待っていたメンバーに両手で丸を作って見せた。

「さあ、これで日本版のＡＴＡは正式に動き出したわよ」

ＡＴＡとは、軍用機の輸送を専門に行う部隊組織。令和の世界の過去ではイギリスで工場から航空隊へ完成機体を運ぶために生まれたが、パイロット不足を補うため多くの女性が参加し戦場までの危険な飛行を請け負った。その後アメリカでも同様の組織が生まれその一環として女性だけの輸送飛行組織が編まれ、アメリカ本国から遠くヨーロッパや西太平洋まで多くの女性パイロットを中心に輸送業務が行われていた。

有川は日本の歴史を振り返り、昭和の初期においても少ないながら女性の優秀なパイロットがいたことを思い出し、関東近辺にいるはずのそのパイロットたちを必死に探し当て今日この場に呼んだのだ。つまり彼女たちに輸送パイロットとして活躍の場を与えようと言うのだ。軍務にほとんど女性を使ってこなかった日本においてこれは間違いなく驚きの政策転換と言えた。

「面白いところに目を付けたなあ。しかしこれは結構後々使える着眼点だよ。軍のパイロットが飛行機会社に行って試験までやって自力で部隊に運んでいたんだろ日本じゃや」

野木がエンジンをかけたままのワゴンのエアコン送風口をいじりながら有川に言った。窓を開けたので熱風が入って来たからだろう。温暖化がまだ進んでいないとはいえ夏の暑さはそれなりにきつい。令和から持ち込んだ車のエアコンは、この世界ではオアシス並みに貴重な涼場なのだった。

「どのみちパイロットは今の一〇倍は育成しなくちゃ話にならないわよ。訓練用の飛行機が足りないけど、どうするのこの先？」

ハンドルに顎を乗せて岩崎が聞いた。

「飛行機の稼働率を上げさせたのは、訓練に使う機体をなるべく長い時間使えるようにするためでもあったのよ。一機あたりの飛行時間をできるだけ引き延ばして訓練生一人の飛行時間を稼いで日数的には早く卒業させる。教官役には悪いけど、今はこれしか方法はないわね」

車に乗り込みながら有川が言った。

「兵隊たちには申し訳ないがパイロットはこの先も消耗品として戦場に散る運命だろう」

パワーウィンドウを閉じながら野木が言った。

「死亡率が極めて高い職種なのは確かよね。でも絶対に特攻はさせないわ」

ギアをドライブに入れながら岩崎が言った。

「当り前じゃ、特攻は兵法としても最低の悪手じゃ、そんな選択をしなければならなんだ日本軍の首脳の頭は腐っておったのだ」

腕組みをして最後部の席にふんぞり返った名取老人が言った。

「あ、おじいちゃんまたシートベルト外してるじゃない、ダメでしょ」

席に座った有川が名取に無理やりシートベルトを着けさせた。

「息苦しくなるのじゃ」

名取が抵抗の姿勢を見せたが、有川がビシッと言った。

「もし事故が起きたら怪我しますよ。おじいちゃんは今お国の大事な仕事をしている身体ですよ、怪我なんてしたら大変でしょ」

「そ、そうだな……」

名取はシュンと大人しくなった。

これをバックミラーで見ていた岩崎が肩をすくめた。

「なんかマネージャーの方があたしより先生に向いてそうよね」

野木が頷いた。

「ありゃ人を操る才がある。敏腕ホテルマネージャーが務まるってことは、それだけ人心掌握が巧《うま》いってことなんだろうぜ」

「まあ、いいわ。東京に戻るわよ」

岩崎が炎天下で待機していたバイクの兵士たちに合図を送り車を発進させた。

「次の目的地はＮＨＫよね」

野木が頷いた。

「ああ、国民プロパガンダの監修と新人ＤＪとの打ち合わせだよ。次は俺の出番という訳だ」

野木は携えてきた分厚い原稿の束を膝の上で叩きながら言った。

「ところでＮＨＫってどこだっけ？」

岩崎が訊いた。

「そりゃ令和と同じ場所だろ」

野木が答える。

「その同じ場所がどこなのか、あたしわからないんだけど」

「おいおい、そりゃあもちろん……」

そこで野木も言葉に詰まった。頭ではあそこにあると絵面が浮かぶのに場所の具体名が出ないのだ。

「渋谷区神南、うちらの世界なら代々木公園の南。つまりこの世界では代々木練兵場に隣接しているわ。ここからだと両国橋目指して、それから皇居をぐるっと回って赤坂連隊前を通過するコースが良いと思う。道がきっちり整備されている保証があるのはこのコースくらいよ」

有川がさらっと言ってのけた。

「いつの間にこの時代の地理を？」

野木が驚いて有川を振り返った。すると有川はブリーフケースから折りたたまれた地図を取り出した。なんとそれは陸軍が使っている東京周辺の軍用地図であった。

「ホテルマンとしての常識。常に周辺の施設情報は摑んでおくことってね」

野木と岩崎が「なるほど」と呟き頷いた。

車は護衛を従え東京へ向かって走り出した。

ブレーンたちは休む暇もなく多くの仕事を熟《こな》さねばならないようであった。

3

高野と讃岐達を乗せた二式大艇のサイパンへの飛行は極めて順調だった。東京湾を発って間もなく編隊には館山基地から零戦九機が護衛についたが、実はこれは硫黄島に新たに赴任するパイロットたちで二式大艇が彼らの道案内を兼ねていた。

そして零戦隊が硫黄島で別れると入れ替わりに陸軍の戦闘機一二機が硫黄島から

舞い上がり編隊に加わった。

この戦闘機隊は、サイパン上陸作戦後に日本に戻った神州丸《しんしゅうまる》によって運ばれてきた部隊で、機種は一応二式単戦つまり鐘馗《しょうき》の二型なのだがそれはまだ正式名を与えられていない改造機なのだった。

エンジンは従来のままだがやはり稼働率を上げる工夫がなされているが、大きく改造されているのはそこではなくコックピット周辺の装甲と武装の二点だった。

もともとが重戦闘機と呼ばれるだけに鐘馗はエンジンが出力の大きい爆撃機用に開発されたハ109を積んでいる。この当時の日本製エンジンとしては高出力となる一四五〇馬力を誇っており令和の技術で欠陥が目立つこのエンジンを確実に作動するよう手が入れられた結果最高速度も若干上がり、何より上昇速度が画期的に早くなった。

令和のブレーンたちはこの結果を見て鐘馗をインターセプター（迎撃機）としてサイパンになるべく多く送り込む決定をしたが、それにあたってこの二か所の改造を指示した。

パイロットの生存性を上げるためにまず操縦席の前後左右に米軍の一二・七ミリ機銃弾を防げるだけの防弾板を設置した。そして主翼の武装を二〇ミリ機関砲に変更させたのだ。

令和の歴史では、鐘馗二型甲の後に対B29用に四〇ミリという馬鹿でかい機関砲を載せた乙型が出るが、この世界ではまだ実用化していなかった。そこで令和では実現しなかった二〇ミリ砲を装備した鐘馗を無理やりに作らせた。

改造鐘馗に搭載した機関砲は、生産ラインが稼働し始めたばかりの三式戦闘機飛燕《ひえん》に搭載するはずのモーゼル社製二〇ミリ機関砲をごっそり持ってきて使用した。

これは日本陸軍がドイツから手に入れたもので、令和ではこの輸入したものがなくなると国産のコピー品を飛燕に載せることになるのだが、国際救援隊司令部はこれに待ったをかけ飛燕の武装は一時的に見直しを命じられ陸軍はドイツ製機関砲装備の鐘馗の生産をフルで行うよう調整を開始していた。

護衛の位置に着いた鐘馗二型改を窓から見て高野が言った。

「エンジンをきちんと見直せば鐘馗が一番使える戦闘機になるはずなんですよ。飛燕も同じですが、むしろ飛燕は決戦用に精鋭部隊に宛がい汎用戦闘機として隼《はやぶさ》を廃して陸軍の戦闘機隊は鐘馗で固めるのがベストです」

これを聞いて讃岐が聞いた。

「会議の席ではあえて聞かなかったけど、疾風《はやて》の製造を中止させたのはなぜなんだい」

高野が讃岐を見て言った。

「エンジンがあまりにデリケート過ぎて戦闘機用として量産させたくないのです。なるほど二〇〇〇馬力級は魅力です。しかし整備や改造の余地がない程に緻密な組み合わせは大量生産にも現場での整備にも不向きです。対アメリカ戦は長期化させるわけには行かない以上、目の前で早期に戦力向上する必要があります。誉エンジン搭載の戦闘機は海軍の一機種つまり紫電改に集約させることでかなり航空機の生産に余力が生まれるのですよ。設計に関して令和のコンピューターの支援が行える以上、大口径になっても爆撃機用の大出力エンジンで新戦闘機設計をした方が安心安全なんです」

「どこかで聞き飽きたような言葉だな最後の奴。それを信じてひどい目にあっていた気もする」

讃岐に言われ高野が首を振る。

「いえいえ、ほんとうにこれがベストの選択ですよ」

「まあいいか。しかし、この時代の日本で扱うには難しすぎたエンジンと言われたダイムラーベンツのＤＢ６０１のコピー生産は継続するんだろ」

讃岐の問いに高野は頷いた。

「同じエンジンをコピーしているのに陸軍のそれと海軍の物では部品に全く互換性がない。こんなバカな状態を解消し、飛燕も彗星《すいせい》も同じエンジンを使うようにする。そしてこのエンジンは液冷であるがゆえに令和のテクノロジーが導入しやすいんです」

そう言うと高野はにやっと笑って膝の上のカバンから写真を数枚取り出した。

「伊東市内でね、かなり高性能の３Ｄプリンターを数台確保したんです。これを使って元型を作り、やはり伊東で発見したセラミック焼成窯でターボ用のタービンブレードを大量生産する指示を出しました。このターボキットを最初はまず伊東の自動車修理工の皆さんに組み立ててもらう予定です。これが数揃ったら飛燕の製造は再開させます。ターボを組み込んだ形でね」

讃岐が目を丸くして写真を受け取り眺めた。

「驚いた。もうそこまで考えてたのかよ。俺もターボでエンジンを底上げすればアメリカの戦闘機や爆撃機に性能では肩並べられるだろうとは考えていたけど、いきなりＤＢ６０１に載せるとかいう発想はなかった」

「本家のメッサーシュミットＢｆ１０９が過給機に頼るようになるんです。だったらこちらでもそのアイデアは生かさなきゃ」

讃岐は「さすがオタ伍長」と微笑み硬いシートの背もたれに深く背中を沈めた。

二式大艇のフライトはそれからさらに三時間弱続き、サイパンの西部環礁に着水、戦闘機隊はアスリートの東滑走路に降りて行った。

内火艇で海岸の桟橋に着くと二人を陸上自衛隊の冴木三佐が迎えた。

「お久しぶりです。陸自では八名の戦死者を出したそうでお悔やみ申し上げます」

讃岐が言うと冴木が神妙に頷いた。

「もうこの世界に転移した時点である程度覚悟していた事態だし、日本国内に留まっていても爆撃を野放しにしたら伊東の一般市民からも犠牲者が出てしまったろう。それにこの世界の日本人も同胞なのだという意識は隊員にも強く根差した。私は犠牲になった者たちは、もしかしたら魂の形であの令和の世界に戻れたのかもしれんと勝手に思っているよ」

讃岐が不思議そうな顔をした。

「それ、東京の大島一佐や村田海将補も同じ趣旨のことを言ってましたよ」

「この時代の日本人を同胞として意識するということをかね」

冴木が聞くと讃岐は首を横に振った。

「いえ、心はきっと令和に戻ったという部分です」

讃岐の言葉に冴木はちょっと驚いた感じで目を開いた。

「偶然、なのかな……」

「わかりません、同じ立場なら俺もそう言ったかなあと感じますしね。まあ、とにかく戦争が続く以上まだ犠牲は覚悟しないといけませんね。俺だっていつ死ぬかわからないですし」

讃岐が言うと冴木が表情を引き締めて言った。

「いや、君たち民間人を守ってこその自衛官。なんとしても勝ち抜いて日本と君たちを守るよ」

「頼もしい言葉痛み入るっす。それで、島の管理体制はどうなってますか」

讃岐の問いに冴木が小さく頷き答えた。

「アメリカ兵は思った以上に大人しいよ。取り敢えずちゃんとした食事を出していたら文句は少ない」

歩き出しながら讃岐が頷いた。

「やはり問題は解放した日本人住民ですか」

「ああ、彼らは近代戦の現実を目撃してしまった証人だからね。日本国内の市民を騙すような手段は通じない」

冴木の言葉に讃岐は頷き背中の大きなバックパックを指さした。

「これを抱えてきたのは、その住民をうまく洗脳するためです。ああ洗脳は聞こえが悪いっすね。野木先生曰く『誤解による刷り込み』計画でした」

讃岐は背中に担いでいるのは伊東から持って来た大型のプロジェクターだった。

彼はそれでもともとサイパンに住んでいて戦争に巻き込まれ米軍に収容所生活を強いられていた一般市民と日本軍守備隊の生存者に対し何らかの拘束を行うらしかった。

「ところで冴木三佐、海上自衛隊の対空監視施設建設の状況はどうなっているのでありましょう」

少し後ろを歩いていた高野が隊員口調で冴木に聞いた。普段ブレーンたちと話すときとガラッと変わるのは、まあ自衛隊内の教育のおかげなのだろう。

「陸上施設は、うちの隊員も協力して無事完成したよ。『きりしま』の方では陸に上げる設備の運び出しで難渋したみたいだが、無事陸海軍両方の電信隊との連携可能な指揮所が出来上がった」

これを聞いて高野がほっと胸をなでおろした表情になった。

一度日本に戻った海上自衛隊は、第六護衛隊から旗艦『きりしま』と『たかなみ』の二隻を航空防衛網完成までの補完として一時的にサイパンに派遣した。高野が聞いたのは、その派遣部隊によって進んでいたはずの新防空防衛式施設の建設状況だった。

「ところで讃岐君、日本から新たに来た指示では一部の米軍捕虜にも動画を見せるようにと言ってきたが、これも洗脳するということかね？」

冴木の質問に讃岐は首を振った。

「むしろ逆ですね。すべてを疑わせることがキーになると有川さんから言い含められました」

「ほお、いったいどういう作戦なんだ？」

「まあ横で見ていたら何となくわかるでしょう」

三人は、桟橋を渡り切り海岸に停まった車に乗り込んだ。

「ダッジのWC52ですね。鹵獲品ですか、いいなあこれ持って帰って自分で乗りたい」

オープントップのアメリカ製中型軍用車に乗り込みながら高野が言った。完全にミリオタの顔に戻っている。

「他にもいろいろあるぞ、まあ確かに日本製の軍用車より壊れにくいから重宝してる。令和の車体は部品がないから大事に扱えと施設隊からうるさく言われているのでほとんど使ってないよ」

「でしょうね、トラブルが少ないと言ってもこんな環境で使っていたら令和製の機械もそのうち不具合が出ますよ」

珊瑚のかけらでガタガタの道を進みだした車のシートにしがみついて高野が言った。

「刷り込み作戦は夜からやりますが、先に陸軍司令部に挨拶したいです」

讃岐が言うと冴木が頷き運転手の一等陸士に命じた。

「守備隊司令部に行き先変更だ」

「了解、この先かなり揺れますよ皆さん」

車はいきなりジャングルの中に突っ込んだ。しかしそれは巧妙にカモフラージュされた道の入り口で、上空からは発見しにくい開削路が山岳部に向かって伸びていた。

「これが自衛隊の七五式ドーザーで造った道ですか」

上体を激しく揺すぶられながら讃岐が聞いた。

「これが酷道《こくどう》二号線ですよ」

運転手が言った。

「国道？」

讃岐が聞き返すと運転手が笑いながら首を振った。

「酷いの道で酷道。このジャングルの中にできた縦横の道に我々がつけた名前です」

がくんがくんと首を揺さぶられながら高野が頷いた。

「まさにその通り……」

車は一五分ほどで山の中に作られたサイパン守備隊の司令部に到着した。正面にはどでんとアメリカ軍のM３中戦車が置かれていた。

「これまた鹵獲品ですね。でも使い物になるんですかね。アメリカがM４を持ってきたらかないませんよ」

讃岐が聞くと冴木が肩をすくめた。

「栗林司令官曰く、我が軍の戦車の倍以上は弾避けになる。という話です」

讃岐が「ああ」と呟き頷いた。

「硫黄島で戦車をほとんどトーチカにしちゃった人ですからね、栗林閣下は。まあ、でもそれうちらの世界の栗林中将なんだけど」

「春日部教授は、頭の中の出来もほぼ同じだって説を唱えてましたよ。例の研究所の所員さん達とは意見がぶつかってましたけど」

高野が言った。

三人は山に巨大な孔《あな》を穿《うが》ってできた司令部に入っていった。

壕は奥まで延々と続いているが、戦闘時以外は司令部は一番手前の大きな部屋に置かれていた。

三人はそこで指示を出していた栗林に面会した。

「見事な穴ですね」

讃岐が司令部の壁や天井を見ながら言った。

「とにかく掘って掘って掘りまくらせておりますよ。いやあ令和の皆さんに提供いただいた工具機器は実に素晴らしい。工事が捗《はかど》ります」

栗林はそう言って笑った。

讃岐は「やっぱり穴掘りが好きなんだ」と小さく呟いてから携えてきた作戦計画書の収まったタブレットを取り出した。

「ええとプリンター動きますか？」

讃岐が聞くと栗林がすぐに副官を呼んだ。

「これ刷りたいんだけど、あの印刷機すぐ使えるか？　ああ、軍ではなく令和から支給された発電機に繋がっておる奴だ」

「大丈夫です」

副官の返事を待つまでもなく讃岐はブルートゥースでプリンターを認識し自動接続していた。

「今から打ちだしますので、しっかり読んでおいてください。参謀本部と国際救援隊司令部の合同での作戦計画書になります。海軍との連携部分もありますので、このすり合わせもよろしくです」

讃岐が印刷のボタンをタップしながら言った。すると栗林が背後を指さしながら言った。

「海軍司令部ならこの隣の部屋だ。必要ならすぐ担当者を呼ぶが」

讃岐と高野が驚いて顔を見合わせた。

「一緒の壕に司令部が同居ですか？」

讃岐が聞くと栗林が頷いた。

「戦闘が始まったら同時に壊滅する危険があるので、別の箇所に第二司令部を造ってありそこに海軍は移動する。しかし普段はこの方が便利だろう。上からはしつこく連携しろ、連絡を密にしろと言うからこの合同司令部壕を作ったのだ」

どうやら栗林中将は、令和のブレーンたちが想像しているより柔軟な頭の持ち主だったようだ。

「まあ仰る通りですね。では、私たちがこれからやる実験の説明をしたいので、この島の行政に関係する人間を呼んでもらえますか」

讃岐の要請ですぐにスタッフが部屋を出てサイパンの行政を担当する人間を数人連れて戻った。文官と軍人混在だが、民間の人間はアメリカに捉えられていた元々の南洋庁の行政官たちだった。

「まず日本人の現地の方たちに行う宣伝活動について説明します」

高野が書類を各自に渡しながら言った。

「これはつまり、サイパンの一般市民全部に対し行うという話ですか？」

長い収容所暮らしのせいか少しやつれた感じの南洋庁の管理官が言った。

讃岐が頷き説明した。

「老若男女すべての日本人と日本語の理解できる現地人のすべてですね。まあ一度にって訳にはいかないんで、毎日数回動画の上映と説明を数百人規模で繰り返してもらいたいっすね。その際にこの話を必ず吹き込んで欲しいんですよ」

讃岐は後生大事に日本から運んできた大型プロジェクターを示しながら話を続けた。

「まあこれを最大限に活用してほしいんすがね、たぶん一回に数百人にしか見せられないんで一六ミリのフィルムに焼き直した奴をどかっと持ってきてます。今飛行艇から降ろしてるはずですが、映写機と込みで島中の集落に運んで行って今夜から上映会を始めてください。内容は、日本の新政権の紹介と、これから国際救援隊政府が目指す世界の在り方と戦争に対する取り組みってことっすね」

まあ讃岐の言っていることに嘘はない。

嘘八百なのは上映される動画の中身である。

サイパンで日本の情勢に触れられぬまま解放された捕虜だった日本人たち、その一万を超える市民と二〇〇〇人の軍人は、崔政権が今後日本国内の各所で行う予定の大規模な令和から来た人間についての欺瞞《ぎまん》情報浸透作戦の予備実験対象として好都合だったのだ。

令和の自衛隊と伊東市民はその数が多すぎ、崔政権がこの世界への影響を増すに従い昭和世界への同化を余儀なくされて行く。その過程で、令和側がある程度守秘を保てれば偽の情報を流しても疑《うたぐ》られる機会は少なくて済むであろうし、国内の人間を騙しきれれば欧米の目も必然誤魔化せる、はずだ。というのが国際救援隊司令部の立てた目論見。

最初は上手くいくはずないという意見が大勢だった。

ところが東京でまず陸軍の兵士相手にこの偽情報に関する説明をしたら、ほとんどの者があっさり信じた。

そこで情報の拡散を図り、東京市内の幾つかの場所で役所主催の説明会と簡単な動画を見せたら、一同は驚きとともに納得し、令和の者たちが未来から来たわけではないと信じ切ったのだ。

という訳で作られたのが讃岐の抱えてきた欺瞞工作動画なのであった。

これを見せて回ることで実は別の洗脳効果があると野木は言った。この小説家は表の顔の他に精神科医という別の顔を持つ。その専門知識をフルに使って無意識に自分たちが軍国主義を忌避し新政府の新しい全体主義こそが理想だと信じ、民主主義すら疑るような思想を持つという大げさだがそう考えるに足る仕掛けを施していた。

一五分ほど続いた讃岐の説明で南洋庁の人間たちは自分たちに託された任務を飲

み込んだ。

そしてそれが極めて重大な任務であると知らされぬまま上映会の準備に散っていった。

その後司令部に残った軍人たちに、今度は高野が口を開いた。

「では私から藤原機関が作った捕虜に関する秘匿情報工作の概要を解説したいと思います」

ここでも高野はプロジェクターを示しながら話を始めた。

「まず事前に全捕虜の身上書を作って欲しいというリクエスト、ああ要請です、その要請をしたのはできるだけインテリ、これはわかりますよね、その学のある人間を選び出して国際救援隊司令部の作った宣伝映像を見せて回って欲しいのです」

栗林が不思議そうな顔で聞いた。

「それは頭が良ければ階級は関係ないという話かね」

高野が頷いた。

「学歴だけ見たら大学出て兵卒なんていないでしょうけど、調書の段階で頭脳明晰かどうかを判断してほしいと通訳にお願いしたのですが、実際どの程度のインテリが陸軍や海兵隊の兵士にいるのかは未知数です。こちらの目論見としては、士官三に対して下士官兵卒二程度の割合で用意したプロパガンダを見せて反応を探りたいのです。士官たちは結束して内容否定に走るはずですが、兵士や下士官にとって見せられる映像は衝撃的なはずです。それが噂の形で捕虜全体に広がるのを我々は期待しているんですよ」

陸海軍の士官たちが顔を見合わせた。

「なぜ捕虜にそんなことをするのかね？　意味があるように思えんのだが」

栗林が言ったが、讃岐はにやっと笑いながら答えた。

「たぶんあなたたちの世界観、習ってきた戦争のやり方では見えない話ですよ。これは私たちの常識の導き出した方法のための布石なんです」

この時サイパン島守備隊司令部は、新政権が何を画策しているのか本当に皆目見当がついていなかった。

それでも上層部からの指示である以上、この作戦を速やかに遂行せざるを得ない。

こうして、またしても高野命名によるサイパンでの「明日のためのその二」実験作戦は始まることになった。

4

サイパンでの国民洗脳計画の試験的実験が開始された頃、日本本土ではそろそろ動き出すであろう連合軍に対処するための準備が始まっていた。

既にフィリピンのルソン島への増援部隊は台湾に集結しており、この輸送作戦にあたり海軍からは水雷戦隊が二個投入されることが決定していたが、それ以外に自衛隊から護衛隊旗艦の『いずも』がイージス艦『まや』とペアで参加することになった。これは対潜警戒を重視しての布陣だが、これだけでは不十分なのは確かだった。

そこで航空隊の増強というか大きな移動が開始されていた。

サイパン戦にも投入された海軍の航空隊の半分ほど、つまり硫黄島と小笠原に展開していた陸攻部隊と戦闘機隊をまず沖縄に移動させた。

しかし、これでも戦力的にはやや不足しているように見えたが、国際救援隊政府は抜かりなくそこは増強の手を打っていた。

「既に二五〇名のパイロットが九州に移動し、大村と鹿屋《かのや》で機体の到着を待っております」

ローターの爆音に消されまいと大声で崔麗華に報告するのは秘書の柴田だった。

「他の工場群にも自衛隊からの監督は行っていますわよね。民間人の協力部隊はどうなってますか？」

崔の質問に柴田が手帳を繰りながら答えた。

「名古屋方面は自動車工場での組み立て経験者を中心に新しい流れ作業工程の説明要員が一八人同行してます。大阪にはまだ到着してませんね。昨夜東海道線の特別列車に陸上自衛隊の増員四名と民間人七名が乗車して今日の夕方に到着予定です。九州地区への監督は海自から三名が空路で一昨日乗り込みましたが、まだあちらでは工場のレイアウト替えが進んでいませんので、それを待っての指導になります」

崔が満足そうに頷いた。

「もうすぐ群馬ですよ、利根川が見えましたから」

窓の外を見ながらそう言ったのは岩崎恭子だった。

彼女の他にブレーンの姿は見えない。その代りに陸海軍の士官が四名同行していた。

一行を乗せているＭＣＨ１０１ヘリコプターは、東京から群馬の大泉を目指していた。そこには日本の二大航空機会社のひとつ中島飛行機の航空機組み立て工場である小泉工場があるのだった。

数分後ヘリは工場に併設された飛行場に着陸した。

一行がヘリから降りると民間人が三人と海軍士官が二人出迎えた。民間人は中島飛行機の支配人浜田兵夫に工場長碓井《うすい》実《みのる》そして航空機設計技師長の小山《こやま》悌《やすし》であった。

「ご苦労様です」

海軍の工場監督官の島崎という大尉が敬礼しながら挨拶した。

「御苦労、首尾よく進んでいるか？」

質問を発したのは海軍省の兵器局の航空課課長補佐上原少佐。他に作戦部から宮野参謀大尉が同行、陸軍も兵器部からの杉下少佐の他に兵站を担当する輜重《しちょう》部から仰木大尉が同行していた。

「工場の配置転換は一〇日前に終了し、既に新しい工程での組み立ては順調に生産効率化を果たし、ここ数日は完成機をこれまでの二倍の数送り出してます。昨日は一六機の戦闘機が完成し現在試験飛行準備中です」

島崎が示した先には海軍の零式戦闘機が一〇機と陸軍の二式戦闘機が六機並んでいた。

従来ならこの別の機種は離れた工場で生産され、それぞれ別の飛行場で陸海軍のパイロットにより試験と調整が行われていた。ところが、今は両者がきれいに肩を並べている。

中島飛行機の浜田支配人が前に出て頭を下げた。

「崔首相閣下、ご足労ありがとうございます。新政府の指導により当社の作業は極めて円滑に進むようになり、被災した武蔵野からの製作機種移管も無事に進みました。改めて御礼申し上げます」

崔は軽く片手を挙げてから言った。

「堅苦しい挨拶は結構です。手早く巡視を終えたいので、工場を案内してもらいながら話を聞きます」

サバサバと事務的に言葉を発する女性首相を出迎えた一同は面食らったが、陸軍の杉下悠馬《ゆうま》少佐が苦笑いを浮かべ一同に小声で言った。

「総理はこういうお方なので慣れてください」

慣れろと言われても、この世界の人間はこういう物言いの女性と相対したことがないので、半ば戸惑いの表情のまま工場巡視は始まった。

今回の視察は、令和の知識に基づく工場の生産効率改善計画によっていの一番に流れ作業と各部組付けの集約化を命じられた中島飛行機の巨大工場、これの現状を見極め今後の生産数がどこまで上げられるかを検討するための行脚だった。

そしてこの小泉工場には、新政府命令で五月のB29A襲来によって中規模の被害を受けた武蔵野工場から生産ラインの一部を移させている。

これは実は歴史的快挙でもあった。というのも、そもそも中島に限らずどこの航空機メーカーでも陸海軍の機体は別々の工場で製造してきた。これは例えば基本は同じエンジンでも陸海軍で細部の仕様が異なったり使う部品が違ったりしておりラインが混乱する危険があるからだ。日本の陸海軍の航空機開発は横の繋がりは全くなく、製造会社でも設計から生産までまったく別の部署を設けているほどだった。

それを陸海軍混在で作るという試みを命じたのである。正直中島だけでなく全飛行機メーカーが悲鳴をあげた。

それどころか続いてやってきた指示は、昭和一八年七月以降生産のすべての陸海軍機で各部部品を共通化すること。それにあたって送付された規格品番に応じて図面の一部を引き直し、そのコピーを陸海軍それぞれで交換せよという驚天動地のものだった。

それはもう各所で大混乱が起きたが、そこに乗り込んできたのが新政府が派遣した令和の最新知識を持った専門集団であった。

最新知識と言ってもこの世界のこの時代にとっての話で、令和ではごく常識的な工場のシステムを熟知している人間を伊東市民から探し出し、現場の機械に詳しい自衛隊員を補助に付け送り込んだのである。

彼らは現在稼働中の各種作業機械を全部リストアップし、これをベルトコンベアーを使用しない台車方式という流れ作業に適した配置に変更させた。同時に別の用途に転用できる機械をリストアップすると、同じ場所での別途作業を行うための機械改造を行い、同時に各工場に新しい工作用機器を作るためのマザーマシンを設置させた。

このマザーマシンは政権奪取後すぐに墨東《ぼくとう》の小工場群が密集する地帯をローラー作戦で調べて廻り、製作可能な施設と必要な技能を持つ工員を見つけ出し製作をさせていたものだ。

モデルとしたのは、自衛隊の施設隊が利用していた野戦工作機だ。これは材料を見つければフィールドで接手金具とか複雑な形の接続金具、パイプの切削などができるもので、この機能を利用し正確な形状の部材を製作したら新しい機械が容易に組み立てられるということだ。

この新しい機械とレイアウトを最初に適用するよう命じられたのが現在見学中の中島飛行機の工場だ。

これまでの工場は、決められた場所で一機の飛行機を届いた部品を順番に組付け、その場で完成させる。そして機体に乗せるエンジンなども作業台の上で一人の作業員が一から作り完成させ機体の組み立て工場に送っていた。

今崖たちが見学している製作中の零戦、これは三菱が設計し完成させた戦闘機だが中島飛行機の方が生産の主力となっている。これが台車の上に置かれ工程を終えると次の作業員の位置に送られて行く。

「作業員は常に同じ作業をすることになるから、ベテランじゃなくても短時間で要領を覚えられるんですよ」

崖の隣を歩く岩崎が言った。

「この工場に学生を送り込む、まあそういう話でしたね」

崖が聞くと岩崎が頷いた。

「ええ、既にこの時系列では学生の動員が行われています。この工場は熟練が必要なのでほとんど姿は見えませんが、併設している外板や翼の組み立てといった簡単な工程の工場にはかなりの人数が働いているはずです」

崔が歩きながら腕を組み左手で口元を押さえた。

「柴田、もう学生の強制労働には賃金の支払いを命じたわよね」

秘書の柴田が慌てて訂正を口にした。

「首相、学徒動員です。強制労働じゃありません」

「区別つかないわよ、内容が一緒なんですから」

なんとも辛辣《しんらつ》だが、かなり正鵠《せいこく》を射ている。

「今の最低賃金を国会で決めましたので、これを必ず適用するよう命じてます。学生労働は甲乙丙の中の一番下の丙の賃金が適用になってます」

「いつの時代も搾取されるのは子供なのよね」

岩崎が言った。

「いえいえ、私たちがメスを入れなかったら皆さんタダ働き、労災もなし、休日もなしだったんです。針の先ほどですが青春を楽しむ時間は作ってあげられたかもですわ」

崔のこういう発言を聞くと、この人が間違いなく政治家なのだと納得させられる。きれいな言葉で相手を丸め込む姿勢が骨の髄まで染みついているのだ。

「それで総理、優秀技能者の選定って始まっているんですか」

岩崎が意図的に小声で聞いた。

あの三船千夏が崔に東京に呼び出された日、やはり崔に呼ばれた岩崎はある計画の監修を依頼された。

できれば他のブレーンには秘密にこの計画に従事して欲しい。崔は全く感情の読めない顔で岩崎にそう申し出た。

あまり簡単に頷ける話ではなかった。

しかし、崔の申し出は岩崎の長いオタク人生でも経験したことのない、いやまず経験できないであろう魅力的な挑戦だった。

結果的に岩崎はこれを受諾し、ここまで水面下で崔のために動いてきた。そして、この日の視察同行の裏にもこの計画が絡んでいた。

「安心して頂戴、組み立て工程に関してはもうそれなりの人員を確保したわ。後は頭脳集団ってことになります」

崔の言葉に岩崎が頷いた。

「それを得るためにここに来たんですから、まあまずは私が頑張ってみます」

一行は海軍機とはすぐ隣に新設された武蔵野から移ってきた陸軍機の製造ラインを見た後、事務棟に移動し今後の方針などを検討し指示を出し終えると、ヘリで次の視察先の矢板の戦車工場を目指すために席を立った。

だが岩崎だけが崖たちに従わず、中島飛行機の小山技師長に声をかけていた。

「すみませんが事前にお願いしたように設計技師との面会をしたいので、設計部まで連れて行っていただけますか」

小山が頷いた。

「ああ、はい承っています。面会したいのは糸川英夫《いとかわひでお》でしたね」

「ええ、そうです」

岩崎が頷いた。

「もう待っていると思いますが、なぜ若手の糸川に面会をなさるのですか?」

小山の問いに岩崎は言った。

「彼でなくては駄目なんです。必要な発想を今持っているのが糸川さんだけなんですよ、御社の中では」

岩崎の言葉に小山は「はあ」としか答えられずしきりに首を傾げていた。

令和世界の歴史では後の東京大学で宇宙工学の第一人者となる若き技師と面会をするため、岩崎は首相一行と別れ一人大泉に残ったのだった。

岩崎がそこで相談しようとしていることは、国際救援隊政府の中では共有されていないある兵器の開発計画にまつわる話であった。

どうも戦争の先行きを巡って、崔麗華を中心に独自の動きを見せている一派があることは間違いないようであった。

一方その頃、サイパン島では、高野たちの持ち込んだ意識操作作戦が始動していた。

まずは、捕虜収容所から解放した陸海軍の兵士たちを集め上映会が開催された。

この作戦では、日本本土でこれから行われる産業革命の行く先として令和の映像を切り貼りしたものと、大急ぎで撮影してきたレイアウトを変え生産効率の上がった工場の画像を見せ、ナレーションで新政権の理想を叩き込むと同時に従来の軍で行ってきた教育と義務教育で叩き込まれた修身などの内容をきっぱり否定する人道主義尊重を信じろと言う、いきなり飲み込めっこない画像だった。

しかし、これもきちんと計算されていて、上映される画像は三回に分けて別の内容を見るようプログラムされていた。

一番最初にインパクトある情報との見込み難い思想をぶつける。視覚的にも目を疑るような物、ここではカラー映像で令和の世界や現状の日本を見せられるという強烈な奴を突き付けた。

次の段階で今度は一気に柔軟にモノクロの画像中心に、アメリカは決して許してはならない相手だがアメリカ兵も鬼じゃない、的な感じに話を始めつつ実際には映像でとことんアメリカの攻撃で傷つく国土や味方兵士、軍艦といったものを流し続け混乱をもたらす。その上で日本はこのアメリカとの決戦に勝つ必要があり将兵全員の協力が必要なのだと説く。

最後は一気に心理操作に移行する。今現在の日本の力では戦争を続けるだけでも困難だと手の内を晒す。その上で勝つために必要なのは一兵士からでも意見の言える新しい軍で少しでも多くの仲間となる国家を作り結託しなくてはならない。お題目だった八紘一宇《はっこういちう》などではない真に隣人としてのアジア国家の民を敬おう。そして確実な勝利に向け『死なない闘い』を身に付けようと結ぶ。

ここまでの段階でほとんどの兵は、今までの戦い方が間違っていたと気付く。そして、どういう戦略が求められているかも理解し、末端にあってもその理念を順守する大事さに目覚めている。

まあこの時点でもまだ彼らは全体主義の自縛の中にいるのだが、それは逆に崔政権には好都合な訳で、軍隊組織を維持するのに大変重宝する思想なので壊すのは後で良いという結論だった。

この軍人再教育と並行して民間人への啓蒙洗脳活動も始まった。

基本的なやり口は、軍人向けと同じだが一か所大きく違っているのは軍人がいまだ国家組織への奉公を思想の芯に据えられているのに対し、民間人は個人の尊厳の大事さを説かれ国家は国民の自由意志を守るために存在するのだと明確に打ち出し認識させたことだ。

まあこれも崔麗華による『勝手に死ぬのは止めて欲しい』という発想からすべてが始まった啓蒙だった。

サイパンと言えば集団自決、そう刷り込まれてきた崔は、この世界でも最初の占領で少なくない民間人が死亡したという話に本気で心を痛め、この方針を強く打ち出した。

苦労したのがブレーン達である。当初は、この時代の思想を徹底的に利用して対米戦を勝ち抜こうと画策していたのに、個人主義に目覚めさせた上で国民こぞっての戦争協力をさせるとかいう無茶苦茶な思想教育を丸投げされたのだから。

それでもどうにか、かなりディープに相手を騙せるであろうシナリオを組み立て動画を作成した。こういった作業は、主に横須賀を中心とした伊東の被災者キャンプを廻り協力者を募って完成させた。

同時進行で三種類の動画を作る関係で製作班は都合七チームに分かれ関東だけでなくヘリを利用して中部地方や時に近畿までロケに出向いた。

伊東市内の各所から回収した大量のパソコンからグラフィック処理に最適化している機材を選び、動画配信をしている者やフリーの動画制作マンやらを総動員してこういった動画は作られたが、運が良いことにと言うか避難民の中に元放送局のアナウンサーだった老人がおりナレーションもプロクオリティで入れられた。

こういう陣容で計画が進められた背景には、この意識操作計画にこの世界の人間を極力携わらせたくないという意図があった。

令和の世界の実情にあまりに精通されると、この後色々やり難くなるというのがブレーンたちの見解だった。これには崖の周辺も納得の意を、特に楢本が強く賛意を示し決定されていた。

実際出来上がった動画は、まず国際救援隊政府周辺の陸海軍高級士官と政府の一般職員、そして皇居内の人間などで初期実験をして細かい修正の後にサイパンに運び込まれたのであった。

「見極めは難しいと思いますけど、それでも成果はできるだけ慎重にレポートしてください」

夜、民間人向けの上映を後ろから見ていた高野が南洋庁の滋野という役人に言った。

「わかりました。変化はしっかり記録しておきます」

そのとき隣にいた讃岐が腕時計を覗き込んで言った。

「おっと、野木先生が下書きしてた日本放送協会《NHK》さんの海外向けラジオがもうすぐ始まるぜ。尻を動かさなくちゃな。オタ三曹も一緒に聞くだろ？」

高野は頷く。

「今日からサイコロンさんのＤＪが始まるんでしたね」

「度肝抜かれるぜアメリカ軍の兵士」

二人は民間人たちが大きなスクリーンを見ていた簡易映画館を抜け出すと、仮設の並ぶ街の外れにある捕虜収容所の一つに向かった。

ゲートをくぐった二人は、管理棟の二階の部屋で海軍の士官たちと挨拶した。サイパンでの収容所の管理は海軍が担当しているのだった。主に空挺作戦で地上に降りた海軍特別陸戦隊の兵士たちがこの任務にあたっている。

「雑賀《さんか》大尉、放送を流す準備はできてるかい」

讃岐がこの収容所を預かる雑賀良夫大尉に聞いた。彼らは昼間、翌日から始める米兵から選抜した兵士と士官に対する欺瞞作戦の打ち合わせで顔を合わせていた。

「はい怠りなく。指示の通り一カ所に集めるのではなく告知もしていません」

「オーケーオーケー」

讃岐がぐっと親指を突き立てて見せたが、雑賀は「はあ」と首を傾げた。

その時、ザーッと言うスピーカーに電流の流れる音が響き、それに続いてかなり軽快な音楽が聞こえてきた。

「いきなりアニソンだ、こりゃ予想以上に型破りだぜ」

流れているのは令和の人間には耳慣れたアニメの主題歌だった。この夜からNHKの海外向け放送で娯楽にかこつけたプロパガンダを担当することになったのが、伊東でミニFM局のDJをやっていたサイコロンというサブネームの男性だった。これまでNHKの対外戦略放送は女性アナウンサーが行っていたので男性というだけでも異例だが、音楽が切れた瞬間聞こえてきたのはめちゃくちゃテンションの高い声だった。

「Hello everybody, This happy program from Tokyo to your soul! I,m new comer DJ SAIKORON! Nice to meet you. Oh sorry nice to talk with you hahaha」

かなり早口、そしてネイティブに近い発音。それも無理からぬ話で、DJのサイコロンこと斉木マクシミリアンはイギリスと日本のハーフで一四歳までロンドンで育っていたのだ。母の離婚で伊東の実家に戻って一五年、地元のダイビングショップで働く傍らミニＦＭでの番組をもう六年も続けていたのであった。

彼の存在を市役所の広報課で聞き込んだ讃岐が、柴田を通じてＮＨＫに送り込むレールを敷いたのだった。

「こんなに軽くて大丈夫でしょうかね」

ちょっと不安そうに高野が聞いたが、讃岐が窓の外を示しながら言った。

「大丈夫だ、見てみろよ、もうかなりの人間が外に出てスピーカーを見上げている」

そのスピーカーからサイコロンの声で次の曲紹介がされるが、ここで叫ばれた曲名は令和ではお馴染み女性アイドルグループの代表曲で、サイコロンは「これは自由を謳歌する日本の象徴的な愛唱歌だ」と英語で叫んで曲をスタートさせた。

スピーカーからＡＫＢ48の黄色い歌声がメロディーに乗って流れだした。

「やるじゃん」

讃岐がにやっと笑ったが、英語がいまいちな高野は、なにゆえに窓の外で照明に照らされる米兵たちの顔が驚きに満ちているのかわからなかった。

まあ端的に言えば、日本人がこんな軽快な聞いたこともないような激しいリズムの曲を唄うなんて信じられなかったのだ。しかも流ちょうな英語で、耳の良い人間はそれが英国訛りとはっきりわかるそれで日本ではこれがヒットしているとぶちかまされているのだ。驚かずにはいられまい。この世界、この時代のアメリカはまだ令和の人間には古めかしく聞こえるロックンロールすら誕生前なのだ。

「この調子でアメリカ兵どもの度肝を抜き続けてくれると、ここでの作戦にも良い影響が出る」

サイコロンが、日本では今スイカの季節で皆がこれを食べて夕涼みしていると長閑な話をし、これに続いて今度は井上陽水の歌声が流れてきた。

「普通戦略放送って敵の国の音楽流したりするんじゃないんですか?」

高野が讃岐に聞いた。

「まあ戦場の兵隊の里心をくすぐるとかやってたね。だが俺たちのやり方は違う、圧倒的なカルチャーショックで相手のやる気を削ぐ。そこに全力をかけてるんだよ」

高野が「はあ」と呟きもう一度窓の外を見た。

「この状況を作ったうえでの情報戦第一弾のスタートだからこそ効果もあるっても

のなんだよな。野木先生の頭脳に感謝だね」

讃岐の言葉の意味を考えながら、高野はやっとおぼろげながらこの放送の効果に込められた意味を理解し始めていた。

米兵たちはいつの間にか数え切れぬほどの人数が兵舎の外に出て放送に聴き入っていた。

おそらくサイコロンには台本が渡されているのだろうが、彼の話す内容は日本国内で優雅に暮らす人々の生活とアメリカのこの時代における常識を覆すような文化についての話。たとえば日本が新たに決めた全女性に対する参政権やら全民族に対する差別の厳罰化法案可決といった話題は、まだまだこの時代のアメリカでも完全には容認されていないカルチャーなのだ。アメリカでは黒人差別が普通にまかり通っている時代なのだから。

この信じ難い話に、聞いたこともない軽快なメロディー、そもそも彼らはエレキギターの音すら聞いたことがないのにシンセサイザーやらヴォカロの歌声やら、耳新しいものばかりがスピーカーから流れて来るので、日本の文化に関する話は出征前にアメリカで叩き込まれた情報こそが嘘なのではないかと思い始めているはずだ。

この謀略放送は今後ＮＨＫにおける海外放送の定番とする予定で、今東京では伊東市民から募ったDJ候補が数人オーディションとトレーニングの最中のはずだった。この放送は中波によって文字通り世界中にも流されている。おそらく他の連合国も、さらに枢軸国でさえも日本の戦略放送の大きな変化に驚愕していくことだろう。

「さあ明日からの作戦も楽しみだな」

讃岐がにんまりした顔で言った。

5

サイパン島に新しく作られた南洋庁と国際救援隊政府の出張外局の庁舎。元々は戦火を逃れた国民学校の校舎だったものに改修を加えたそれの一室。大講堂だった部屋にアメリカ軍の士官が一二名と下士官が七名集められていた。

この面子《めんつ》の選抜には実に五日もの時間が掛かった。というのも、捕虜の身上調査を行った書類から適正と判断された人間をピックアップするという作業が難航したのだ。

これは令和のブレーンたちにかなり甘い認識があったせいもある。

ジュネーブ条約の条項を叩き込まれたアメリカ兵は情報を簡単に吐かない。まあこれは権利として認められているから仕方ないが、その口にしない情報の中に自分の出身地や学歴なども含まれていることが多かったのだ。

とりあえず素直にこの情報を口にした人間をピックアップするだけでも時間が掛かったわけだが、それはつまり一度に捕虜にした人数が多かったことを意味している。

まあとにかく、苦労して選び出されここに集められた米兵たちは、現在ほぼ同じような表情を浮かべ部屋の壁に映し出された巨大な画面の映像に目を奪われていた。

それは以前、この時代の日本海軍の戦艦『長門《ながと》』と邂逅《かいこう》した際、タブレットの上で士官たちに披露された自衛隊の紹介画像を元に作られた「新日本軍と国際救援隊」紹介動画であった。

そこにはとんでもない誇張や実際には転移していない各種自衛隊兵器がてんこ盛りの偽情報動画なのだが、これを見せられた米兵たちは間違いなく頭から情報を信じた。

彼らは現実に自衛隊の兵器と一部ではあるが交戦している。その威力について懐疑を差し挟む余地はない。

そして、こういった武器はまだまだあると動画で見せつけられる。

もともとが実写であるしカラーだし音もついている。説得力はとんでもなく高い。

「いけてますね、こりゃ」

上映の様子を見学した讃岐が満足そうに頷いた。

彼は隣に立った冴木に言った。

「ちょうど明日、スイスの日本大使館を通じてアメリカに対し捕虜の大半をそっちに返すという申し出が行われるっす。その第一陣に、このメンバーをごそっと混ぜ込んじゃうってのが作戦すよ」

これを聞いて冴木が「なるほど」と頷いた。

情報欺瞞作戦、これが動画を見せた理由だ。

「アメリカ側は戻ってきた捕虜の間に日本に関する知らなかった情報が出回っている事実を掴むはずですからね、そこであれこれ答え合わせを始めるはずですが、情報収集担当者に軽く混乱してもらうのが、この動画の役目なんすよ。まあそれプラスアルファもあるんですが」

讃岐の説明は少しわかりにくい。

国際救援隊司令部で立てた作戦の詳細は、インテリ層のアメリカ兵に敢えて過剰に日本軍の近代的兵器と火力の姿を見せつけ、これは欺瞞であると思い込ませる。しかし、それこそが情報欺瞞の狙い。

実際にはあるものを、そんなものはないと疑らせる。それが第一の狙いなのだが、この判断を曖昧にさせる効果もまた期待されていた。そこに信じ難いとんでも情報も混ぜる。つまりこれによって戦略情報担当者の混乱を導くということだ。それには、今見せている動画が大きくものを言う。

ここに集めた者は相応に頭が良くて判断力が優れていると思われる。だから、敢えて画像を見せるのは欺瞞だと考えるだろうが、ここに映し出されているのは正真正銘の本物の兵器の動画だ。爆発も本物、砲撃も本物。おそらく理性はこれを見抜くはずだ。

つまり情報を話す側からして混乱しているので聞く側も正確に判断するのは難しくなるという観測だ。

実はアメリカ兵捕虜の大多数を返還する方針は最初から決まっていた。どういう形であれ大量の捕虜を抱えるのは得策ではない。正直日本兵のモラルはまだ捕虜を厚遇できる状態にまで引き上げられていない。それに食料の心配もしなくてはならない。だったら捕虜を引き渡した方がいいと令和の頭脳は考えたのだ。

無論敵の兵を返したら再度銃を取るに決まっていると軍の関係者は猛反発したが、数万の兵が増えたところで最初から膨大な兵力を抱えるアメリカ軍の前線圧力が変化するわけではない。

それにサイパンでの捕虜は、完全に打ちのめされた精神状態にある。果たして第一線に戻って勇猛果敢に戦えるのか疑わしいというのがブレーンたちの分析だった。

まあこの観測は、この数日ここサイパンの収容所を見て回った讃岐と高野も実感として受け取っていた。

概ねアメリカ兵たちの目からは覇気が消え、暗鬱《あんうつ》たる空気が満ち満ちていたのだ。

そして今、目から覇気の消えた者たちから選ばれた士官と下士官兵士たちがさらに驚愕すべき映像を見せつけられている。彼らの心中は、絶対に穏やかならざる状態であろう。

「しかし流ちょうな英語のナレーションだな」

冴木が画面横のスピーカーから流れてくるナレーションに感心して言った。

「ああ、これ実は伊東に住んでいた日本に帰化したカナダ人に頼んだんですよ」

讃岐の言葉に冴木が驚いたという顔をした。

「その人、素直に協力してくれたのか？」

讃岐がこくりと頷いた。

「ええ、二つ返事でしたよ。この世界と自分たちの置かれている状況を説明したら、戦争には大反対だし日本が好きだから全面的に協力するって乗り気になりましたよ」

冴木が腕組みして首を振った。

「いろんな人間がいるもんだな」

そこへ高野がやって来た。

「讃岐さん、帰国準備が整ったようです。迎えの二式大艇が到着しましたよ。深夜に出発とのことです」

「ああ、今夜になったんだ。実際に無事到着するまでスケジュールが決まらないってことだったからのんびりしちまった」

「まあちょっとした天候不順でも飛行できなくなるので仕方ないですよ。古賀峯一《こがみねいち》連合艦隊司令長官殉職事件も悪天候に巻き込まれた二式大艇が遭難して起きたんですしね」

讃岐が顔をしかめた。

「縁起でもない話をすんなよ」

「まあ今はこの島にも気象レーダーはあるし、飛行機にもレーダーと誘導無線を装備したんだろ安心だよ」

冴木がフォローするように言った。

「では捕虜たちのことは頼みます。それと陸軍と南洋庁にどの程度住民への刷り込みが浸透したか評価のほうをしっかりやるよう監督願います」

讃岐は冴木にそう挨拶すると、荷物を纏めるために部屋を辞した。

室内ではまだ米兵たちの驚愕の声が絶えず響いていた。

サイパンの出張が終わりを遂げ、讃岐と高野を乗せた飛行艇が深夜に日本に向け飛行を始めた日、アメリカでは大きな動きがあった。

ここまでお預け状態になっていたフィリピン戦線のルソン島上陸作戦に本国がゴーサインを出したのだ。

確かに日本軍を舐め切ったせいで立て続けに大敗を喫したが、サイパンと違い陸上戦こそが主体となるフィリピンでアメリカ側に負ける目はない。マッカーサーはそう言い切り作戦の決行を迫っていた。

結局大統領も議会もこれに押し切られたような形になった。

この世界では、日本は仏領インドシナつまりベトナムを足掛かりに蘭領ボルネオとマレー半島を占領している。これが南方占領のほぼ全域。シンガポールの占領までで南方作戦は終了した。令和の史実と同様にプリンス・オブ・ウェールズとレパルスの撃沈には成功したが、機動部隊がハワイ作戦失敗後にどんどん削られ、それ以外の地域への兵力展開が不可能になった訳である。

その影響がフィリピンの完全占領失敗という形になって表れた。

南部で抵抗線を構築した米軍は、これまでにオーストラリアからの兵站輸送で戦線を維持していたが、サイパンを奪取後に輸送経路はグアムを経由し日本領のパラオを迂回する形に変わった。

これにより米本国からの兵器をかなり迅速に運び込めるようになった。

ミンダナオで一気に反攻を開始したマッカーサー率いるフィリピナス軍団は、日本軍の大半を一か所に封じ込めレイテ島に戦線を移動させ現在はほぼその奪還に成功していた。

現在の戦線はサマール島と米軍の反抗にも屈せずミンダナオの一部に強固な陣地を敷いて抗戦する部隊の包囲戦だけで、これもさしたる戦力無しに押し切れると判断されていた。

こうなると戦略目標として残るのは首都マニラのあるルソン島の奪還のみとなる。

しかし、それが簡単にできるかアメリカ軍は思案しなければならなかった。

「正直、油断が過ぎた。日本にこれほどの優秀な兵器が残っているというのは情報収集を怠ったつけだ」

戦争省でマーシャル参謀総長はフィリピンに新しくマッカーサーの補佐として送られることになったリッジウェイ中将を前に言った。

「海軍のこの三か月の被害状況がすべてを物語っていますね。それまで一桁で推移していた月間の潜水艦の被害が、なんと天井知らずの右肩上がり。偵察ができていないどころか、通商破壊に向かっていた船まで血祭りにあげられている。正直、この状況でフィリピンに向かうのは気持ちよくありません」

リッジウェイの言葉にマーシャルは渋い顔をした。

「フィリピンの完全奪還で、対日戦の構図をもう一度引きなおす。このマッカーサーの提言が現状もっとも理に適った作戦なのだ。確かにサイパンをもう一度手に入れなければ、東京爆撃は再開できない。B29B型の開発目途も立ち、年末には何とか量産開始できそうなのだ。この先日本本土を狙うとなると、沖縄を落とすかサイパンを再度狙うかという選択になる。正直沖縄への侵攻は長期戦が必至だ、避けて通りたい道だが、ここへリーチを伸ばす選択肢も絶対に必要で、そのためにはルソンの奪還は急務となる」

　リッジウェイが人指し指でこめかみを揉みながら答えた。

「ルソンから先がどこに向かうかは参謀本部で検討してください。私は、敵は袋の鼠《ねずみ》だとマッカーサー大将の主張するルソンの日本軍掃討への最終的な準備を請け負っただけです」

「確かに、貴官に何かを求めても戦局に転換するのは難しい話だな。とにかく無事にハワイに送り届けた新兵たちをフィリピンまで連れて行ってくれ。サイパンでの硫黄島攻略作戦開始前に上陸部隊が壊滅などという事態は二度とあってはならない」

「その点ですが、戦争省でも陸軍省でも防諜には十分な配慮をお願いします。私的意見ですが、サイパンのあれは事前に上陸部隊の動きが漏れていたとしか思えないタイミングでの反撃でしたから」

　マーシャルの目つきがひときわ険しくなった。

「心得ている、いま戦時情報局（ＯＳＳ）が全力で敵の諜報網の状況を探っている。ドイツのスパイ網がかなりワシントンに入り込んでいるとの情報もあるので我々も油断はしていない。どの部隊もその動きは最大限の隠密性を保持するように指示は出してある」

リッジウェイは小さく頷いた。

「とにかく、私はまずハワイに飛んでハーヴェイ准将と増援部隊の輸送ルートの最終確認をします。ルートは最後まで極秘にそして決定は直前にというスタンスでいきます。ハワイの陸軍第五師団と第二機甲師団が無事にフィリピンに到着できれば、作戦はすぐに始動できますから」

「頼む。マッカーサーの手元にある予備の三個師団も作戦に投入できるはずだが、上陸の正面を受け持つのは陸軍第五師団と海兵第一師団に決まっている。ここに第二機甲師団を加えれば戦力的に日本を凌駕《りょうが》できるという参謀本部の分析だ」

「普段は図上演習の成果をあまり当てにしないのですが、まあ今回は結果に嘘はないと信じますよ。では出発準備がありますので失礼します」

リッジウェイは、さっと敬礼をすると参謀総長室を辞した。

その後ろ姿を見送ってからマーシャルは左手の机に座った秘書官に言った。

「国務長官に電話してくれ。太平洋戦域を動かすので各国との調整を頼みたいという趣旨で話がしたい」

秘書官は受話器を持ち上げ頷いた。

「繋がりましたらお呼びします。そろそろコーヒータイムですよね」

マーシャルが頷いた。

「ああそうだった。控室に行くよ。コーヒーも最近は胃にしみるのだがね」

参謀総長は自分の帽子を小脇に隣室へと歩いて行った。

6

「ドイツ行きの潜水艦に自衛官と伊東の民間人を帯同させるって本当ですか」

二式大艇で日本へ帰ったばかりの讃岐と高野は、へろへろの状態で国際救援隊司令部の会合に出席するように求められ自衛隊の使用するハイエースに揺られて東京に戻った。すると、会議の席でいきなりこの話をされたので驚いた讃岐は疲れ果ててへたり込んでいた椅子から飛びあがった。

「なんでそんなに大げさに反応するの?」

有川が不思議そうに讃岐に言った。

「いやいやいや、逆に皆さんなんで平気でいられるんですか?　ドイツの諜報力を舐めてませんか?　もし派遣した令和の人間の素性がばれてしまったら間違いなく拉致られて令和の未来技術について尋問されちゃいますよ！　自衛官はともかく民間人の医者なんて、尋問されたら危険です」

讃岐が強弁すると岩崎が両手で彼に静まるようにジェスチャーし口を開いた。

「無論その危険は承知の上よ。だから万全の身元隠蔽ができる人材を選抜して送り込むのよ。今回の買い付け交渉の主役は海軍参謀の後藤さんですけど、その買い付けるべき資材を選択するには令和の軍事知識が不可欠になる上にドイツ語の堪能な人間が必要でしょ。協力を名乗り出てくれた医師の江原さんはドイツ留学経験もあって今回の航海にはなくてはならない存在なの。事はコロナ問題ともかかわっているから」

そこで讃岐の表情はようやく変化した。

「そ、そうか、横須賀のコロナはまだ完全に収束状況になかったっけ。万一潜水艦内でクラスター化したら……」

岩崎が話を続けた。

「正直ね、海軍の軍医を乗せるより安心度が百万倍は上がるわ。他の医師や看護師達にも聞いて回ったけど、この世界というか時代の医療はお話にならないくらいプリミティブなの。まあ、それは機械類にも当てはまっていて、潜水艦の性能向上は最前から取り掛かってるわけだけど、ドイツ側で見繕う兵器のスペックなんかも自衛隊の幹部クラスの目できちんと評価しないと実戦での使用に向くかわからないと大島一佐が強く進言してきたから、こういう人選に決まったという次第よ。わかったかしら『担当編集』さん」

今度は高野が首を傾げた。

「でも、そんなのこちらで持ってる未来の資料をカタログにしてセレクトし海軍に持たせれば問題ないんじゃないですか？」

すると崔の秘書の楢本が額にしわを寄せながら口を挟んだ。

「どうもね、それじゃダメらしいんだよ」

「なぜです？」

高野がさらに首を傾げた。

楢本が立ち上がって上座に置かれた資料の山から数枚の写真を取り出し机に並べた。

「ドイツから輸入し陸軍機に取り付けている機関砲と、伊東の野木先生の書庫から持って来た我々令和の世界と同じはずの昭和の機関砲の写真なのだがね。良く見てくれたまえ、この世界の代物はどうやら私たちの歴史で使われていたモーゼル社の製品と構造が違っている。これを発見したのは私たち国際救援隊司令部ブレーン組織ではなく自衛隊の兵器整備担当者なんだ」

讃岐と高野がしげしげと写真を見た。一見してわかるのは機関部のレシーバー部分の形状が少し変わっていることだけだった。だが、それが意味することに高野はすぐに気付いた。

「これ内部のボルト形状が違うってことですよね。それ設計段階から変わっているという意味じゃ」

野木がこれを受けて頷いた。

「その通り。どうも異常に発射速度が早い気がしたんだと発見者は言っていてね、こいつは我々の知っている代物より効率化が進んでいて熱対策をしたうえで発射速度を一分間あたり五〇発は俺らの知っている史実より早くしてやがる。これ一個で結論するのは早計かもしれないが、この世界のドイツは我々が知っている以上に科学力が進んでいる可能性が高いんだよ。だから俺らが知っている兵器でも仕上がりに変化がある可能性を排除できない。プラスの方向にだけ進歩していると考えるのは大間違いだと春日部教授が指摘した。つまり目利きをしないとババを引かされるかもしれないんだ」

讃岐が腕組みをしてぎゅっと目を瞑《つむ》った。

「くそ、頭で考えてる以上に複雑だなこの世界」

しかし高野の反応は違った。

「自分が行きたいくらいですよこれ、知ってる兵器が微妙に違うって萌えます」

彼は「もえます」と言ったわけだが、ほぼ全員の頭の中では萌えるの字が勝手に充てられていた。

「いや、君が抜けると他の司令部メンバーが困るんだよ。だから現場の幹部自衛官を送ろうという話になったのだ。それに今回の買い付け品の多くが陸戦用の資材だからね、陸自から行ってもらう方が好都合なんだ」

楢本の言葉に高野が「残念」と呟いた。

「とにかく出港は三日後に決定しました、大島一佐の推薦で普通科第三中隊第二小隊長の西岡二尉が良いだろうと言ってきており、彼にほぼ内定です」

それまで黙っていた崔麗華が上座の席にふんぞり返ったまま言った。

「誰でありますか、それ」

高野が聞くと村田海将補が苦笑しながらそれに答えた。

「あの『いずも』の甲板でやった最終選考まで勝ち上がってきたが、私の訓示の後に貴様が全員が引きまくるほどの知識を披露したせいでビビって引き下がった男だ。大島一佐の話では、なかなかのオタクっぷりだそうだ」

村田の説明に高野が恐縮そうに首をすくめた。その横で讃岐が一座を見回して訊いた。

「そう言えば今日は大島連隊長と春日部教授が来てませんね。忙しいのですかお二人は」

野木が両手を広げながら答えた。

「伊東の例の封鎖施設で何か大きな新発見があって、それ以来春日部教授はあそこに張り付きっぱなしだ。その春日部教授の要請で伊東の封鎖線の強化構築が決定して大島一佐はその総指揮で一週間缶詰なんだ」

崔麗華の眉がほんの一ミリほど動いた。何かこの話の裏にあるものを彼女は知っている。だが、その変化にその場で気付いた者はいなかった。

「新発見?」

讃岐が首を傾げた。

岩崎が少し目線をきつくして説明を始めた。

「あの研究所の時空転移を引き起こした装置。あの謎の波動の主原因らしい反物質が入っていたカプセルが消失したらしいんだけど、その周囲に変な空間異常が起きてるっていうのよ。最初は全く訳がわからないから観測するだけだったので秘匿されてたんだけど、あの研究所の三馬鹿研究員の観測データから出した推論を聞いて春日部教授がすっ飛んで行って解析に没頭し始めたってことよ」

「はあ」

讃岐はさっぱり解らないという顔をしたが、高野は小首を傾げながら岩崎に質問した。

「空間異常って、春日部教授がかかりきりになるってことはありきたりの異常ではないですよね」

日本に残っていたメンバーは無言で視線を交錯させ、誰が口を開くべきかを探った。

結局両手を開いて野木が口を開いた。

「不可触力場を観測したそうだ。我々にはさっぱり理解できなかったが、外からの物理干渉を受け付けない空間が出現していて、その原因と理論的解析に集中しているから当分連絡するなと言ってきたんだよ。それでな、伊東の市街地の探索にあたっていた教え子たちも寄越せと言ってきたんだけど、何か問題だか連絡ミスがあったんだか、あいつら揃って今伊東にいないんだ。仕方なく教授一人で調べてるから時間が掛かっているんだ」

話を聞いた高野がぎゅっと眉を寄せた。

「超科学の世界だ……」

「まあそういう訳でしばらく教授の知恵袋の手助けは望めない」

野木の言葉に讃岐も顔をしかめた。

「なんかまずい気がしますね。変なおもちゃを見つけて呼びかけに耳を貸さなくなった子供ですよねそれ。それに、あの学生たちどこに消えたんですか？」

「どうも軍の上の方とかと関係してるって噂があるのよね。でもなんであの子たちだかわからないし、調べてる時間もないから放置してるわ」

有川が言った。

「教授が使えないのは少し痛いけど、軍事にはド素人同然なのでまあ今すぐ影響は少ないか」

讃岐が言うと野木がまたしても両手を、今度は目いっぱい大きく開いて言った。

「でもいずれ、科学分野での協力はより重要度を増す。教授にいつまでも抜けられても困る」

するると、まるで割り込むように岩崎が口を開いた。

「まあ教授と教え子の話はそれくらいでいいんじゃないの。それより今日の集まりの主題の続きをしましょうよ」

「そうね、こっちは急ぎですものね」

有川が腕組みし椅子に背を預け天井を見つめたまま言った。

「ああそうだな。大急ぎの話だ」

村田海将補が小さく頷き言った。

「今回のドイツ派遣潜水艦を端緒に、ドイツとの大規模交易を行う件ですよね」

讃岐が言うと高野以外の一同が頷いた。名取老人もうんうんと首を振る。そしてその名取老人が言った。

「枢軸ドイツの兵器類は喉から手が出るほど欲しい。海軍に関しては、儂らの時代からドイツを凌駕してたんじゃがな、陸軍の兵器は正直けた違いじゃと聞く。それで兵士を重装備にして前線に送り込むのが最善じゃ」

有川が隣の席で熱弁する名取の手をすっと両手で包んで言った。

「『ご老公』の言うとおりね、ドイツ製の優秀兵器を導入するのが日本の兵器開発を急がせるより違いなく戦力の強化にも戦術的変換にも手早く対応できるわ」

良い女に両手で掌を擦られ鼻の下を伸ばした齢九七の老人はニコニコとした顔で頷いた。

「でも戦略的に影響するほどの兵器ってどうやって運ぶ……」

讃岐がそこまで喋って、ハッとして村田の方を見た。

護衛艦隊司令官は少々渋い顔で顎を引いて見せ讃岐に言った。

「輸送隊を派遣するよ。危険は百も承知だが、護衛艦を複数同行させれば欧州まで辿り着けると確信している」

これを聞いて讃岐が「うーん」と低く唸る声を発した。明らかに気に入らないという音色だ。

「令和の戦力をヨーロッパに行かせるのはどうなんでしょう。先に向かわせる伊号潜水艦だってハイテク化したせいで秘密保持が大変そうですよ。それを一目見て未知の技術を載せた軍艦が現れちゃったらドイツはそれが欲しいと言い出しますよ」

「あ、それで思い出しましたわ」

崔麗華が急に大きな声を発した。

一同が彼女に視線を集める。

「官僚たちからの報告で、今回の潜水艦に載せていく分の対価については都合ができましたけれど、大規模な兵器購入に充てられる国費はないって言い切られてしまいましたの……」

　野木と讃岐と岩崎と有川が口をそろえて「ええっ！」と大声をあげた。事前に知っていた楢本と村田は無言で渋い顔をしていたが、高野はぽかんと口を開き、名取老人は額に血管を浮き上がらせて口をへの字に曲げた。

　崔が官僚から聞いてきた話を披露し始めた。

「もともと歳費は赤字状態で戦時国債で賄っていたんだそうでして、その償還目途が立たない以上新規国債の上乗せ発行は難しいし、そもそも大口の購入相手が見当たらない状態なのだそうです。まあ現状国交が保てている国が少ないわけで仕方ないのだと言い切られました。これは資料を見て私も納得した話です。仮に日銀での抱え込みをしても紙幣の増刷によりインフレを引き起こしたりしようものなら円に対する信用は地に落ちてしまうわけですし、国有地売却などをしても国民の貯えから吸い上げられる収入は微々たるもので、彼らの言葉を借りれば軍艦一隻分も絞り出せない、となった次第です。総理大臣の判断として言わせてもらえば、このドイツから買うという兵器に国庫から支出できる予算は限りなくゼロですわね」

　ブレーンたちは軒並み頭を抱えた。

「予想以上に深刻な経済状態だったのか。だけど戦争に勝つためには兵器は絶対必要だ。ドイツに払える何かしらの対価はないのか？　今回の伊号潜水艦での渡欧には帰りの便でドイツの最新技術各種のサンプルを得るためにタングステンや金を載せていくけど、その手の希少金属とか貴金属を集めるというのは不可能なのかな」

野木が言うと楢本が大きく首を振った。

「国民から巻き上げちゃったら、崔先生の思い描く新しい日本の在り方に反してしまう」

これを受け崔も大きく頷いた。彼女は国民の民主化を飛躍的に進める目標を掲げており、国民財産の搾取は望んでいないのだ。

「それにですね、今回の潜水艦に積んでいく分は仕方ないですが、希少金属はむしろ日本国内での需要の方が優先だと自衛隊から釘を刺されてますしね」

楢本がため息交じりに説明した。

「そうなの？」

有川が村田の方を見て聞いた。

「うむ、まあ木下や田部井に令和の技術水準に近い兵器の開発に絶対必要になるので優先確保をしてくれと言われておる。今回持って行くタングステンに関しては潜水艦に積む程度の量、たかだが五トンなので影響はないが、輸送艦にごっそり買い込むだけの対価に使ったら、装甲板一つ作れなくなるようだ」

野木が「むむむ」と腕組みして唸った。

「物々交換……」

唐突に有川が言った。

「え？」

岩崎が怪訝な表情で有川を見ると、その有川はやや遠慮がちにこう言った。

「兵器と兵器の交換じゃダメなのかしら。自衛隊の輸送艦を派遣するんでしょ、あれなら飛行機とか運べるけど」

確かに海上自衛隊の『おおすみ』型輸送艦は全通式甲板を有している。ここに航空機を載せるのは可能だ。

「ああ、なるほど、グッドアイデアだ」

野木が言った、しかしすぐに高野が言った。

「足りませんよそれでも。そもそも航空機は、日本軍の方が一機でも多く配備したくて量産してるんです。それを取りあげるとなると前線が混乱しちゃいますよ」

「ダメかあ」

野木が天を仰いだ。すると名取老人が大きく鼻息を吐いてから言った。

「枢軸ドイツが間違いなく欲しがるものがあるぞ！　あの国は海軍が弱小なのだ、軍艦を持って行ってくれてやればいい。まだ完成しておらんが既に進水を済ませた『信濃《しなの》』でも持って行けば高く売れるじゃろ」

一同が「え？」と言って名取老人を見た。

「ご老公ボケてちゃ困りますよ。『信濃』はまだドッグの中に……」

高野が言いかけた時、岩崎がガタンと椅子を鳴らし立ち上がった。

「いえ！　名取のおじいちゃんが正しいわ！」

「どういうこと？」

讃岐が岩崎を見て聞いた。

「軍艦を売るってところまでの話よ。『信濃』についてはご老公の記憶が怪しいことで出てきた名前ですけど、『大和《やまと》』級戦艦を対価にしたらとんでもなく高い買い物ができるわ」

一同が目を丸くして視線を岩崎に集めた。

「そんなあ、大和売っちゃったら作戦に支障出ちゃいますよ絶対」

高野が泣きそうな顔で言った。

「いいえ、はっきり言って今後私たちが行う戦い方で、あのクラスの戦艦は二隻もいらない。海軍力を誇示するために大和は残しておく必要あるでしょうけど『武蔵《むさし》』がいなくなっても正直大勢に影響はないはずなのよ」

岩崎はそう言うと一同を見回してから話を続けた。

「この先戦艦の主砲は艦隊決戦に使用することはないと思うわ。サイパン戦では島を飛び越えて敵艦隊を攻撃して戦果を挙げたけど、あれは例外でしょ。むしろ地上に向けての艦砲射撃こそが戦艦に求められることになるはずよ。艦隊決戦には先に決めたように潜水艦と航空機、それも非空母搭載機を最大限に活用するのが望ましいってこと。だったら四六センチ砲が九門減っても大きく戦術が損なわれることはないわ。そもそも令和の過去じゃあの二隻何にも活躍してないじゃないの」

この最後の言葉には誰もぐうの音も出なかった。

その後一〇分ほど意見を出し合ったが、最終的に武蔵を売るという案に意見はまとまった。

しかし村田はこれにあまりいい顔をしなかった。

「こりゃ逆に海上自衛隊は戦艦のお守りをする役になる。武蔵なんて大物が大西洋に向かったら連合軍は見逃してくれるはずがない。全力で叩きに来るぞ」

「それでも、何とかフランスまで連れて行って下さい。おそらくあれ一隻で我々が考える欲しい兵器の対価にはおつりがくるくらいの値段が掛かっております」

高野が村田司令官に懇願した。彼は頭の中で咄嗟《とっさ》に大和型の建造費用を思い出し、それに対し輸送艦三隻が抱えて帰れる陸戦兵器の量を見積もり、その値段を差し引いてみたのだ。結果はまだ余分に何か買い付けてもドイツが文句を言えないと出た。

「でもドイツは本当に超ド級戦艦を欲しがるの？」

有川が誰にともなく訊いた。

「絶対に食いつくよ。これはセールスマンにうまく立ち回ってもらう必要があるな」

野木が言った。

「その人選は、政府が責任を持ってやるということになるわね」

崔麗華はそう言うと楢本と柴田に視線を向けた。

つまり二人に責任を持ってやれという意思表示だ。

こうして遣独セールスマンの人選と最終準備は加速され、あっという間に出港の朝を迎えた。

東京湾周辺は相変わらず自衛隊艦艇の電子の目で守られ、湾外もまた対潜水艦警戒が密にされ、アメリカ潜水艦はこの一か月関東近海に接近することが不可能となっていた。

実際これまでに四隻の国籍不明潜水艦を自衛隊は撃沈しており、さらに警戒範囲を広め相模湾沖や駿河湾沖でも自衛隊と海軍共同で三隻の潜水艦を沈めていた。

まだ専門の対潜哨戒機製造は軌道に乗っておらず、九六式陸攻や九七式大艇といった旧式化の進んでいる機体を応急改修し哨戒機として飛ばし、自衛隊は夜間の不定期哨戒を担当した。

こうしてすっかり安全になった横須賀の港から三隻の潜水艦と途中までエスコートする汎用護衛艦二隻が錨を上げようとしていた。

「今回の作戦名をあえて『明日のためのその三』に指定したの楢本さんだそうだね」

野木はそう言うと、顎を撫で崔麗華の名代として出航を見送りに来ている楢本を見た。

「ええ、なんかもう連続した作戦は管理の都合で共通名付けちゃっていいかなと。特にこの辺、仮に漏れても敵には何が何だか推理できない名前ですし」

見送りに来ていた一同が「もっともだ」と呟きながら頷いた。

「今回の作戦は一応秘匿だから一般市民の岸壁からの見送りはないのね」

周囲を見ながら有川が言った。

「もうこの先安全を優先していったら、伊東市民にはどんどん田舎に疎開してもらうのが正解なんだけどなあ。今日も丘の上には暇を持て余した令和の市民が五〇人くらいは散歩をかねて港を見ているはずですよ」

讃岐が横須賀港を見下ろせる高台を示して言った。そこは令和の世界では公園になっているが、この世界では軍の施設の一部で、ちょうど伊東市民の一部が暮らす仮設住宅村からの散歩に適した位置になっていた。ここが軍の管理地なのは港の様子がよく見えるからであるが、令和市民に関しては軍事機密以上の機密を本人たちが握っているのだから自由に軍の敷地内なら移動していいという話になっていた。

「まあ彼等にもさすがに出ていく潜水艦の行き先と誰が乗っているかまではわからないさ。防諜的に問題ない」

野木が肩をすくめて言った。

結局泥縄に近い人選で決まった今回の伊号二〇潜水艦に乗っていく面子は、政府からは全権として崔麗華が新しい内閣を立てるまで商工大臣だった岸信介《きしのぶすけ》、金庫番としては財務局長の大平正芳《おおひらまさよし》、令和自衛隊から西岡二尉、軍の代表としては海軍の後藤光太郎《ごとうみつたろう》参謀大佐と陸軍の技術畑から上條卯作《かみじょううさく》大佐、そして軍医に代わって乗船する令和の伊東市民で開業医の江原修二《えばらしゅうじ》氏。これにもう一人交渉の名人という肩書で全権の岸信介の推挙で三井物産の常務取締役の宮崎清《みやざききよし》という使節団の顔ぶれになった。

最初のメンバーだけでは絶対に『商売』は無理という先の会議の話から、崔麗華の側近の二人が官僚を半ば脅迫して見つけ出したセールスマンが宮崎だった。

だがこれが決定したのが一昨日の晩、選ばれた本人は、いきなり政府の役人に連行され潜水艦に放り込まれるという拉致同然の出港となってしまった。

今まさに岸壁を離れた伊号二〇潜水艦は令和のメカニックたちによって徹底的に改造が施されていた。

一か月の入渠《にゅうきょ》でまず対空用と水平線の二種のレーダーが取りつけられ、後部甲板に護衛艦が積んでいた五三センチホーミング短魚雷四本を発射できる発射筒が設置され、令和のデジタル式パッシブソナーも搭載された。

この他に九一式携帯地対空誘導弾、つまり携帯式対空ミサイルのＳＡＭ２も艦内に載せられた。

甲板の搭載兵器もすべて対空機銃に変更され総数四基六丁の二五ミリ対空機関砲

が設置された。

本来搭載できる小型偵察機はカタパルトごと撤去され、航空機格納筒はそのまま貨物倉庫となり、前部甲板にはさらに水密式の大型コンテナ三基が固定搭載された。

潜水艦の内部にも手が入れられ、機関室では主機のディーゼルエンジンに防振用のゴム台座が敷かれ、その他にも音を発する機械類には軒並み防音装備がなされた。しかもエンジンの内部にもコーティングなどが施され燃費効率は格段に上がっている。

潜航中のモーターを動かすバッテリーに関しても、その半分以上を令和製のバッテリーから改造された大型のそれに換装し水中速力が若干ながら上がり、電池航行時間は一五〇％も伸びた。

極めつけがシュノーケルの装備である。これによって危険海域での水中航行が可能になった。しかしシュノーケルは航空機から発見される可能性があるため、昼間は電池による潜航で航行し夜間にシュノーケルでエンジンを動かし充電しつつ潜航を続けるという方法が指示された。

こうして見た目からしてかなり変化した伊号二〇潜水艦は横須賀の港から、遥か大西洋を目指し出港した。これに付き従い伊号一九と二二の二隻の潜水艦も港を後にしたが、こちらもまたレーダーを装備したりシュノーケルを装備したりとかなり見た目が変化していた。この二隻もまた能力的にはそのまま欧州まで行けるそれを与えられているのだった。これは万一の場合の伊号二〇のバックアップの役を担っているからだ。

三隻の伊号潜水艦と第一一護衛隊の『あまぎり』『ゆうぎり』の二隻の護衛艦は、かなりの速度で湾外に出ると一気に太平洋を南に向かった。

少しでも時間を縮めるため、護衛艦二隻が同行した状態でパラオを通過するまでは速度の出る水上航行だけで突き進むことになっていた。対潜と防空に貫き出た能力を持つ護衛艦に守られているからこそできる離れ業であった。今回も護衛艦はそれぞれ二機のヘリコプター合計四機を搭載し哨戒に万全を期した体制だ。

横須賀を発ってから昼夜を徹して進む艦隊は、予定より一二時間以上早く分離地点に到着した。

『あまぎり』と『ゆうぎり』の乗員たちが甲板に集まり、手に手に帽子を振った。伊号二〇潜水艦もまた、この先もしばらく道中を共にする伊号一九と二二潜と共に乗員一同が狭い甲板に居並び心からの帽振れで令和の自衛官たちに別れを告げた。

三隻の伊号潜水艦の司令塔からホイッスルが鳴り、乗員が艦内に消えると潜水艦たちは順次潜航を開始した。

名残惜しそうに自衛官たちの見守る中、三隻の潜水艦はその姿を完全に海中に没し、一路南西の多島海セレベス、モルッカ方面へと舳先《へさき》を向けた。

伊号二〇潜は、ここからおよそ四〇日間の航海でドイツ占領下の南フランスへ到着する予定だった。

最新の装備で固めたとはいえ、無事にたどり着ける保証はない。それでも、この時代の装備のままの伊号潜水艦より格段に生存性は高まっているはずだ。潜水艦の乗員たちは細心の注意で姿を隠し、困難な航海を成し遂げる決意を固め突き進んでいった。

彼らの到着によって国際救援隊政府の思い描く対米戦争勝利への門がようやく少しだけ開き始めるはずであった。

だが、この令和の目から見たら悠長としか思えぬ作戦に焦りを感じる人間が政府の中にいることも確かだった。いやより正確に記すなら政府の中央、いやいやこの新政府そのものとでも表現すべき相手、つまり総理大臣崔麗華がその当人であった。

彼女は、司令部ブレーンたちの描く対米勝利作戦の道程の遠さに苛立ちと焦りを強く感じ、眉間の皺《しわ》の数を増やしていた。それどころか、ここへきてはっきりとブレーンへの批判ともとれる発言が目立つようになっていた。

楢本も柴田も必死に崔麗華を操縦し、この世界の官僚や政治家との激突を回避してきたがその崔麗華の向ける刃《やいば》の先が身内と言うべき令和のブレーンたちに突きつけられると、どう対処すべきか苦慮し始めていた。

今も二人の秘書が持って来た報告書を前に崔は不満の色を隠そうともせずに吠えた。

「このスケジュールで大丈夫なの？　日本の軍人も日本人、つまり『私が』守るべき国民だということを忘れないで。もっと抜本的な打開策を、戦線をひっくり返す手を考えなきゃ話にならないわ」

崔はいらいらと報告書のページをめくる。

彼女はブレーン達とは別に独自の作戦を既に始動している。だが、その彼女の思惑をしても容易に事態を打開できるものではないことが手元に上がって来た報告書には記されていた。

それが崔麗華を余計に不機嫌にしていた。

「何もかも遅いわ、もっと早く動かなければアメリカはまた大きな拳で日本を叩いてくる。牙は研いでいても、相手を叩きのめす拳はまだ作れてはいない、もどかしい、あまりにもどかしいわ」

崔麗華は首相公邸の窓から緑の中庭を見下ろし一人爪を噛んだ。

昭和一八年は盛夏を迎えようとしていた。時間の流れと共に、一度は膝を屈しかけたアメリカもう一度戦場に全力を投入しようと立ち上がる。

次の戦いの火の粉は、既に日本の、国際救援隊の上に降りかかろうとしていた。

無論救援隊のブレーンたちもそれは承知している。

すべての目と耳は日米双方フィリピンに指向していた。そこが大規模な戦場になることは不可避なのだから。

今日本にできることは、そこで出来得る限りの『時間稼ぎ』をするだけ。

起死回生の手駒が揃うには、まだまだ時間が必要なのだった。

第二章　胎動続く比島戦線

1

日本帝国政府の官僚たちは実に有能だった。令和世界から来た崔麗華以下の国際救援隊首脳、といっても政治家は崔一人で後はど素人の集まりな訳だが、その彼らが建てた国策実務を実にテキパキとこなし、さらには政策に基づく外交チャンネルを使って各国への申し送りや折衝を実に無難にまとめ上げて見せた。

その結果、アメリカがそろそろ反撃に出ると思われた出鼻をくじく形で、一時停戦をしてサイパンの戦闘で捕虜にした兵士の一部およそ三〇〇〇人を送り返す、いや事実上丁重にお引き取り願う行動に出ることができた。

それはつまり四八時間の一時休戦の間に兵を引き渡すというもので、迅速なことに既に捕虜はフィリピンの最前線地域サマール島へ日本海軍籍の高速輸送艦で送り届けられていたのであった。

これは本当にアメリカの本格反撃の出鼻をくじいた。実は本来ならこの四八時間の休戦の只中に、ルソン攻略隊の集結と出港が予定されていたのだ。これがピタリと止められたわけである。現地司令部がいら立たない訳がなかった。

この休戦決定はすべてワシントンからの押し付けであった。

「まったく日本軍はどうしてしまったのだ。大量の捕虜をいきなり一方的に返すなんて。通常なら捕虜交換がセオリーだろうが」

白旗を掲げたトラックの車列が前線を超えてやって来るのを見つめダグラス・マッカーサー大将は渋い顔をした。

「養いきれないということじゃないでしょうかね。聞けば各前線の日本軍の食糧事情は最悪だという話ですし」

参謀副官のレイリー中佐が言った。

「それはきっと日本本土でも状況は変わらないのだろうな。まあこちらは戦力が回復するわけで大歓迎だがな」

コーンパイプをポケットから取り出すとマッカーサーはそこにタバコの葉を詰め込み、四五口径の拳銃弾の薬莢《やっきょう》でぐいぐいとそれを押し込んだ。

「戻ってきた兵隊は後方のダバオまで移送して休養させますが、本国からの指示では大半を一度ハワイまで戻し復帰が可能か判断する、とのことでして」

マッカーサーの顔がますます不機嫌そうな渋い顔になる。

「はっきり言ってこの戦線の兵力が十分であるか私には確信がない。一兵でもいい原隊ではなくフィリピナス師団に配置したい。どうも我々は日本軍の戦力を見誤っている可能性が高い」

途切れることのないトラックの車列に視線をやってマッカーサーは呟いたのだが、この一〇〇台を超えるトラック、実際には半数以上が日本軍がアメリカ軍から鹵獲していた代物だ。

東京からの指示で、すべての鹵獲車輌に日本軍式の迷彩を塗るように数日前に命令が出た。そしてミンダナオだけでなくルソンを含む近在の島にある動くトラックのすべてを例外なく捕虜の輸送に投入しろという命令も出た。これが実に簡単にマッカーサー以下のアメリカ軍指揮官たちの判断を誤らせてくれた。

日頃から車輛に携わる兵士ならともかく、士官たちはトラックの細かい形までは見ていない。しかも日本軍の塗装を身に纏ったそれがつい先日まで自分たちの使用していた車だなんて夢にも思わなかったのだ。

米軍の航空攻撃の目を盗み最前線まで運んだトラックのおかげで米軍の捕虜返還は一日で完了した。

そして、停戦が発効している三六時間の残り時間でこのトラック部隊はすべてルソン島と最前線のサマール島へ輸送され、この島の防御陣地造りに投入されることになった。

一方米軍は、このあまりに鮮やかな日本軍の動きと驚くほどの機械力機動力を前に、単純に力押しを考えていたルソン攻略作戦を一部手直しする必要を痛感。攻撃のXデー策定を一時的に棚上げした。

これこそが東京の国際救援隊司令部の狙った成果、米軍は見事に彼らの思うつぼに嵌まった訳である。

しかし、これがあくまで一時の時間稼ぎでしかないことは、救援隊のブレーン達にもよくわかっていた。

「最前線への増援が絞り出せない状況でいかに敵の攻撃を遅滞させるか、そこが焦点になります」

高野『伍長』がブレーンと日本軍トップを交えた司令部首脳を前にして言った。

すると陸軍大臣の山下奉文が言った。

「兵がおらん訳ではない。既に中国では速やかな撤退の叶った地域で再編成が始まった。しかし、貴官たちの言う従来の装備で前線に兵を送ってもいたずらに死傷者を増やすだけだという言葉を胸に刻み自重しておるのだ」

岩崎『副担任』が深く頷きながら返答した。

「ありがとうございますわ閣下、その通りなんです。再編成は私どもの今後の戦争方針に基づくそれなんですが、まだ行き渡らせるべき新兵器の生産が軌道に乗っておりません。前線に向かう部隊には最優先に配っているのですが、満足できるだけの装備が整うのにあと三か月は必要ですわね。つまり、最低でもそれまではフィリピンの最前線部隊は戦場を現有戦力で維持してもらわなければ困るということですの」

一同は納得の表情を浮かべ頷いた。

「遅滞戦に関しては、ぶ、ブレーンの、皆さんの授けてくれた戦術が有効であると参謀本部も太鼓判を押したのでこれを現地部隊に徹底させます。なるほど、この戦術の一部に在支部隊の多くが苦しめられておったので、まあ腹は立つが有効なのは確かであろう」

満州にあって前線とは離れていたとはいえ山下大臣は、多くの戦場での辛苦をじかに聞く機会があったはずだ。その山下、まだ耳に新しいカタカナ語には不慣れなようでたまに言い間違えをしているのを部下や救援隊幹部たちは知っていた。

「フィリピンに関してはその線でいくしかないが、問題は他の島嶼《とうしょ》部の守りなんだ。ここは手薄な海軍のテリトリーになる。南洋庁管理でまだ米軍の手に落ちていない島が幾つも存在する。このすべてを守り切るとなると大ごとなのだ。しかし、向こうの打ってくる手を先に読めば防衛は不可能ではないと思っている」

口を開いたのは野木『文士先生』だった。

「情報収集については、ドイツとの協力以外にも在米協力者のおかげで新しい諜報組織網が急速に出来上がりつつある、これと無線傍受を組み合わせなんとか敵の動きを事前に感知していきたい」

嶋田海軍大臣が言ったが、すぐに讃岐『担当者』が挙手をした。

「その新しい諜報組織の構成員って、どの程度信頼がおけるんすか？」

これには新たに作られた日本の情報組織を束ねる岩畔大佐が答えた。

「信用度はゼロだ。しかし金に汚い人間を選択させた。基幹要員は全員日本人なので問題はないがな」

「そう言えばこっちの世界では日系人は強制収容されていなかったのよね」

有川『マネージャー』が言った。

「真珠湾がだまし討ちにならなかったおかげさ」

野木が肩をすくめながら言った。

「それでもほぼすべての日系人に監視がついており、行動制限は課せられている状況だ。州を跨《また》いでの移動は規制されワシントンDCからはすべての日系人が追い出され、マンハッタンでも事実上三ブロックの中での生活を余儀なくされている。それでも、彼らがいるおかげでかなりの情報が入手できている。問題はアメリカの防諜機関が既に動きに気付きドイツ系住民と日系人の接触に目を光らせ始めたことだな」

岩畔の言葉に讃岐が表情をしかめた。

「それまずくないっすか」

しかし岩畔はふっと笑った。

「抜け道はいくらもある。例えばニューヨークで最も多い協力者はインド人だ」

岩崎と高野が同時に「あっ」と声を漏らした。

令和の世界の人間から見た過去では岩畔はインド独立のための機関設立に携わっていたのだ。

「そっちはお任せするしかないですわね。くれぐれもアメリカ側に気取られぬようにお願いします」

ずっと黙って話を聞いていた崔麗華首相が低い声でそう言った。

首相の言葉に岩畔はすっと頭を下げた。陸軍の中には、まだ女性首相に対する抵抗のような気概が一部というか、かなり根強く残っている。その中で、崔麗華の有能さをアピールする宣伝塔の役を岩畔は自ら買って出ていた。諜報の専門家がこの仕事を買って出た成果はあっという間に現れ、在関東の陸海軍部隊の士官クラスのほとんどは崔の政治遂行能力に何の疑問も抱かなくなっていた。

これが既に波及効果を及ぼし、日本全土だけでなく海外の日本軍でも国家指導者としての崔麗華は指示されつつあった。その背景には、軍部の指導は軍人に専任させるという崔の方針も大きく関係していた。

軍と政治をこの先どんどん切り離していく。それこそがブレーンたちと崔麗華の一致した意見でもあったが、軍部ではその意図する先を理解している者はほんの一握りに過ぎなかった。彼らにはシビリアンコントロールというのは、なかなか思い至れぬシステムなのである。

「ドイツ系で思い出したんですが、ドイツに向かった潜水艦は無事なの？」

有川が嶋田の方を向いて聞いた。

「ええ、昨日夜に定時の暗号短信を受信しています。『さ三』という内容ですから、既にフィリピン沖を通過しました。どうにかアメリカ海軍の最初の喉元は過ぎたというところですね」

嶋田の説明に一同は胸を撫で下ろした。

ドイツへの連絡航海に出発した伊号潜水艦には、とにかくありとあらゆる類のハイテクを用意できる限り詰め込んだ。そのせいで居住区画が狭まったが、実は本来の乗員を一〇名減らせるほどに省力化も進んでいた。特に機関関係では、ディーゼル機関の徹底改良とモーターとバッテリーの積み替えという大作業を熟したおかげで、貨物スペースまで生まれていた。

今回の航海ではそこに詰めるだけのタングステンを載せた。減った分の乗員に代わって交渉団が乗り込み、なんとかベッドが足りない事態も回避された。

唯一今回増えた海軍乗務員は、パッシブソナー要員だ。従来の自然調音を耳頼りで判断するそれではなく、電子的に波形を分析し機械音を探知する純粋なソナーだ。無論令和水準のテクノロジーで、その母体は護衛艦に積載されているもののナローコピーだ。

実はこの伊号二〇潜には、アクティブソナーも搭載されている。ホーミング魚雷まで搭載している潜水艦には無用と思われる装備だが、万一ホーミングを撃ち尽くした後もこれがあれば短距離で必中の魚雷発射を行える。

ただし相手が単独の場合のみだが。

「インド洋を過ぎたら、もうその先はどうにもアシストできませんし、まずはダミーを含めなんとか無会敵で喜望峰までは抜けて欲しいっす」

讃岐がそう言って壁の地図に目を向けた。

実は今回のドイツ連絡航海、伊号二〇潜は単独で任務にあたっているのではなかった。

ほぼ同様の航路の前後に一隻ずつの大型の甲巡潜水艦が付き従っている。これらの艦は、現代化された兵装などで伊号二〇潜に劣るものの、静粛性や機関の能力などはほぼ同等に引き上げられていた。この二隻は万一伊号二〇潜にトラブルが発生した場合、洋上で積み荷と連絡要員の乗せ換えをするというバックアップ、さらに敵の艦隊などに遭遇した場合はこれを積極的に攻撃し伊号二〇潜の存在を隠す囮《おとり》役、さらには伊号二〇潜同様に搭載されている携帯ＳＡＭによる敵機攻撃の護衛までも兼ね備えるという徹底した布陣が敷かれていたのだ。

絶対にドイツにたどり着かせる。最悪帰還が困難でも現地までは絶対に送り届けるという気概がそこから滲み出ていた。

「交渉の成功を信じてこちらは準備を進めていいですわね。海軍も護衛艦隊も相応に準備が必要になりますし、すぐに物資の用意を始めないと駄目だと通産省と満州の開発庁から報告が来ています」

崔首相がかなりの厚さのファイルを示しながら言った。

「燃料の問題はどうなったんですか？」

有川が聞くと嶋田海相ではなく岩崎が答えた。

「こちらの戦争では海戦の回数がまだ少ない上に近海でのそればかりでしたでしょ、それに加えて早期に沈んだ大型艦が多かったので戦前備蓄の大幅な減少は免れているのよ。さいわいにB29は呉と横須賀の燃料廠を爆撃しなかったので備蓄量七割以上の大型タンクはすべて無事。今回向こうまで行くことになる武蔵以下の艦隊には十分満載できる計算だわ」

そこで讃岐が疑問を口にした。

「この武蔵輸送作戦はタンカーを連れて行かないそうだけど、護衛の部隊は途中で燃料が足りなくなるんじゃないか。小型艦はヨーロッパまでの航続距離を持っていないだろ?」

するとずっと黙って聞いていた名取『ご老公』が口を開いた。

「武蔵が満載できるなら問題ないのじゃ。大型艦のタンクはでかい。欧州まで行くのに全量は使い切らんで済むはずじゃ。だから武蔵から洋上給油すれば済むだけのこと。真珠湾作戦でも空母から駆逐艦に洋上給油したはずじゃが」

こういう戦中の記憶に関する話だけは名取老人の頭はしゃんとしている。この説明に嶋田海軍大臣も深く頷き内容を肯定した。

「その辺はまだ研究が必要みたいですが、専門家集団に急いで計算するように指示して海自からもパソコン込みで要員を回しています」

村田護衛艦隊軍司令官が言った。

「あまり先を急ぎ過ぎて話が頓挫でもしたら反動が大きくなります。今は慎重にその話を進めるにとどめてください」

崔の私設秘書の楢本が釘を刺すような口調で言った。彼は軍事だけでなく政治全般にも半歩引いたポジションから目を光らせていた。

「そうね。今は目前の戦闘に傾注すべきね。フィリピンの状況はどうなっていますか？」

　崔が訊いた。

　すぐに岩畔がメモを開いて返答した。

「藤原機関の計画した捕虜情報操作作戦が効果を発揮すると試算されているのが早くて一〇日後、それまでにアメリカは間違いなく戦線を動かしてきます。現在捕虜輸送に使用した車輌群を停戦解除される一七時間後までに全力で後方に移動させるべく、ありったけの大発を現地に集結させ輸送船の補助にあたらせています。現地軍は、アメリカの攻勢開始と同時に戦線の縮小を始めルソン決戦に向けての最終準備に入ります。既に陸軍も海軍も既定路線での防衛計画に向けて準備を終えて指示を待っている状況です」

　この説明に一同は深く頷き、崔麗華は一度目を瞑ってから深く深呼吸し一同に告げた。

「では、改めて対米戦争の勝利に向けての第二幕の開始を宣言します。明日、大連に集結した全部隊に台湾及び南西諸島への移動を命令し、護衛艦隊から派遣した各護衛艦による援護と支援を開始してください」

　一同は立ち上がり、ある者は崔麗華に頭を下げ、ある者は敬礼を送り会議は締め括られた。

アメリカの考える常に一歩先を進む。それが今の日本にとっての生き残り、いや世界の生き残りのために必要な条件であった。

2

ドイツに向けての航海を続ける伊号二〇潜水艦とそのバックアップと護衛の二隻の潜水艦伊号一九潜及び二二潜は、フィリピンをやや遠巻きにしモルッカ海へ間もなく入ろうという位置にあった。

昼の間はシュノーケルで潜航しつつ進み、夜は浮上して一気に速度を上げる。対空と水平線レーダーのおかげでどの潜水艦もここまで敵をやり過ごすことができた。

これまで数回敵を感知したが、昼間は直ちに電池によるモーター航行に切り替え深く潜航し、ソナーによって敵から巧みに針路を逸らした。

夜間は急速潜航でそのまま無音沈降し安全深度ぎりぎりで敵をやり過ごした。日本海軍の潜水艦はこの時代もっとも進んだ水平潜航機能を有しており、無動力状態の潜航でも何の不安もなく時を過ごせた。

その夜、白波を蹴立て進む伊号二〇潜の甲板には交替で休憩を取る乗員と遣独交渉団に加わる令和代表の一人西岡二尉が晴れ渡った夜空を見ていた。すると、そこに民間人の江原医師がやって来た。

「星座を見ているのかね」

問われた西岡が微笑みながら答えた。

「南十字星を見つけようと思ったんですが、よくわからないです」

すると江原が笑いながら彼の横に座り宙を指さした。

「見つけ方を教えるよ、まずあそこに見える明るい星を頂点にした三角形の星座、これを起点にしてその一片を伸ばしていく」

江原に言われた通りに視線を動かすと、なるほど西岡の目は傾いた十字の星座を見つけた。

「ああ、確かに。一個だけ暗いのですね」

西岡が言うと江原が笑った。

「そう、それが本物の証拠だ」

「本物？」

西岡が首を傾げると、江原が別の方向に指を向けた。するとそこにも十字にキレイに並んだ星が輝いていた。

「あれ、南十字星がもう一個？」

「俗にいう偽十字だ、こっちは星の輝きがほぼ揃っているだろ、そのせいで本物より発見しやすい。だが、見比べてみれば南十字の方がはるかに明るいとわかる」

西岡が感心して首をゆっくり振った。

「先生物知りですね。星の見分け方まで詳しいとは」

すると江原が少し複雑な貌をした。

「以前、東チモールにいたんだよ」

この言葉に西岡は驚いた。

「紛争地帯じゃないですか。何をしていたんですか」

江原が空を仰ぎながら話をした。

「私は国連職員として紛争が下火になった東チモールに派遣され、そこで国連の平和監視団の医師を務めていた。その時星の見方をオーストラリアの兵士に教わった。彼は仕掛け爆弾で片足を失ってしまい、私のいた医療施設に運び込まれた患者だった。戦場というのはね、さっきまで笑っていた仲間が突然何も言わないものに変わる、そんな場所だからどこか心に夢を持ち続けないとどんどん心が削られやせ細る。

その削られた心が折れたら、銃弾に貫かれるのは自分の番なのだ。その心を休め肥やすための道具に彼は星座を学び、晴れた夜は好きな星座を見つけることで心を豊かにして生き残って来た。でももう戦場は自分に用はないと言ったようだ。彼はなくなった自分の足を指さしてそう微笑んでいたよ」

西岡は言葉を発せられなかった。彼は防衛大学を出てから現場一筋であったが、まだ海外派遣の経験はなかった。それだけに今回のドイツ行きは正直幸運だったと思っている。陸自一筋の彼は、航海の最も過酷な部分が実はこの先に待ち受けているなど気付いてもおらず、ここまで気楽に航海を続けてきていたのだ。それだけに江原の突然の話にどう反応していいかわからなくなったのだ。

「君がどう思っているかはわからないが、私は横須賀を発った時から戦場にいる覚悟を決めてね、心をできるだけ豊かにしようと努めているよ。君も何かを『忘れる必要ができた』時のために逃避すべきものを持つことを薦めておくよ」

江原はそう言うと西岡の肩を叩き立ち上がり、ハッチから船内へと消えて行った。

その時、艦橋にいた海軍の使節代表である後藤大佐が叫んだ。

「フィリピンのアメリカ軍が攻勢を開始したとＮＨＫの国際放送が伝えてきた。本潜はただいまより念のための警戒行動として夜間潜航航行に切り替える。総員急速

「潜航準備！」

甲板にいた兵士たちはみな無言で立ち上がると大急ぎで最寄りのハッチへと駆ける。

既に潜水は開始されており急いでハッチを閉めねばならないから、兵士たちは梯子には足をかけず両手で枠を握りスルスルと滑り降りていく。

西岡も急いで艦内に戻り、全員が収容されハッチを閉ざすと伊号二〇潜はメインバラストタンクに一気に海水を飲み込み、深度二〇メートルまで沈降した。

艦長が潜望鏡に取りつきながら艦内放送で告げた。

「明朝までシュノーケルでディーゼル航行、夜明けからは深度四〇で電池航行とする。総員は準戦闘配置、各員半直とする」

これまで八時間交代の三当直だった配置を一二時間ごとに半数が配置につく二直に変更したのだ。これはまさに敵がいたらすぐにでも攻撃を行える状態を維持するという意味である。

放送を聞いた西岡が呟いた。

「戦場、なんだな……」

彼はサイパンの戦闘においては直接戦闘を経験しなかった。彼の所属部隊は、主に後方警戒にあたっていたのだ。

西岡にしてみたら、あの時よりこの密閉された潜水艦内の方がよほど緊迫した戦場に思えた。

「気を引き締めるべきなのか、夢を見るべきなのか……」

宛がわれている二人で一部屋の士官用寝室に向かいながら西岡は考えた。しかし、その答えはこの閉ざされた空間で見つけるにはかなりの苦労を強いられそうだった。

その頃深夜を迎えようという日本は、米軍の動きを摑んだことから国際救援隊司令部が慌ただしい動きを見せていた。

新たに作られた統合作戦司令部にはかなりのハイテク機器が持ち込まれていたが、それらを駆使してブレーンたちは台湾付近にいる護衛艦隊の一部と接触をしていた。

「さすがにまだ米軍はこのデジタル通信を傍受して解析するだけの力を得てはいないようです、取り敢えず現状は安心して口頭で報告を願いします」

通信機に向けて話しているのは海上自衛隊の田部井一尉だった。

「了解した。当輸送部隊は明朝に高雄到着を予定し全速で航行しているが、この一二時間で潜水艦二隻を発見撃沈、一隻を攻撃後に見失っている。これまでに通信傍受はしていないので、敵に現在地が露見している可能性は低い」

相手は海上自衛隊第一輸送隊を率いる輸送艦『おおすみ』の筈見一佐だった。

「護衛艦四隻の状況に変化はありませんか」

田部井の問いに今度は『きりしま』のCIC長が答える。

「うちの護衛隊は元気そのものだね。元々の連携ができている。輸送隊がヘリを六機持っているのも心強い。まず問題なく台湾への部隊輸送は完了できる。問題はその先ってことになるな」

田部井が地図に視線を向けてから答えた。

「ブレーンからの指示で、比島への輸送には自衛隊は加わらないでくれという話ですから、まあ海軍に一任するしかないのですけどね。要は敵の機動部隊が出て来るかどうか、まあ丁か半かの博打みたいなもので、半ば出たとこ勝負みたいなものです」

いきなり田部井の肩がポンと叩かれた。

慌てて振り返ると木下一佐が苦笑していた。

「言ってることは正しいが言葉を選べ、それでも参謀の端くれか、こら」

「あ、申し訳ありません」

田部井が頭をポリポリと掻いた。

そこに今度はサイパンから戻ったばかりの陸自の冴木三佐がやって来た。

「中国から台湾への機甲部隊輸送は間もなく終わるのだね？」

この問いに田部井は頷いた。

「はい、明朝上陸し再輸送のための補給に入ります。既に大連で改修を終えた仮称三式砲戦車中心の編成部隊ですので、フィリピンへの輸送には万全を期したいというのが本音です」

冴木が少し難しい顔でこれを聞き頷いた。

「暗に海自にそれをやらせて欲しいという感じの発言だな。しかし、もう機甲部隊輸送の主力は戦車揚陸艦を擁する海軍の新編輸送第二艦隊の担当と決まったことだからな」

「それはそうなんですが、せめてＬＣＡＣだけでも投入できれば輸送時間の短縮になるのにと」

田部井の言葉に冴木は少し思案してから小声で言った。

「どうやら、うちのブレーンたちは自衛隊にさらなる奇襲を押し付ける腹のようで、陸海どちらもその準備に入らせたいようなのだ」

司令部参謀でも尉官クラスでは触れられない作戦機密の一部を冴木は漏らしたこ

とになる。しかし、まあ令和の人間なら守秘に関しさほど気を使わなくていいという判断が冴木にあったようだ。

　田部井が少し考えこんだ。そしてこう冴木と木下に告げた。

「なるほど自衛隊戦力は有効な奇襲戦力足りえます。ですが、その近代兵器もいずれ枯渇し使えなくなるのを忘れないでいただきたいとブレーンの皆さんに伝えてください。ある時点から先、海自の護衛艦は文字通り防御のための目と耳を持つだけの存在となり、盾として有効に機能できなくなります。もし大きな作戦を自衛隊中心に続けるなら、いずれ自衛官にも大きな犠牲が出る。それを我々は自覚すべきです」

　木下が片手で後頭部を押さえながら嘆息《たんそく》し、小声で田部井に言った。

「お前さんは頭が良いから、護衛艦を今後、日本海軍にとっての統括指揮と警戒活動に特化させるべきだと考えているのだろう。私もそれには同感だ。しかし、輸送艦や『いずも』のような存在は日本海軍と一体化させるより独自の用法を確立しないと間違いなく大きな落とし穴にはまり活用が難しくなる。それは私からも村田司令官に進言してある話なんだ。次にブレーンどもがどんな作戦を企図しているかはわからんが、その戦いの導き方で海自将兵の運命が決まると判断したら、私は容赦なく作戦の修正や撤回を要求する腹だ」

　これには冴木も頷き口を開いた。

「陸自も腹は一緒だ。無理に作戦で消耗したら、我々が有している先進性であるが故の優位な戦力がどんどん削られてしまう。ここぞという時に圧倒的有利に戦いを進め戦場の主導権を握る。この戦いが今後絶対に重要になるだろう。『我々令和から来た人間』にとってはな」

　田部井がぐっと視線を天井に向けて漏らすような声で冴木に聞いた。

「人間と敢えて言ったのは……」

　冴木がぐっと顎を引いて答えた。

「伊東市民、彼らの生存余地もまた我々の今後の戦い方に掛かる。そういう話だ」

「そう、ですよね。三万人は決して少なくない人間だ……、戦争に縁のなかった世界から来た彼らは自分たちを守る術なんて知らないでしょうね。この世界の人間のように長く戦争の下で暮らしてきていない。もう転移から数か月過ぎたとはいえ、この世界に溶け込むことはできていないでしょうね」

「田部井、それは私たちも同じだ。自衛官は、職務として現状を受け入れ一義的には日本を守るため、その上にはさらに令和から来た『同胞市民』を守るために銃を握っている。だが、その思いを、職務であるという梯子を外した時、我々は本当にこの世界で戦争を続けていられるのかな。正直私も時々考えてはつらい気分を味わっている」

三人の間に暫し沈黙が流れた。

それぞれに思うことがある。少々の違いはあるだろうが、つまるところ令和の日本から転移してきた仲間、そして自分自身をいかに生き残らせるか、その未来が自分たちの取るべき作戦によって変わっていく。その重責を噛み締めている、それは共通した自認であった。

参謀は単に戦略や戦術を考える職ではない。実際にその案に従い兵を動かす、その責任を負った役職だ。指揮官とは現場や司令部において部隊を統括し指揮をする立場でしかないが、参謀はその指揮官をも動かせる立場なのだ。

自分たちが頑張らねば、訳もわからぬまま異世界に連れてこられた伊東市民三万人を今よりつらい世界へ追い込むことになりかねない。

木下がまず口を開いた。

「なぜ戦争をしなくちゃならないか、そんな思いを抱かなかったと言えば嘘になる。あの日相模湾からB29を攻撃していなかったら、我々のこの世界での立ち位置はどうなっていたか、そんなことを何度も夢想した。しかし現実は、我々を戦争の真っただ中に放り込んだ。こうなったら総理の意向など関係なく生き残るために勝ちを取りに行くしかない。そう腹を決め私は今ここに立っている。お前たちが戦争に対しどんな感情を抱いているかは聞いたところで理解できないだろうし、無理に問わないよ。しかし、この戦争をどうにかしたいという意思に関しては同じ気持ちを持っていると信じているぞ」

冴木が小さく頷き木下と田部井を見ながら口を開いた。

「こんな理解しがたい状況に放り込まれ、明日死ぬかもしれないような日々を送る我々は、手を取り合って生き残るために戦うしかない。まずこの世界の人間を信じ一緒に戦う決意を改めて持つ覚悟。まあ格好つけても仕方ないが、とにかく今を戦い勝つ、その繰り返しが目の前に延々と続く。すべてに対し勝利を得られるなんて夢にも思ってない。しかし、最善を尽くし生き抜くという意思は木下一佐と同じだ。多少の無理をしてでもこの世界の歪んだ歴史を最悪の方向から捻じ曲げ世界を救う。そのための国際救援隊だろ。もう自衛隊という看板に寄り添うのは止めないといけない。俺はそう思っている」

田部井がこくりと頷いた。

「そうですね、もう自衛隊でいる必要はない。私たちは令和市民だけでなく、この世界そのものを救う立場だ。村田司令官もそう強く仰ってましたね」

三人がそれぞれに何かを嚙み締めている時、田部井の前のデジタル通信機が再び受信のコールを送って来た。ディスプレイに表示されているのは1FHQのサイン。このコールが示す相手は、輸送船団を護衛する第六護衛隊ではなく、房総沖で極秘訓練中の第一護衛隊の旗艦『いずも』であった。

「国際救援隊司令部です。『いずも』司令部どうぞ」

「こちら『いずも』緊急報告を送る」

スピーカーから流れてきた声は『いずも』の艦長のものだった。声の緊迫感に一同は身を硬くして報告の続きに耳を傾けた。

「〇一〇四に敵潜水艦を捕捉、日本海軍の攻撃で中破状態になった潜水艦は浮上し降伏の意思を示したため、〇一三五にこれを拿捕した。迅速に行動した結果、潜水艦内の機密書類を含めすべての機材を確保した。この潜水艦の処理に関して助言を求めたい」

木下の顔がぱっと明るく輝き、田部井の前からスタンドマイクを摑み上げ送信ボタンを素早く押した。

「司令部の木下だ。その潜水艦は移送可能か？」

すぐに返答が来た。

「機関部が全壊状態のために自力航行は不可能ですが、曳航《えいこう》は可能でしょう。浸水箇所はブロックされています」

木下がにやっと笑って口を開く。

「持ってきてくれ、横須賀が無理なら浦賀で構わん。海軍のドックに放り込み徹底的に調べ上げる。今そこに日本海軍の駆逐艦がうじゃうじゃいるはずだな。その中の二隻に引っ張らせてくれ。念のためヘリのエスコートもつけて」

「了解した。海軍側の司令官の西村少将に訓練の内容を少し変えて曳航する船の艦隊を追尾させるのも進言してみるが、構わないか」

「無論だ。フィリピンの敵勢力が動いた以上は、水雷戦隊は早期に台湾まで進出してもらうことになるからな、佐世保までの道中のついでに護衛を兼ねて針路を取ってくれ」

「了解した。捕虜四二名は現在軽巡『長良《ながら》』に収容している。これは佐世保まで連れて行って構わないのか」

木下が三秒ほど思案してから返答した。

「構わない。そっちが九州に着く前に、統合司令部の情報担当者と情報部から尋問官を派遣させる」

この拿捕潜水艦は後に大きな成果をもたらすことになるが、この時はただ事務的に処理が指示されるだけにとどまった。

司令部が海軍の動きに注視している間に、現場の指揮は逆に陸軍の動きに頭をフル回転させていた。

フィリピンの戦闘に投入される陸軍部隊を統括するのは、新編陸軍が設けた新たなる南方総軍司令部だった。

令和世界の過去にはこの名称の司令部が設置されていたが、この世界には大規模な南方戦線が存在していなかった。そのため単に師団を束ねる形の軍司令部が置かれただけで、フィリピンは第一六軍の指揮下にあった。これをさらに上位の司令部となる南方総軍司令部の下に吸収し、総軍司令部は新たに中国から移動してきた部隊を中心に編成した南方打撃軍も指揮管理することになった。

これまでも陸軍は数字以外の名称で軍を編成することはあったが、概ね臨時の編成で正式な形の軍の要件を満たしていないことが多かった。しかし、この南方打撃軍の名称は国際救援隊司令部が与えた名称で、実体は師団を二個以上束ねるという軍の条件を大きく逸脱した巨大な組織を意図的に小さく見せるための欺瞞名称と言える代物だった。

つまり南方総軍は、フィリピンに投入される全兵力の指揮をするための統括司令部。その下には米軍が予想しているものよりかなり強力な兵が集結を完了していた。

「さて問題は、こいつらをいつ投入するかなんですよね」

腕組みをして兵棋盤、地図の上に自軍と敵軍の兵力を駒にして並べたそれの前に立つのは、陸上自衛隊第一普通科連隊の連隊長大島一佐であった。

彼の横には、南方総軍の司令官を任じられた牛島満《うしじまみつる》中将が立っていた。牛島の司令官抜擢は国際救援隊司令部が決定したもので序列から見たら抜擢と言える人事だった。令和の過去では沖縄守備隊司令官を務めた牛島だが、この世界の昭和一八年では満州の国境防衛を担う歩兵第一一師団長の任にあった。これは高野と岩崎の記憶によれば既に奇妙な人事となっていた。令和世界の過去では牛島は既に陸軍士官学校長の座にあったはずなのだが、この世界の陸軍士官学校の校長は木村兵太郎《きむらへいたろう》中将だった。

木村は令和の過去ではA級戦犯として死刑判決を受けたビルマ方面軍司令官を務めた男だったが、この世界ではそもそも南方戦線が拡大しておらずタイを起点にした作戦の予定もなく、昭和一九年に現地司令官に任じられる未来もないと予想された。

この辺の差異は春日部教授の予想した昭和一六年一二月八日を起点とした歴史歪曲の影響と思って間違いないようだ。つまりもしアメリカに早々に日本が押されて降伏して戦犯裁判が起きても木村は裁かれないだろうという話だが、そもそもアメリカに負けてしまったら世界が滅びるという春日部予想を覆すためにも絶対に日本は負けられないから、そんな予想などしても意味がないとブレーンたちは息巻くだろう。

とにかく元々満州で山下大将の指揮下にあった牛島は、あっさりと南方総軍司令官を引き受け、まず部隊と共に大連に赴き、そこから台湾高雄の司令部に着任した。

彼の下で南方打撃軍を指揮する司令官は、これまた救援隊ブレーンの指示で選任された清水規矩中将が就いていた。彼は令和の過去ではこの時期南方軍の総参謀長を務めているはずだったが、この世界では内地の第七師団長の職にあった。令和のブレーンたちには首を傾げる人事だったが、とにかく存命とわかると真っ先に選任され送り込まれた。

現在の最前線となるフィリピンの指揮官まで入れ替えたら大混乱になると予想さ

れたので現地の第一四軍と急遽送り込まれた第一九軍の人事に手は入っていなかった。

　この二個軍と南方打撃軍を束ねる総軍の指揮下には合計一五個師団という膨大な兵力が入ることになったが、実はこのうち実際に現在フィリピンにいるのは第一四軍の二個師団と第一九軍から抽出された二個師団の合計四個師団だけなのだ。

　なぜこんなことになったのかというと、先に戦闘を行っていたかろうじて陣地死守するミンダナオ島守備隊と米軍のルソン進出を食い止める防波堤の役をしているサマール島の守備隊は南方総軍から切り離されているからだ。

　これらの部隊は旧第一四軍指揮下にあったのだが、国際救援隊司令部の判断で『捨て駒』として徹底抗戦の後に降伏を前提とした部隊として指揮を日本の国際救援隊司令部直轄に切り替え、戦闘指示はすべて東京から出されていたのである。

　だからあの捕虜返還の作業も速やかに行えたのだ。そして、実はあの作業の休戦時間の間にかなりの兵がミンダナオ島からサマール島に移動していた。

　予定では三日以内にミンダナオ島の部隊は全面降伏をする。

　一見無駄な降伏に見えるかもしれないが、ここにもしっかりとした計算がなされており、米軍のルソン侵攻の足を引っ張ることになるはずだった。

その切り離された部隊と別に新編南方総軍は台湾を中心に集結した予備兵力の投入に腐心しているのが現状という訳だ。

「逐次投入は絶対に駄目だ。必要な戦力は常に手元にあり使えなければ防衛線は維持できない」

牛島が兵棋盤を睨んで言った。令和世界で日本軍が敗北に至った最大の原因は、南方作戦での兵力の逐次投入で負け続け兵力が枯渇し、最終的に撤退を重ねることになったからである。

牛島はそれを真っ向から否定した。彼は令和世界の沖縄戦で玉砕を経験することになるが、その戦法はサイパンで勝利した栗林中将が令和世界で硫黄島を要塞化したのと同様に沖縄全体を大きな罠として米軍を引き込み損耗させるという南方島嶼部でも作戦とは一線を画す戦い方で米軍を翻弄した。しかし、その戦い方は島をすべて戦場とする前提で編まれたために多くの民間人を巻き込み大きな災禍《さいか》を現地に見舞わせ、現地住民の怒りと絶望を残し日本軍は玉砕することになった。

しかし令和の知識を持つ国際救援隊のブレーンたちのシミュレーションでは、本来牛島が使う予定だった兵力のうち台湾に無理やり移送された部隊が残っていたら戦場の様子は変わっていたとされた。まあ結果的に日本軍は負けるが、住民の北部への避難の時間を稼げる余裕はできたと予想できた。

まあ岩崎『副担任』の弁を借りるなら、参謀長に長勇《ちょういさむ》大佐が入ってなければ状況は変わったかもしれない、という訳で牛島の作り上げた作戦そのものを評価しての南方総軍司令官への抜擢だった。

先に言ったようにこの抜擢は異例中の異例で、総軍司令官は通常大将があたる。それを陸士二〇期というまだ大将には通常任じられない年齢の牛島が入ったことは陸軍内に大きな波紋を生んだ。

しかし、これが新政府と新陸軍のやり方なのだと示す大きな訓示が崔麗華首相から出ていた。

この後、司令部からの人事にいかなる政治的介入も許さない。違反を発見した場合当事者は全員役職及び軍務を解除し一般法令違反者と同様に裁判の上で懲役刑を科す。

軍の上層部にしたらとんでもない話だが、崔麗華の目指す世界ではこれは常識なのだ。

今後は序列など何の役にも立たない時代がやって来る。それをまず軍の高官たちに知らしめ実施した訳だ。

「牛島司令官の仰る通りです。打撃戦力を送り込む以上、完全に敵を圧倒しその攻勢を止めるだけでなくあわよくば押し戻す程度には機能させないと無理を言って兵をかき集めた意味がありません」

大島が台湾にずらっと並んだ駒を示して言った。

駒のまばらなルソン島に比して台湾の兵力は驚くほどの数になっていた。集結した歩兵師団は実に一二個師団、この他に新たに編成した戦車師団が一個師団。各師団砲兵以外に独立砲兵連隊が三個連隊、これを統括し輜重連隊と同時運用する独立砲兵旅団が編まれ、この下に急遽改造された多数の砲戦車のうち榴弾砲を搭載した三式自走砲戦車甲型と乙型が編入されていた。

この自走砲は、戦車連隊が装備することになった三式砲戦車とは違い戦闘室も最低限の広さで、運用する時装填手などは車外に配置する特殊な設計の自走砲で、歩兵直協の放物線射撃しか念頭にない仕様となっていた。搭載することになった九六式一五留、つまり一五センチ榴弾砲を搭載しているのが甲型、新たに閉鎖機構に改造を加えた三式一五留を搭載したのが乙型である。日本ではこれ以外にも軽戦車の車体を利用した七五ミリクラスの野砲や一〇センチ榴弾砲などを搭載した小型自走砲の製造も始まっていた。

こういった新兵器を含む大きな戦力をルソン島に送り込む。それが国際救援隊の立てたプランだ。

問題はその輸送時期になる。

「アメリカが艦載機による爆撃を開始した以上、ルソン近海には機動部隊がいる。輸送には慎重を期さないと攻撃されてしまう。敵の位置をまず探らねばなるまい。海軍は決戦に必要な艦隊を用意できないと明言してるのだからな」

牛島の言葉の通り、この日の午後からいや正確には既に日付が変わっているから昨日になるが時間にすれば一〇時間ほど前から米軍は執拗にフィリピン各地の日本軍拠点を空爆してきた。

国際救援隊司令部の指示で日本側は航空迎撃を避けた。航空機は一か月前から作った飛行場からかなり離れた位置の完全擬装されたバンカー型格納庫に退避させていたので被害は最小に留まった。

それでも、予想されていたとはいえ合計三〇〇機以上の敵機が各地の飛行場を襲ったのだから、滑走路だけでなく周辺の対空砲座などに酷い損害が出た。

この航空攻撃がアメリカ軍のルソン島上陸作戦の前段階のそれであるのは間違いなく、敵は一両日中に上陸を開始するはずだ。

現有兵力でこれを迎え撃つのは無茶であり、正確な上陸箇所が判明しても波打ち際迎撃は行わない方針となっていた。

しかし日本側も無血上陸などさせる気はさらさらなかった。

「海軍は秘密裏に上陸と切り離して敵機動部隊への攻撃計画を始動しているので、これに関して我々はノータッチでいるしかないですね。しかし上陸そのものは別の話です。航空総軍司令部から敵の艦隊を発見した段階で海軍航空隊の全部隊での攻撃開始を命令、同時に陸軍航空隊による上空援護作戦を展開します。まあ敵がこの迎撃に必死になっている間が、輸送のチャンスでしょう」

大島がつい現代の言い方で牛島に言ってしまったが、話はちゃんと伝わったようで牛島が深く頷き答えた。

「航空攻撃のタイミングに合わせる。それで揚陸を一気に済ませるには、今夜中に最初の輸送部隊を準備しなければならんな」

すると大島がにっこりと笑った。

「幸いに、台湾にはもう切り札の戦車輸送艦五隻が到着待機中です。それ以外も高速輸送船が二三隻、同時に三個師団を二〇時間でルソン島まで運べる計算です」

「では急ぎ兵の乗船を指示だ。敵の情勢が摑め次第出港し、沖で電探警戒している国際救援隊艦隊の護衛艦の指示に従い針路を決める」

牛島の言葉に大島が頷き、すぐに参謀たちが呼ばれ命令が下達された。

フィリピンの戦いに関しては、あとは敵の出方待ちという状態にこうしてなったのである。

その夜、東京でも当然のように国際救援隊ブレーンたちが会議を開いていた。

司令部には、野木、讃岐、高野、有川、岩崎の五人と楢本と柴田の二人の崔の政治秘書、そして珍しく春日部教授の姿があった。その代りといってはなんだが名取老人は体調を考えて宿舎休養となった。自分では元気だと言っても、多少頭に難のある九十代の老人である。無理はさせられない。

自衛隊からは記録と報告役としてブレーンたちにはすっかりお馴染みの田部井一尉が出席していたが、既に米軍の機動部隊索敵について統合司令部はじめ各部署が活発に動いていることもあり、状況次第では田部井も司令部に戻らねばならない状態での参加であった。

会議冒頭で讃岐が言った。

「勝ちに行くのはいいけど、アメリカの作戦を効率よく足止めさせる何かが必要じゃないっすかね」

　これに反応したのは有川だった。

「具体的にどういう手段を使えばアメリカが動きを止めると思うの？」

　問われた讃岐委は少し思案してから答えた。

「例えばアメリカ本土が攻撃されれば、慌てて本国の防備とか始めるので動きは止まると思うんすよ」

　これを聞いて野木が言った。

「まあ、それもひとつの方法だなあ。だけど、どうせなら、もっと派手なのがいいんじゃないか。絶対にアメリカが戦線を動かせなくなるような大きな花火」

　この発言に、皆が「えっ」と呟き視線を野木に集めた。

「アメリカ本土攻撃以上に派手なこと？　いったい何を考えてるのでありますか？」

　高野が興味深そうに訊いた。

「考えてもみたまえ、アメリカ本土攻撃といっても結局は少数の航空機で爆弾を何個か落とすしかできないだろ。それじゃあアメリカは肝を冷やしても前線の動きを止める決定はしないだろうね。だったら、もうそれ一個で戦局が左右するような手を打つべきだと思うんだな」

　岩崎が首を傾げながら野木に聞いた。

「戦局を左右するですって？　どんな手があるっていうのかしら」

するると、春日部教授がぼそっと言った。

「ハワイでも占領したらどうかね？」

最初、全員がノーリアクションだった。しかし、一五秒ほど経ってから、いきなり高野が叫んだ。

「それ、ありかもしれません！」

野木が驚いて高野を見て叫んだ。

「馬鹿な！　そんな戦力あるわけないじゃん！」

「だったら作るんですよ！　今陸軍兵力はどんどん中国から引き揚げて強化されてるじゃないですか！」

野木が何か反論しようとして口を開いたが、一瞬天井を睨んでその口を閉ざし椅子の背もたれに深く身を沈めた。

それを横目に岩崎が言った。

「陸軍が余っていても、海軍の戦力は足りないでしょ。どうするのよ」

「全然ないわけじゃありませんし、アメリカの残存機動部隊はフィリピンから離れられないですよ」

高野の力説に座が大きく動いた。この直後から深夜だというのにブレーンたちは喧々諤々の大論争を始めた。

「ハワイを占領するといってもハワイ諸島全部を落とす必要はないわね。要は、オアフ島を無力化すればいいのよ。真珠湾を使用不能にしてオアフ島にある四つの飛行場を全部占拠してしまえば、それだけでハワイの戦略的価値はなくなるわ」

有川が言った。

「だけど、オアフ島を攻略するには、少なくともサイパンに投入した戦力の二倍は必要だよ。それにハワイに向けての空挺作戦はできないのだから、奇襲作戦も無理だ。それだけで成功確率はぐっと下がる」

野木が否定的な表情で言った。

「でも、何も完全占領しないでも戦略的には意味があるかもしれないっすね。まず真珠湾を一時的に使用不能にするだけでも意義は大きいっす。目標を敵艦隊ではなく、港湾施設に限定し空襲するのはありじゃないっすか」

讃岐が言った。

「そのハワイまで艦隊を接近させるのが至難の業だろ、空母は数が足りないし自衛隊のヘリに空爆は無理だぞ」

野木が言うと、讃岐がちょっと首をひねってから言った。

「でも奇襲だけなら、機動部隊も護衛艦隊を丸っと使わないでもできるんじゃないっすかね。潜水艦と少数の護衛艦での奇襲って面白そうだし、不可能とは思えないっすよ」

「戦争はゲームじゃない！　面白いなんて言葉使うな！」

野木が叫ぶ。

讃岐は「すいません」と呟き肩に首を埋めた。

しかし、すぐに岩崎が言った。

「可能性がゼロじゃないなら、論議はすべきよ。確かに戦争はゲームじゃないけど、ゲームのように意表をつくことは重要よ。アメリカにとってのセオリーを打ち崩すことが日本の勝利には不可欠だと思うわ。従来の戦争の在り方そのものを逸脱するようなやり方は、今後の戦い方で大きなウェイトを占めると思うのよ」

するとと春日部教授が、クックと笑ってから口を開いた。

「そりゃいい、儂は賛成じゃな。しかし、そこに無謀を掛け合わせるのは違う計算というもので、きっちり答えを導き出さねば意味がない。儂がハワイを例えに出したのは、アメリカにとって何が痛恨かを論じるためで、具体的にハワイが取れるかが重要じゃない。つまりアメリカにとって最も意外な箇所に痛烈に打撃を加えれば、現在アメリカが敷いているルート、輸送であれ負傷者や故障したり破損した兵器の運搬であれ、見直しを迫られインフラが崩れ作戦が大きく遅滞する。これがつまり計算を立てる意味であり回答だ」

教授の言葉に皆は納得の表情を浮かべたが、現状ハワイ以外のその痛烈にアメリカを混乱させ大きく戦費と人員を消費させる目標が見つからない。そこで取り敢えずハワイを念頭に置きながら他の目標がないかの議論に話題は移っていった。

「中部太平洋に無理に戦場を広げるなら、持久可能な箇所を取るのは確かに重要となるな。ハワイをうまく落とせば、戦略物資が手に入るので候補から落とすのはちょっとなあ」

野木が両手を後頭部で組みながら言った。

「アメリカだって馬鹿じゃないから、危険と感じれば資材を破壊するでしょ、まあ食料は大丈夫かもだけど、兵器を鹵獲するのは難しくないかしら」

有川が言うと高野が思案しつつ言った。

「たとえば燃料を燃やされたとしても、それ以外で利用可能な戦略物資は調達できます。軍隊は基地に火を放っても市民のいる街を破壊はしません」

しかし野木が首を振る。

「それはとらぬ狸《たぬき》の皮算用だ。重要なのは、アメリカにとってこれが明らかな戦術的敗北になるような方法を取ることであり、占領は二次的な問題だから資材云々は今は置いておくべきだな」

すると春日部教授が呆れたように野木を援護射撃した。

「君らはまるで儂の生徒のようじゃな、筋道を示してやっても先の論に固執しおって。まずハワイを無理に取るという固定概念を捨てたまえ。ただ打撃を加えるなら同じアメリカ領であるアラスカだって構わんじゃろ」

すると讃岐が頭を振りながら言った。

「でも教授、そっちの方が実現性低いすっよ。そもそも戦術的には楽でも、戦略的には苦しい戦いになるっす。アリューシャンにはかなりの潜在兵力があるんす。これをすっ飛ばしてアラスカに行っても背中から常に狙われちゃいますし、緯度が高いせいで食い物も手に入りにくいっす」

ここで有川が突拍子もない意見を出した。

「いっそいきなりニュージーランドにでも上がったほうが戦略的に意味があるわ。英連邦への揺さぶりでアメリカを窮地に追い込めるかもしれないわよ。まさかそんなところに兵隊を送る羽目になるとかアメリカは考えてないもの」

するとと岩崎が即時反論した。

「それこそナンセンスだわ！　英連邦はこの世界の太平洋戦争じゃ比較的傍観者なんだから寝た子を起こすような真似はまずいし、何より南方戦線が存在しない現状でどうやってあそこまで兵隊を送るのよ、ハワイやアラスカより無茶な作戦になるわ」

「それじゃやっぱりハワイじゃないですか？　今の選択肢の中じゃ一番現実味のある目標っすよ」

讃岐が言った。すると春日部教授が吠えた。

「だから、それは仮の目標値Aであって計算式の目指す正解値とは一致しておらんのだ。短絡的にそこに着地するのはやめい！　お前ら出来の悪い生徒より始末におえん！」

すると有川が横を見てから言った。

「田部井さんが、フィリピンの方の作戦ってどうなってますかねと小声で呟いてますけど」

一同が一瞬顔を見合わせてから「あっ」と同時に叫んだ。

「すみません！　田部井さんが来る前にあっさりできて記録してありますので、急いで司令部に送っちゃってください」

岩崎が頭を九〇度まで下げながら手書きの書類を田部井に渡した。

「そういうの先に渡してくださいよ」

泣きそうな顔で言いながら書類を受け取った田部井は、手元のパソコンで大急ぎで内容をまとめて有線で国際救援隊の統合作戦司令部に繋がっているホストサーバにメールを送った。

そういうわけで、ハワイを取るのかアラスカに行くのかそれとも別の目標を探すのか論争とはまったく関係なく、フィリピン防衛増援隊向け作戦計画案は、統合司令部で細かく暗号化され、前線にこれから向かう各部隊へと配布されていったのであった。

で、起死回生の作戦案がどうなったかは、この時点ではまだ暗幕の裏側で準備中という感じで、そもそもどこに行くのかも決まってないのであった。

現在の状況は、死力を尽くしフィリピンのアメリカ軍の攻勢を凌ぎ、時間を稼ぐ。この一点に絞られているので、その他の作戦に日本陸海軍から頭を使える人材を振り分ける余裕がないのであった。

それでも、国際救援隊の要請でじわじわと、このアメリカの度肝を抜くための作戦へ参加させるための人員引き抜きが始まろうとしていたのであった。

無論フィリピン防衛戦とドイツへの戦艦売却作戦と並行で。

3

ルソン上陸を目指す米艦隊の居所は、決死隊ともいうべき無謀な潜水艦偵察の結果判明した。

生還はまず望めないであろうこの任務に、日本海軍は二隻の潜水艦を投入したのだが、そのうちの一隻、呂号三四潜が、米輸送船団の航行しているところをしっかり目撃し、超長波無線で報せてきたのである。単純暗号の徹底のおかげで、たった二文字の通信でこの情報は得られた。そして呂号三四潜は無事に敵の虎口を脱した。

さらに、この直後もう一隻の潜水艦、呂号三三潜が、スル海方面からギマラス海峡を抜け、ビサヤン海からサマル海へ向かう米機動部隊の一群をキャッチした。

おそらく、サンベルノルディ海峡から太平洋に出ようというのであろう。

呂号三三潜は無謀を承知でアンテナ深度まで浮上すると、なんと通常電で敵情報を打電した。

この決死的な行動は貴重な情報を日本側に齎《もた》らした。この海域を通過した艦隊こそがスプルーアンス率いる米機動部隊の主力だということがその打電内容から判明したのだ。

この発信の後、呂号三三潜は消息を絶った。間違いなく米艦隊の追撃を受け撃沈されたのであろう。

情報を受け取った国際救援隊司令部は、艦長の重山中佐の勇気と判断力に感謝を捧げながらも、こういった戦い方をしなければ続けられないプリミティブな戦争に深い悲しみを覚えたのだった。

救援隊司令部は米機動部隊の情報をすぐに沖縄の中城湾にいる戦艦大和の連合艦隊司令部に伝えた。

「多聞丸にすぐ作戦を次の段階に進めるよう指示しよう」

連絡を受けた山本五十六大将は、腕組みをして司令官席の背もたれに身体を預けた。

多聞丸とは、日本海軍の残存機動部隊を預かる山口多聞少将、いや今は昇進して中将のことだ。

サイパン奪取作戦が成功した後、連合艦隊は一度広島の呉に帰投し補給を受けた。損害を受けた艦はほとんどなく、すぐに次の作戦つまりフィリピンの防衛作戦に向け準備に入った。

その段階で機動部隊は極秘裏に台湾東方に、それ以外の艦隊のうち戦艦部隊はなぜか沖縄に錨を降ろし状況を見守っていた。

この作戦案の骨子は国際救援隊司令部ではなく連合艦隊司令部の参謀たちが編んだものだった。令和のブレーンたちはこれを追認し若干の修正指示を出したに過ぎない。

「さて、自衛隊が最低限しか関与しないこの戦い、ここを持ちこたえられるかどうかが我が海軍のそして昭和日本国家の真価というところか。しかし、あのようにはっきりと戦艦は無用の長物と言い切る奴らは本当に面白い」

これから再度世紀の一戦に臨むと言うのに山本五十六は微笑んでいた。

彼はこの時、遣独潜水艦の派遣が決まった後にドイツへの戦艦『武蔵』売却の決定が知らされた直後のことを思い返していたのだった。

山本は終始大艦巨砲主義反対派だった。だから、国際救援隊司令部と日本政府が下したこの判断に一考の余地を感じながらも賛成した。しかし、連合艦隊内部だけでなく海軍省にも軍令部にもまだまだ戦艦愛の強い提督はうじゃうじゃいた。

あまりに苦情がひどいと嶋田海軍大臣と山本がブレーンたちに訴えると、有川『マネージャー』が私が説明するので反対派を一堂に集めてくださいと指示してきた。

さすがに現場で指揮をする人間までは、と山本が言うと国際救援隊司令部は陸上自衛隊のヘリを総動員して各地から反対を唱えた少将以上の指揮官をごっそり横須賀に集めてしまった。

唖然とする海軍将星たちを前に、すっくと壇上に立った有川マネージャーはプロジェクターの映し出した図を示しながら実にスマートに言い切った。

「これが今後予想されるアメリカの海軍戦力増加の比率となります。圧倒的に空母偏重になりますし、その作戦形態も戦前に企画されていたものを踏襲することは考えられません。戦艦主力が海上で決戦をする機会は減少します。考えられるのは多島海など狭い海峡部の存在する場所、つまりフィリピンなどの近海での戦闘になりますが、これとて基地航空兵力で置換可能です。はっきり言います。戦艦はいりません。四六センチ砲を載せた艦は一隻あれば抑止力としてのみ効果を発揮します。だから『武蔵』はドイツに売り払い、あちらでの対米英の海上抑止力として活躍してもらいます。そしてこれはもっとも重要なことですので頭にしっかり入れておいてください」

有川はそこで一度言葉を切り、腕組みをし一同を見下ろす形で言った。

「あたしたちは何が何でもアメリカに勝つために頭を捻ってるんです。救援隊司令部の決めたことは、四の五の言わずに全部納得して履行しなさい」

自分より年長者ばかりの集団に向かって、有川は子供を叱るかのような態度をとったが、一同は粛としてこれを受け入れた。

もう既に海軍の上層部全部と言っていい人間が、国際救援隊のメンバーが彼ら思うところの『この世のもの非ざる存在』であることを知っていたから、有川が女性であっても見た目が若くても、その言葉を神託同然に受け入れたのであった。

こうして『武蔵』売却に反対する声は完全に封殺された。

「まあ戦艦部隊としての『武蔵』最後の奉公はお膳立てたのだ。我々も腰を上げねばな」

戦艦『大和』のマストに出撃を合図する信号旗が上がり、既に缶圧を上げて出港準備を終えていた連合艦隊麾下の全戦艦が錨を上げた。

連合艦隊のうち、重巡を基幹とする第二艦隊は機動部隊に随行。戦艦部隊が出港していく先では、一個水雷戦隊の駆逐隊二個と軽巡一隻、そして国際救援隊指揮下の海上自衛隊護衛艦『あまぎり』『ゆうぎり』『やまぎり』の三隻が待っていた。

三隻のうち『あまぎり』『ゆうぎり』の二隻はドイツに向かう伊号潜水艦の護衛を終えた後にここに直行してきていたが、『やまぎり』は逆に呉からずっと戦艦部隊を護衛してきていた。

小さな護衛艦が戦艦を護衛というのも変な話だが、連合艦隊の戦艦部隊に対潜水艦探知能力は皆無に等しい。現状、警戒すべきは潜水艦でありこれとの接触に最も警戒をしなければならない。そこで護衛艦が護衛に入ったという訳だ。

戦艦部隊が錨を降ろしてからの『やまぎり』は、水雷戦隊の到着と同時に今度は積極的な潜水艦ハンターとして活動を開始。

ヘリによる哨戒で発見した敵潜水艦をここでは水雷戦隊の駆逐艦に優先的に攻撃させ、戦果を挙げることで対潜水艦作戦のコツを叩き込んだ。ここへ向かう途中に一隻を仕留めた遣独潜水艦護衛の二隻の護衛艦の戦果と併せると、またしても短期間に五隻の米潜水艦を葬ったことになり、日本側は把握していなかったがこの時点でアメリカの太平洋海域で活動中だった潜水艦は、既に半分が日本海軍の手によって葬られてしまっていた。

日本軍部の中枢、つまり国際救援隊司令部が見積もっていたよりこの米潜水艦の活動数は少なかった。

その理由はやはり昭和一六年一二月八日以降の歴史のズレにある。

アメリカが潜水艦強化をしたのは、真珠湾とその後の海戦で戦艦だけでなく空母戦力も痛手を受けたからだ。ミッドウェイまではアメリカは海軍力全般で劣勢となりあらゆる艦艇の大増産が指示されたが、この世界では一度もアメリカは劣勢の状況に陥っていない。

新型の戦艦や空母の建造は進んでいるが、これは開戦前からの既定路線があったからで小艦艇や補助艦艇の量産はヨーロッパ作戦のそれを睨んでの規模でしかなく、令和の過去の太平洋戦争時に比べると実はアメリカ海軍は少し小ぶりな編成になっているのであった。

それでも膨大な艦艇を持っているには違いなく、日本海軍は圧倒されたわけだ。

しかし、それ故に予想以上に多くの艦艇が大西洋に送り込まれていた。

それなのにドイツは勇戦している。ここに歴史のズレの他に、ここが異世界である証拠とでも言うべき大きな謎が隠されていたのだが、国際救援隊のブレーンたちはまだそこに気付いていない。実はすぐに気付いていいはずの大きな違いが最初から存在しているのにこの時点では誰も気付いていなかった。

それは置いておいても、このドイツの勇戦は今のところは日本にとって有利に対アメリカ戦を進められる要素として機能していたので、幸運は日本のというか国際救援隊司令部のブレーンたちの上にあるようだった。

その幸運に気付かないでここまでの作戦は編まれていた。

逆にそのおかげで、作戦に対し慎重なスタンスが保たれているとも言えた。

実際にはここまでに作られてきたのは奇抜な作戦な訳だが、その一方で過大に見積もられた敵戦力が念頭にあるので無茶をしない姿勢が貫かれることになる。

まあサイパン奪還作戦「明日のためのその一」は完全に無理を重ねた作戦だったが、あれはこの先の余裕を少しでも確保するために強行されたもので、対米作戦における最初にして唯一の例外にしたい、ブレーンの面々はそう考えていた。

連合艦隊司令部は今や国際救援隊ブレーン達とはツーカー状態、サイパンに向かう段階で参謀スタッフたちも令和の人間の考え方や作戦に対しての取り組み、曲げられない心情などを理解するようになり、自分たちが起こす作戦についても令和世界的なセオリーを意図的に組み込むように心がけ始めていた。

今回の比島防衛への出動にあたっても、機動部隊と戦艦部隊を切り離した作戦を企図したのは連合艦隊司令部の救援隊ブレーンへのリスペクトから来たものだった。

その詳細は戦闘が始まって日米相互の動きが見えればはっきりわかるだろう。

現在、日本側が必死に探るのは米側の上陸部隊の動きそのものではなかった。

夜明けが近付くに従い、日本が張る網の中でアメリカの体制は徐々に明らかになりつつあった。

その情報が東京の救援隊司令部に齎されたのは午前五時半のことだった。

「クラーク基地のレーダーが接近する航空機群を捉えた。総数は約三五〇機とのことだ」

木下一佐が徹夜で司令部の作戦会議室に詰めていた面々に情報を伝えた。

中央指揮室はすぐ隣だからまあ木製の大扉を開けて入って来ただけのことだが。

「方角はどっちからなの？」

岩崎副担任がすっぴんのままの目を細め訊いた。夏くらいまでは薄くても化粧を崩さなかった副担任は、この頃は素顔のままの方が多くなったが、誰もその辺は突っ込んで聞けないでいた。

「東ですよ。まあこれで主力以外の空母群がいたとしても、それは上陸部隊の護衛に張り付くためのものだと確信できましたね」

これを聞いて有川が眠そうな目で呟いた。

「自衛隊と軍の参謀がそう判断するなら間違いないわね」

有川はまだ頑張って化粧を続けている。女性にとっての化粧は人によって施す意味が違うと言う、恐らく有川にとってのそれはオンオフなのだと野木は思っていた。以前すっぴんの有川と会った時に野木は、彼女の会話からすっぽり戦争が抜けているのを感じ、彼女にとっての日常はまだマネージャーをしていたあの伊東の暮らしの延長であり戦争指導のブレーンはあくまで勤務なんだと思った。

まあこれは当たっているし、実は岩崎の場合もかつてはそうだった。しかし、今岩崎と有川の立場には決定的な違いができているのを野木は気付いていなかった。

「高野伍長が懸念していた主力空母を数個の艦隊単位にばらして散在させている可能性って消えたんじゃないかしら」

そのすっぴんの岩崎がメガネの位置を直しながら言った。

「ああ、間違いなく主力以外は上陸部隊の護衛に専念している。残りの空母はタラバス湾かその近海にいるよ、賭けても良いね」

野木がどんどん長くなっている顎髭を撫でながら言った。この髭は転移してから一度も切ってない。周囲の者が何かのゲン担ぎかと聞いても「さあね」とぼけて答えない。

「そうですね、想像していたよりアメリカ軍の艦隊規模が小さいです。上陸部隊の全容はまだ摑んでいませんが、少なくとも護衛艦隊は過去のフィリピン作戦の敵勢力に比べたら半分といった感じです」

高野がしきりに何かを考えている様子で言った。現在は完全に海上自衛官としての職務を離れ司令部専従のブレーンスタッフになった訳だが、彼はきちんと毎日髭を剃り身だしなみを整え、つまり制服で司令部に詰めている。

ここで讃岐が部屋の大きな地図に歩み寄ってそれを眺めながら言った。

「空襲部隊は、呂号潜水艦が発見した機動部隊から出てますよね。じゃあこの先の作戦は、統合作戦本部のそれを推し進めていいんすよね」

これには木下が頷いた。

「陸海軍とも、もうその線で各部隊を動かし始めた。まあ、まずはマニラ方面へ来る敵編隊への対処だが、航空隊はとっくに準備を終えているそうだ」

「でしょうね」

この戦争を勝つために必要なのは情報戦を制すること。

国際救援隊の民間人と軍人幹部が口を酸っぱくして日本陸海軍と政治中枢を預かる官僚たちに言い続けているセリフだ。

戦争は単純に兵と兵が戦うことだけでは決しない。勝利は必須だが、そこに至る経緯で経済や戦闘地域を含む外地での統治、民心把握などに情報を精査し先んじて手を打つことはまさに勝利の絶対条件となる。

令和における旧世界では、占領地政策が杜撰《ずさん》で戦争の大きな障害となった。あらかじめ現地における要望、それに伴う自陣営への引き入れや提供可能な物資、インフラ整備の助力助成といった地味な政治活動こそ実は勝利を得るのに必要な工作だったのだ。

遅まきながら、外地の日本軍や政務官たちは、この指示に則った行動を起こし敵であるアメリカの情報に間接的に接することができるようになっていた。

民衆を味方に付ければ、苦労をせずとも相手勢力の位置や規模などの情報が入ってくるようになるのだ。これを従来の日本軍は怠っていた。

まあこれまで放置した分を埋めるために、国際救援隊は大量の飴をばら撒くことを命令していた。それは食料であり金、それも軍票ではない国際通貨である米ドルを。

これはフィリピン占領の際に日本陸軍が押収した米軍と米フィリピン総督府およびフィリピン中央銀行からの応酬金の一部だ。早い話が戦利品を一部還元しただけなので、現状ではそれほど痛くはない出費だった。

これは本当にカンフル剤のように現地で機能した。

フィリピンでのそれは、ルソンから離れた島へも施しをしまくり、アメリカの動きを沿岸で自主的に監視してくれるネットワークが数週間で出来上がるほど速効薬の効果を発揮した。

そのネットワークから入っていたのが米軍の輸送船の移動情報だった。

つまり米上陸部隊はフィリピン内海部を進んでいたと既に日本側は把握していたのだ。

この時点で在ルソンの全航空隊は、まず迎撃戦闘機部隊の再編成を行い、陸海軍共同の戦闘機集団を作り上げていた。

それが米軍の接近を手ぐすね引いて待っていた『烈火《れっか》』航空集団であった。

現地における戦闘機を統括指揮することになったのは、陸軍飛行隊の城後熊吉大佐。海軍と違い、陸軍は司令官でも操縦桿を握る。城後大佐は三式戦闘機飛燕を日本で慣熟飛行した数少ない航空隊司令官ということでフィリピン防空の要として送り込まれた。

まだ最新鋭で数の少ない飛燕であったが、日本国内へのB29飛来の心配がなくなったことで、増加試作を含め全機がフィリピンに送り込まれていた。と言っても総数は二個戦隊に振り分けられた合計七六機に過ぎない。ただし、その全機がドイツから輸入した機関砲を整備している。これは現状鍾馗へ移植されることになり、今後完成する飛燕には装備されない。しかも、この機関砲は先述のように令和の過去世界のそれより高性能な代物である。つまり最強の飛燕に間違いなかった。

しかもエンジンに関しても令和の技術を再投入し不良を徹底的に排除した。この結果、現在日本で最も頼りになる戦闘機として生まれ変わった。その操縦性は重い鍾馗と違い身軽で格闘戦でもアメリカ軍に対し優位になれると目されていた。

今回の防衛にあたっては、これ以外にも少数の二式単戦『鍾馗』と補助空戦を担う大量の一式戦闘機『隼』、そして海軍の零戦三二型と二二型が一個の戦闘機部隊として集約されクラーク飛行場ではなく周辺のマルロスやカランバといった地域に新設された小さな飛行場に分散待機していた。

おそらく、この情報を米軍は摑んでいない。

米軍のルソン上陸が不可避になったので国際救援隊は大急ぎで戦闘機用の飛行場をルソンのそこら中に増設し、既存の戦闘機だけでなく日本から送り込んだそれも分散させ敵の襲来に備えていたのだ。

航空隊における備えはこれだけではなかった。

敵に打撃を加えるための爆撃機たちも既にクラーク基地にはいなかった。

ケソン、サンタ・マリアなどに滑走路だけの、欧米式に言えばエアストリップ程度の基地を複数作り、米軍の機動部隊が呂号の活躍によって発見された時点で、攻撃飛行隊は陸海軍ともここに避難し丁重にカモフラージュされ息を潜めていた。

今接近してくる米艦載機軍は間違いなくルソン最大規模を誇るクラーク基地とスービック海軍基地を狙ってくるだろう。

そしてこの両基地は早朝の時点で、ほぼもぬけの殻になっていたのであった。

「迎撃戦闘は無理なくやるレベルでいいんだけど、現地はちゃんとその辺を把握してるかな」

野木が地図を見つめて言った。

「間違えても最初の段階で総力戦はやるなと釘は刺してありますよ」

木下が言った。

「逐次投入もだめだと言ってありますでしょうか」

高野が上官である木下に遠慮がちに聞いた。

「それも大丈夫。今マニラ市街地方面に自衛官はいないが、東京で講習を受けて乗り込んだ参謀が随所に配置してある。無茶な作戦は厳に慎んでくれるはずだ。とにかく我々が送り込んだ特殊部隊に戦闘の流れを全部作らせ確認させる」

　讃岐が大きく鼻息を吐いてから誰にともなく言った。

「命令をきちんと守ってくれればいいっすけどね。まだ頭の中身まで丸っと変えられてると思えないっす。そこが心配だなあ」

　もっともな話だが、これに対し誰も何かを言おうとはしない、かに見えたがいきなり名取老人が椅子から立ち上がり叫んだ。

「帝国軍人の性根《しょうね》は結局のところ滅私奉公に尽きておる。死ねと言われれば死ぬが、生きろと言われたら石をかじってでも生き抜く。そういうものじゃ！」

　野木が「ふむ」と呟いてから言った。

「まあ俺たちの世界でもフィリピンの兵士は徹底抗戦を貫いて終戦まで降伏してないし、戦後も戦っていた小野田少尉みたいな人もいたからな。上からガンガン圧力かけて死ぬなと言い続ければ効果はあるか」

　これには一同納得した様子だった。

　その裏で岩崎が誰にも聴き取れぬほどの小声でこう囁いていた。

「フィリピンが頑張ってくれないと三船さん達にやらせている研究の時間が稼げな

いのだから、そりゃやれるだけねばってくれないと本当に困っちゃうのよね」

彼女の呟いていることの中身をこの場の誰かが知ったら大きな騒ぎになったはずだ。

それは崔麗華総理から直々に頼まれた極秘任務。戦争の行方に関わるくらい重要なのに、これに携わっているのは最近会議にも顔を出さない崔麗華の政治秘書二人と岩崎、そして春日部教授の生徒である三船を筆頭にした六人、たったこれだけの人数だ。

そう言えば、その後あの研究所から逃げ出し生存していた他の研究員の追跡が行われたが、伊東市民と共に避難所に行った者五人が見つけ出された。

しかし意向調査をすると彼らはすべて研究所に戻ることを拒否した。曰く「あんな危険な場所に戻るのはまっぴらごめんだ」とほぼ全員が同じことを告げてきた。

崔政権の方針に従い、市民への強制はなし。彼らはどうぞ避難所にいてくださいという決定が下された。

まあ研究員がどうしても必要になったら、国際救援隊ではないどこかの組織がこっそり誘拐するかもしれない。と言うようなことを楢本秘書が口走ったのを岩崎は聞いていた。

まあ今問題の研究所では、岩崎が関与している極秘計画ともう一つ別の大きな動きが春日部教授の監視の下で胎動していたのだが、これは実は海のものとも山のものともつかない、文字通り謎の研究で、そもそもこの世界の戦争に関わるものなのか誰も報告を受けていなかった。

ただ放置しておくには「あまりにもったいない」という春日部教授の熱弁に押される形で少数の人員が教授に与えられ調査と研究は政府の極秘計画となり動いていた。

少しだけ、この朝の伊東の研究所に目を向けてみよう。

「今夜中にシミュレートを一〇〇回こなせと命じたはずだがね」

早朝というのに、半ばぶっ壊れた研究所の比較的ましな部屋で数台の大型コンピューターが扇風機で風を浴びせられながら演算のためにコアを過熱させフル稼働していた。

「すみません教授、スタート時点に計測した重力検知範囲での数値が安定してないので、拡大予測範囲図を分解しフラクタルになるか比較するよう設定した結果マシンへの負荷が掛かって計算に手間取ってます」

額の汗をびっしょり溜めて答えたのは、この謎の研究所の研究員木藤であった。

そして質問を発したのは無論春日部教授である。

「ううむ、儂の見通しが甘かったかな。やはりスーパーコンピューターが欲しい。並列式なら誰か作れる気もするんだがな、伊東の市民の中におる人材で」

教授はそう言うと、数台のモニターが並んだ席に座り同時に表示されている幾つものグラフを見比べ始めた。

そこに別の研究員、矢萩がやって来た。

「過去三日間の観測の比較経過報告できました」

明らかに睡眠不足の兆候、というか目の下にくっきり隈を浮かべた顔で矢萩は教授に数枚の書類を手渡した。

それを受け取った教授は、器用にモニターと書類を交互に見ながら矢萩に言った。

「想像以上にぶっ飛んだ存在じゃなあれは。この数値を信じるなら間違いなく我々は恐怖の卵を手に入れたことになるわい」

教授は書類の記述の一カ所を指で弾きながら言った。

「じゃあ、間違いなくあれはまだ収縮を続けていくと考えているのですか教授は」

矢萩がかなり緊迫した顔で言った。

教授がその矢萩に視線を向けて言った。

「その通りだよ。しかし縮小臨界点に達する前に何らかの制御を行ってしまわないと本当にあれが誕生してしまう。そうなると研究どころではない。儂らはどこまで避難しなくてならんかを考えらにゃならなくなる。儂の勘ではそれこそ中国の奥地とか……」

教授は一度そこで言葉を切ってから髪の毛をくしゃっといじり、話を続けた。

「しかし、まだ儂らが扱える程度の状況で封入し安定化できれば、そこから逆にエネルギーを放出させられるはずだ。そうなったらとんでもなく面白いことになるぞ」

教授は、面白いという部分だけ声を大きくして言った。

すると矢萩が狼狽とまでは言わないが、まあ間違いなくきょどり始めた。

「そ、そ、そんな大それたことめちゃくちゃ資材が足りないここでできるわけが……」

「いや、やらにゃあならんよ。この世界にノーベル賞があるのか知らんが、明らかにそのレベルのぶっ飛んだ成果が期待できるんじゃ、儂はやってみせるぞ」

春日部教授はぎらぎらした目で言うと、コンピューターの端末キーボードを必死に叩く木藤に声をかけた。

「木藤君、今何回目の試算が出たかね？」

木藤は振り返らずに答えた。どこか落ち着いた感じである。

「今八九ですね。ほぼ真円に近い影響範囲が連続して試算されたので、計測数値は安定してると信じたいですね」

だが春日部の顔は曇った。

「早すぎるな。そもそもお前さんたちが手に入れた反物質とやらの出所がわからん以上、あれが何を元にして逆転した次元のキャラクターになったかわからん。この段階で真ん丸に縮小化しとるなら、本当に素体も真円という信じ難い話になる」

すると矢萩が視線を半ば泳がせながら言った。

「我々の世界、アメリカはマジで宇宙人と交易していたっぽいです。証拠はないけど、運んで来たアメリカ本社のエージェントが口を滑らせてましたから」

これを聞いても春日部教授は顔色一つ変えない。いやむしろ納得の表情に近い無表情といった感じの表現しがたい顔をしていた。

「こっちの世界で会ってみたいね、地球外生命体に。歴史が歪んでしまったからね え、一九四七年まで待たねばならんのか、それとも戦争の経過と同じで早まるのか。いずれにしろアメリカにあれが落ちるなら、その前に日本にアメリカを占領してしまって欲しいものだ」

矢萩がぎょっとした顔で春日部教授を見つめて言った。

「教授何気に凄いこと言いましたね。日本がアメリカを占領するなんて……」

すると春日部が幽《かす》かに笑みを浮かべて答えた。

「儂がこれから考えているものが完成すれば、夢ではない。儂の出来損ないの教え子どもが作ろうとしている原爆に比べれば何百倍も有効な代物だからな」

秘密にやっているはずの三船たちの研究を、春日部は既に見抜いておりさらっと口にしてしまった。

そうなのだ、まだ日本陸海軍はおろか国際救援隊の幹部にも漏らしていない計画。それが春日部の教え子の三船千夏をチーフに開発している爆縮型の原子爆弾製造なのだ。

崔麗華の命令で学生六人と極秘裏に誘拐同然で計画に組み込まれ監禁状態で研究に従事しているこの世界の物理学の権威たちが、昼夜兼行でその原爆開発をしている。

この計画のための研究施設は滋賀に作られており、京都大学などから機材を持って来て、いや強奪してきて広大な施設を急ごしらえしていた。

既に伊東の研究所の原子炉から取り出し容器に収納されたウラニウムは、何も知らない陸軍のトラックと国鉄貨物によって研究所に移送されていた。

この施設の正確な位置は、高島にある陸軍の饗庭野《あいばの》演習場のほぼ半分を占有していた。この造成用に秘密裏に伊東からブルドーザーを移送したのだが、陸自の七五式大型ドーザーの移送だけは記録が必要で、サイパン奪還の前に国際救援隊ブレーンの一部にチェックされ阻止されてしまった。

だが、まだ現在に至ってもこの原爆研究の実体は、崔麗華に抱き込まれた岩崎恭子を除けば、ブレーンの人間は関知していなかった。いや、自衛隊幹部でさえもだ。戦争の行方に重要な意味を持つはずの大型殺傷兵器の開発に、軍も自衛隊も関与していないのは崔麗華の判断だ。

いったいこの原爆が完成した時、崔麗華はこれをどう使うつもりなのか、側近にすら明かされていない。

まあ今、春日部たちがいる研究所から核燃料を持ち出したのだから、科学者や教授である面々はその段階で崔麗華が何をしようとしているか気付いていた。

そこに教授が生徒たちにかまをかけてみたら物の見事に引っ掛かり「爆縮」という単語を三回生の潮田の口から聞き出した。そんなもの原爆の起爆以外に現在必要のない技術であり単語だ。教授はそれ以上は意図的に聞かなかったが、自分の生徒がそのような大量破壊兵器の開発に携わっているのは正直気分の良いものでなかった。

実は現在、博士がやっている実験こそ生徒たちの原爆を使わせないためのものだった。

より威力があり、殺傷力以外の面で原爆を凌ぐ威力を発揮するはずの何かを教授は作り出そうとしていた。

その基礎になるのが、あの時空転移を引き起こした機械の忘れ物、どこか別の場所に転移してしまったメインコンポーネントのあった場所に残っていたエイリアンテクノロジーの結晶が、春日部たちの分析材料だった。

これを利用すれば戦争を一気に終結できる。春日部はそう確信していた。

「安定化のための実験はまだまだ先になるな。実際の質量放出実験が、そう二か月後といった感じかね」

春日部が窓の向こうに小さく見える空中に自力で浮かんだ謎の物体を見つめながら言った。

これから日本の、そして世界全体の行方を決める二度目の大規模戦闘が始まろうという時、この研究所を含む時空転移してきた伊東は静かそのものだった。

無理もない。この地域に住んでいたおよそ三万人の人々は神奈川県内の広大という言葉に程遠い難民収容施設、各所の仮設住宅村に移動させられ、市内には警備のための少人数の令和時代から来た警察官、そしてこれまた少人数の警備の自衛隊員しかいなくなってしまったのだ。

その半分が地震によって廃墟と化し、それもあの忌まわしき時空転移を引き起こした謎のウェーブの発信源である研究所の中で、歴史上初の、令和時代の世界を見回しても存在していないはずの兵器が誕生しようとしているなど誰が想起しただろう。

春日部の研究は政府も救援隊幹部も承知している。

しかし、それが兵器に転用できることは誰も知らない。教授が研究所の職員たちに口止めを命じた上に、当の本人がすっとぼけているのだから情報が洩れようはずがなかった。

そして味方が知らない情報は、敵にも漏れようがない。つまり意図的ではあってもその想像した効果の数倍、いや数十倍の防諜効果を発揮していた。

しかし、その謎の兵器がいつ出来上がるのかは、春日部教授をしても不明なのであった。

4

フィリピンのマニラ周辺はピリピリとした空気に包まれた朝を迎えていた。

米軍機の爆撃隊は間もなく襲って来る。彼らの接近はその速度と距離から換算し二時間前に日本側にキャッチされていた。これは防衛体制を敷くには十分な時間であった。

占領政府と日本軍の命令で市民は防空壕への非難を指示された。これは旧軍ではなかった措置だ。つまり国際救援隊流のやり方。市民を戦争に巻き込まず、その人心を掌握すること。それが崔政権の軍への最優先指示だった。

この避難勧告もその一環というわけだ。

日本軍の占領統治担当官は崔政権になってから全員更迭されていた。調べるまでもなく圧制を敷いていたからだ。東京から送り込まれた者の中には、伊東市民から積極的に政府の仕事に関与したいという人間を混ぜていた。

もちろんその素性は完全に隠すように指示されていたが、本人はノリノリでこれを快諾した。この男性は、伊東の市会議員の一人であったが、その会派は共産党。このせいで印象として戦争に関与させたらまずいと感じる人間がいたが、彼を選抜した政治秘書の柴田は、共産党が実際にはこの世界の過去、そして令和世界においてもソビエト共産党や中国の共産党と主義主張がまったく相容れず、歴史的に見れば日本共産党が中ソの共産党と政治的な関係を結んだことなど一度もない。そして日本共産党は一貫して中ソの政治を批判してきたことを知っていた。

早い話が日本の共産党と歴史上色々やらかしてきた他国のそれは横に繋がりを断ち切った政治団体だった。なので別に戦場に送り込んでも問題はないと崔にも報告していた。

新たな統治官たちは、市民を引き連れて大規模な疎開を既に行っており、マニラだけでなく攻撃の真正面になると予想されるルセナからは、九〇%の市民を疎開させていた。

実に鮮やかなお手並みだが、この下敷きには日本の災害時の緊急避難マニュアルが活用されていた。

考えてみれば、そもそも大地震による避難から始まったこの大災難。人を逃がすテクニックに関して国際救援隊は間違いなくこの世界でナンバー1の立場といえた。

その市民避難を優先した布陣は、アメリカから見たら奇異に映るだろう。というのも、明らかにされてはいなかったが令和世界の過去においてもアメリカ軍は必要とされた場合は意図的に住民を避難させず攻撃の抑止力に利用していたのだ。

まあ日本軍にこれが通じないとわかると、欧州での闘いに利用するようになった。戦後これが明からさまになると、アメリカは立場が悪くなると判断し作戦書から関連項目が抹消された。

だがまあ今は戦中、この世界のアメリカ軍士官たちは民間人が攻撃の盾になると頭に叩き込まれていたのは間違いない。

その民間人を率先して逃がす日本のやり方は、現時点では明らかになっていないが、実体を知った時アメリカ軍は首を傾げることになる。

まあそれはともかく、人気《ひとけ》の少なくなったマニラ周辺では対空砲火の準備が整い、すべての火砲が空を睨んでいた。

「敵機視認、東南東より接近中高度よそ二〇〇〇」

市の外縁にある監視所から報告が入ったのが〇七四四のことだった。

報告を聞いたフィリピン守備隊司令部では落ち着き払った声で指示が飛ぶ。

「上空待機中の全戦闘機隊に突撃を指示、鴨は網にまっすぐ向かっている。尻から罠に追い込むんだ」

飛行隊の各指揮官機にはデジタル無線が設置された。これによってアメリカに傍受される心配なく口語での会話ができるようになり、命令も指示も平文で行われるようになった。

各戦闘機隊はこの一週間、陸海軍の連携をみっちり訓練してきた。

敵の空域での高度によってその分担が決められ、日本機は敵への深追いを禁止され、自分の担当空域に入ってきた相手だけを全力で叩くと戦法を確立していた。

その張り巡らされた網の中にアメリカ機動部隊から発進した攻撃隊は入り込もうとしていた。

「レーダー基地からの報告に従い各部隊は高度と方向を設定、敵に突っ込む機会は間違えるな。一斉にかからねば意味がない」

航空隊を指揮する城後大佐の声が司令部にこだまする。本人も戦闘機に乗ると主張したが、上位の指揮官たちが口をそろえて止めに掛かった。

この先の戦いは長い、初戦で指揮官の城後に何かあったら作戦の土台が崩れかねない。城後は苦笑しながら、この司令部からの指揮を行うことを承諾した。

マニラ方面に接近してくる米軍機はおよそ三群に別れていた。

今回の上陸作戦の陽動と日本の戦力漸減を念頭に行われる航空作戦は、ルソン島の東に遊弋《ゆうよく》するスプルーアンス中将率いる第七艦隊残存の機動部隊が行う。

そもそもマリアナにおける海戦では、硫黄島攻略に向けて集結したハルゼーの艦隊が大敗し空母がほとんど沈められた。

日本の攻撃隊は、周辺の護衛に目もくれず空母だけを執拗に攻撃し陸上攻撃機による雷撃で全空母に命中弾を与えた。

日本の双発機は、二本の魚雷を抱えていて一発目が外れたと見るや直ちに進路を修正し、被弾も顧みずに再度の攻撃で命中弾を空母に放ち続けたという。

実はこの時の攻撃で日本海軍の一式陸攻は三九機もの被害を出した。しかし、その肉薄攻撃で第三艦隊の正規空母は大破状態で何とか逃げだしたエンタープライズを除いた全艦が沈没の憂き目を見た。文字通り航空艦隊は消滅してしまったのだ。いやそれ以上に大問題なのは、ここまで部機動部隊を引っ張って来たブルドックことハルゼー中将が戦死してしまったということである。

現在アメリカ海軍で機動部隊の全体指揮が可能なスキルを持っているのはスプルーアンスだけという状況となった。間一髪で生き残ったフレッチャー中将など他の提督はせいぜい一個戦術単位の艦隊を指揮するのが精いっぱい。アメリカ海軍は太平洋において既に苦境に立っていたのである。

それでも、スプルーアンスの手元には日本海軍機動部隊の総数を凌駕する空母と艦載機が残っている。

硫黄島攻略に際し第三艦隊に編入させられた二隻の戦艦にお守として就いていった四隻の小型空母は一隻も手元に戻ってこなかったが、代わりにハワイで再編成にあたっていた元第三艦隊の大型空母サラトガとホーネットの二隻が自分の指揮下に入った。

この結果、第七艦隊の陣容は正規空母五隻、護衛空母四隻を中心とした打撃部隊。これを守る戦艦三隻を中心とした護衛艦隊という形に編みなおされた。

マッカーサーの上陸部隊を守るのはスプルーアンスの指揮を離れた第四四任務艦隊という海兵隊空母一隻を含む護衛空母四隻と旧式戦艦二隻、さらに軽巡四隻と駆逐艦が一九隻というかなりの規模であったが、この部隊は機動部隊とかけ離れた位置にあり、ルソンへの直接攻撃が始まるXデーマイナス一日目には空襲参加は困難だった。そもそもが、ワシントンに釘を刺しマッカーサーはこの部隊をあくまで上陸部隊の支援に使い、スプルーアンスの部隊との連携はさせないようにと言いくるめていた。

というわけで、第四四任務部隊を指揮するフレッチャー中将は海軍と陸軍の指揮官の板挟みという頭の痛い状況に置かれた。

スプルーアンスは日本海軍のマリアナでの戦法を分析し、空母を集中させることに危惧を覚えた。しかし艦隊を細かく分けるには、護衛の数が不足している。そこで仕方なく、今回の作戦では機動部隊は二個に分離するだけにとどめた。

今回の上陸事前空襲では、スプルーアンス率いる第一打撃軍とスミス少将率いる第二打撃軍、それぞれが全力での陸上攻撃を敢行する。

現在飛行中の艦爆SBDドーントレスは無論、最新鋭のアヴェンジャー雷撃機でさえ陸上用爆弾を積んでの出撃となった。

攻撃機の陣容としては護衛の戦闘機が九八機、艦爆と攻撃機の合計は一八三機に達していた。

これが三つのグループに分かれ飛行している。

五隻の正規空母エセックス、サラトガ、キューバ（これはエセックス級二番艦だが令和の過去ではとっくに沈んでいたヨークタウンの名前を受け継いでいる。まだ沈んでいなかったのでこの米西戦争所縁《ゆかり》の地名がつけられたのだろう）、及び護衛空母シェナンゴとサンティから発進した主隊がクラーク基地を目指し、Ｗ・マケイン少将が率いスプルーアンスの艦隊に随伴するエセックス級三番艦イントレピッドと護衛空母カード、そしてコパヒーからなるグループはマニラ周辺の陸軍施設が攻撃目標とされた。H・スミス少将に率いられ別行動をするワスプとホーネットのグループはマニラから離れたスビック海軍基地へ向かう

飛行中の各飛行隊は、目標にある程度接近するまでは迎撃はないだろうと軽く考えていた。

攻撃自体が早朝になるというのもその考えの根拠であったが、実は既に彼らが発進して間もなく、周囲が薄暗いうちにその動きは日本側のレーダーに感知されていた。

何しろ日本軍が新たに使用し始めた令和技術転用の電波探知機の能力はこの時代のアメリカが使用しているイギリスの技術パテントを借りたそれよりはるかに優っており、探知距離で一・五倍の差がついているのだった。

「各機聞こえているな。地上からの指示で高度八〇〇〇からの攻撃を行う、遅れるな」

アメリカ軍機を迎え撃つ陸軍の三式戦を駆る対戦闘機部隊「奇兵隊」を指揮する加藤《かとう》建夫《たてお》少佐が無線に告げた。

加藤建夫、令和の過去世界ではとっくに戦死しているはずの英雄。年寄りには言わずと知れた加藤隼戦闘隊の隊長だ。

しかしこの世界では南方に戦線が広がらなかったため、彼の率いる第六四戦隊はずっと内地に張り付いていた。そして加藤はいまだに中佐に進級していない。

まあ内地から動かなかったおかげで、真っ先に飛燕への機種転換がなされたという経緯がある。

これを書類で見つけ出した国際救援隊のブレーンたちが、鼻息も荒く陸軍にフィリピンへの部隊転出を命じたのだった。

その加藤建夫率いる飛燕、いや奇兵隊は全機が日本にいる時に自衛隊の整備クルーに指揮された整備部隊の手でエンジンを徹底的に改良し、コックピットにはちゃんと使える機上無線と正確無比なデジタル時計が設置された。

この時計、伊東市内で焼け残った時計店の不良在庫と思われる未使用腕時計が一〇〇〇個以上発見されたことから、サイパン奪還作戦参加の航空機隊の戦闘機と爆撃機にセットされた。その余りが、フィリピンへの転出が決まった飛行隊の機体にもセットされたわけである。

しかし、既に内地を離れていた部隊はこの恩恵にあずかれない。そこで、腕時計そのものを他の伊東市内の店舗などからかき集め、各飛行隊にばら撒き使用させた。最初針ではなく数字の表示に戸惑ったパイロットたちも、今ではすっかりその使用法に慣れてしまい、ほとんどの時計に組み込まれているストップウォッチ機能などを便利に使用するようにまで成長していた。

地上のレーダー基地からの報告と膝の上に括られている航空地図を見て加藤が無線に告げた。

「会敵予想まで一分三〇秒、各機安全装置を外し機銃の試射を行え」

これまでパイロットの任意で行われていた武器の状態確認、これを統制指揮できるようになったのは、実は戦術的に大きな進歩となっていた。

この日ルソン島南部は雲量八、下からは雲が多くその間に青空が見えるという天気だった。完全に雲が空を覆うに至ってないおかげで奇兵隊のパイロットたちは、雲の切れ目から高度およそ三〇〇〇メートル付近を進む敵攻撃機隊の一部を視認できた。

「敵発見、これより突撃する」

加藤少佐の指示で、指揮下の飛燕三六機は一斉に敵戦闘機に襲い掛かった。

この時、加藤隊のやや後方を飛んでいたのが元々フィリピンの防空にあたっていた飛行第九戦隊の隼だった。

　この部隊の隼も無論国際救援隊の指示で手が入っている。

　しかし、もともとが非力で武装の弱い戦闘機。命令では、補助的空戦を行えとなっていた。

　だが目前の敵編隊が、かなり巨大で奇兵隊の手だけでは足りないと思われた。

　隼を操る二個の戦隊は統合され「閃空隊《せんくう》」と呼称されているが、現在六四戦隊の奇兵隊の後ろにいる九戦隊は第一閃空隊、スピックの防御に上がっている飛燕装備の飛行第五九戦隊「神武隊《しんぶ》」の補助に入った飛行第五〇戦隊の隼隊は第二閃空隊と一応区分けされていた。

　ちなみにマニラ地区防衛に上がった陸軍の唯一の部隊、鍾馗を装備した独立飛行第四七大隊（令和の過去と違い、独立飛行中隊の運用は最小限で対米戦争開始と同時に戦術の最小単位が独立飛行大隊に変わっていた。このため国際救援隊ブレーンが精査すると、この部隊の基幹要員は令和の過去の独立飛行第四七中隊と一致していた）は「新撰組」の看板を背負っていた。

　面白いのは、令和の歴史で活躍した独立飛行第四七中隊が後に名乗った新撰組を、ここまで実戦を経験していなかった独立飛行第四七大隊が早くから名乗っていたことだ。

鍾馗を実践運用していた関東周辺の部隊を横目に、最も早く鍾馗を装備した彼らは機体の改良のための飛行試験などを西日本で行っていた。

サイパン失陥で関東が空襲の危機に陥ってから、一部の中島飛行機技術者は広島の三次《みよし》に拠点を移していたのだ。部隊はこの集団に協力して今日までを過ごしていたのだ。

まあ彼らのことは後述するとして、敵の頭上に襲い掛かる奇兵隊の姿を見ていた第一閃空隊の指揮官高梨少佐は、無線で司令部にコンタクトを取った。

「司令部、我々にも敵戦闘機の中央への突撃を許可ください」

かなり切実にこの願いを出した背景に、既に第一撃を終えて反転上昇に入った奇兵隊の飛燕が数機黒煙とともに落下していくのが望見されたからだ。

高速の飛燕も無敵ではない。敵のＦ４Ｕコルセア戦闘機は二〇〇〇馬力の強力なエンジンを武器に上昇力や急降下では飛燕に引けを取らない能力を持っている。

このため反転したところを追撃され何機かが返り討ちにあったのだ。

マリアナ海戦の時、ハルゼー率いる第三艦隊の主力戦闘機はグラマンＦ４Ｆワイルドキャットだった。少数のＦ６Ｆヘルキャットも配備されていたが、零戦の前に完敗した。現在他のヘルキャット装備の飛行隊はアメリカ本土で錬成中のため第七艦隊には一機もいなかった。

そして、ハワイでこのＦ４Ｕコルセアの飛行隊を乗せたサラトガとホーネットは対日本戦闘機に予想以上の能力を発揮していたのであった。

エンジンの能力と機体の重さを考えると、なるほどワイルドキャットは日本機より機動性が劣る。だから令和の過去においても例えば零戦相手なら決して一対一の戦闘をするなと厳命される有様だった。

その後アメリカの戦闘機は大馬力化が進み、現に戦場に二〇〇〇馬力級エンジンを装備した複数種類の戦闘機を送り込んでいる状況で零戦の優位性はなくなった。

これは同時に、ほぼ同じコンセプトで作られている隼でも敵機への優位の戦闘が困難になったことを意味する。

隼は、その身軽さこそが売りの格闘戦に特化した戦闘機なのだ。これがエンジンによる力任せの引き離しや追い込みをかけてくるアメリカ軍機を相手にしたらあっさり負けてしまう。

しかも、機動性の面だけでなく隼は武装が貧弱だ。基本型では機首の上に二丁の七・七ミリ機関銃しか武装がない。武装強化型でもこれが一三ミリ機銃に変わっただけだ。隼は令和の歴史では最後まで主翼に武装を積めなかった。設計上それが不可能だったのだ。

だから今回の迎撃でも、国際救援隊は米戦闘機の相手は飛燕に任せようとしたのだ。

しかし誤算があった。それが、スプルーアンスが意図的に配置する艦隊を分割し新たに第七艦隊に加わった二隻の空母の存在だったのだ。

コルセアの投入を救援隊ブレーンは考慮していなかった。

理由は、令和の過去ではこのくそ重い戦闘機は海軍で持て余され空母に載せるのをやめて、海兵隊にほとんどの機隊を回し陸上で運用していたからだ。

その後エセックス級の発達でようやくコルセアも艦上戦闘機に返り咲くのだが、この世界でのコルセアはすんなり艦上戦闘機として海軍で使用されていたのであった。

歴史のズレである。この世界では南方戦線が存在せず、アメリカ海兵隊は陸上基地の展開を行う必要がなかったのだ。だから、そこに回す機材の調達の必要もなく、コルセアは重いなりに馬力の大きさによる速度や搭載力の高さから補助爆撃機として海軍で空母運用を始めたのだ。

高梨の申請に司令部の城後は一瞬躊躇したが、すぐにマイクに向かって叫んだ。

「突撃を許可する。低空域にもうすぐ海軍の阿修羅部隊が到達する。高度三〇〇〇から下には侵入せず、敵が降下をしたら放置しろ」

すぐに高梨が勢いよく返答した。

「了解」

高梨は無線の周波数を切り替え叫んだ。

「閃空隊、突撃せよ」

ここで隼四八機は一気に銀翼を翻《ひるがえ》し、眼下で格闘を続けるコルセアと飛燕の渦の中に飛び込んでいった。

通常陸軍一個戦隊は戦闘機の場合三個中隊三六機の編成である。しかし国際救援隊司令部は戦場に出せないでいた隼に目を付け、主に国内の北の守備に就いていた機体を第一第二閃空隊に各一個中隊増援として送り込んだのだ。

こうして四個中隊に増強された隼を擁する第一閃空隊は、勇躍フィリピンの空に銀翼を翻した。

この時、米軍側の戦闘をリードしていたのは、コルセアを有するサラトガの第三三戦闘飛行隊であった。

指揮を執るウェーバー・ハリス少佐は、思った以上に速度の速い飛燕の動きに舌打ちを繰り返していた。

「高度を取ったらすぐに反転降下に切り替わる、今までの日本軍機にはない動きだ。ジークだったら急降下に入れば確実に追い着けたのに、速度計が振り切るほどの速度で逃げていきやがる」

これは事実だった。

飛燕の機体の頑丈さは、間違いなくこの時期の日本軍機で一番だった。試作機の性能試験の時も九〇度の垂直降下で時速一〇〇〇キロまで刻まれた速度計をほぼ振り切りかけたのに、機体は空中分解をしなかった。

海軍の零戦は、速度が一定まで上がると主翼の外板に波が寄り、その結果主翼強度が足りなくなり空中分解を引き起こす。

だから零戦のパイロットは急降下で敵機から逃げるという動作に躊躇する。

しかし、零戦と同様に華奢《きゃしゃ》な構造の隼を最後に陸軍機は軽さを求めない頑丈な造りに変じていたので、米軍機との格闘戦では力任せの降下と上昇という本来彼らが得意とする戦法で一歩も引けを取らなかった。

飛燕の動きに米軍の戦闘機隊は完全に翻弄され、かなり編隊をばらされ組織的立体機動が不可能になっていた。そこに襲い掛かってきたのが閃空隊というわけだ。彼らの参戦で数的優位は日本側が得ることになった。

この時点で奇兵隊は米軍のコルセアを四機、ワイルドキャットを八機撃墜していた。残りの敵機はおよそ三〇機に過ぎなかった。だが奇兵隊側もコルセアの善戦で飛燕八機を失っており、閃空隊が参戦するまでは数的には劣勢だったのだ。それが一気に敵を倍する状況に逆転した。

これは高梨少佐の好判断と言えた。

バラバラになってしまった米軍機は個々で格闘戦に移るしかない。だが、その格闘戦に関して隼は旋回性能で米軍機を遥かに凌ぐ。確かに武装は貧弱だが第九戦隊のパイロットたちは中国戦線での実戦で数々の戦果を挙げてきた猛者《もさ》揃い。強力な武装と装甲を持つ米軍機に果敢に挑み一歩も引かなかった。

こうしてクラーク基地を目指していた護衛戦闘機隊は攻撃本隊と切り離されて日本軍機との空戦に専念しなければならなくなった。

米軍側はこの時点で日本の戦闘機にまだ伏兵がいるとは思っていなかった。

これまで日本軍が陸海軍で連携してきたためしはない。これまでの戦争を通じ、米軍に対し日本の陸軍機が活動していたのはこのフィリピンの戦線だけだが、少なくともルソンへの攻撃が行われるまで日本の陸軍機が零戦と作戦を共にしたことはない。

しかし、今空中戦を演じる米海軍と日本陸軍の戦闘機隊のすぐ下に、零戦の編隊が潜み、護衛を引き剝がされ丸裸になった米軍の攻撃隊に向け突進を開始していた。

「抜刀隊、敵攻撃機を確認、これより全機突撃する」

日本軍の陸海空が連動し、しかも空中無線で相互どころか地上の指揮所と連携しているなど米軍は夢にも思わなかった。

海戦前から米軍は日本の戦法を研究し、諜報活動によって日本の電信技術は劣っていると断定していた。だから油断しきっていた。

「後方同高度に敵機！」

米軍攻撃隊の最後尾を飛んでいたドーントレスの機銃手が叫んだ。

編隊を率いるサラトガの攻撃隊第三一四飛行隊の戦隊長アレス中佐は驚き背後を振り返ると、そこには多数の零戦の姿があった。

「後方にゼロだ！　ジークの大群だ！」

アレスがオープンチャンネルにした無線に叫んだ。

ところが、この無線は戦場空域ですら外に届かなかった。

なんと接近する日本海軍の戦闘機隊に随伴する形で、陸軍の百式司偵を改造した電波妨害機が飛行していたのだ。

ちょうど米軍の攻撃隊を視認した瞬間、つまりアレス中佐が叫ぶ直前にその電波妨害機がクラーク基地防衛に飛んだ日本側の戦闘機全部隊に向けて叫んでいた。

「米軍使用の周波数帯の空中無線を封じる、こちらも影響を受けるため以後戦闘機間通信は一・三メートル短波通信に切り替えろ」

アメリカも日本も、通信は他の機との交信にも使うため、だいたい二七MHz付近の周波数を利用していたが、この電波妨害は短距離通信に使う四〇から五〇MHzの電波までも通信不能にジャミングをかけたのだ。

このため、日本軍は短距離通信専用ともいえる二二〇MHzという短い波長の通信で機上無線を使用することにしたのだ。

簡単に広い周波数の電波を切り替えられる無線は、アメリカ側の攻撃機にも装備されていない。真空管を使った無線では場所を取りお荷物になってしまうのだ。

だが日本側の通信は、伊東市内と市民から集められた大量のIC基盤によって生産された小型無線機を使用。過大な重量増加もなしで場所も取らず、代わりの機材を載せられる余裕ができる上、周波数は音声通話が可能なほぼ全域をカバーできる優れもので、技術差は歴然だった。

日本側の妨害で突然機上無線が使えなくなったアメリカ側は軽い混乱に陥った。戦闘機に襲われた以上、一度ブレークつまり回避行動に入らなければならないのだが、攻撃隊長の叫びは誰にも伝わっていない。

気付いた時には、後方の編隊が零戦に襲い掛かられていた。

「第一中隊落ち着いて中央を突っ切れ。第二中隊以下は左右に分散した敵の尻を叩け」

零戦隊を率いていたのは、フィリピンに再進出してきた旧台南空の二五一航空隊の戦闘機部隊を率いる安立少佐であった。

令和の歴史ではラバウルに進出していた部隊だが、そもそも南方戦線がないこの世界では開戦後フィリピンに進出、しかし損耗激しく一度台湾に後退し再編成して二五一空になった。当時の司令官の斎藤正久大佐はフィリピンで戦死、後任になった小園中佐は、部隊の後退を果たすと新たに作られた厚木基地の司令官になって転出し大佐となった。現在の二五一空司令は島本太中佐だ。

この歴史を知った国際救援隊司令部は厚木航空隊の司令に転出した小園大佐に目を付けた、令和の歴史では、やはり厚木航空隊の司令の立場にあったが、この世界の歴史と照らすとそれはまだまだ先の話だった。とにかく首都防衛の要の厚木空司令の彼は終戦に真っ向から反対。航空隊の航空機と全隊員と共に徹底抗戦を唱え基地に立てこもった。つまり反乱を起こした男だ。結局マラリアの再発で寝込んだ彼は逮捕され反乱は終息するが、歴史的に見れば問題児には違いなかった。

しかし同時に小園は夜間爆撃を仕掛けてくる大型爆撃機への対処法として、双発機の背面に機関砲を斜めに搭載することを開発した人物でもあった。

令和の歴史で小園はラバウルにおいて持て余し気味だった二式陸上偵察機に斜銃を搭載し、かなりの効果を発揮した。

この成果で斜銃を搭載した機体は夜間戦闘機『月光《げっこう》』の名前を与えられた。

まあ面白いのは、この月光の前身の二式陸上偵察機はそもそも双発戦闘機を目指して作られた機体で、紆余曲折があり偵察機にされ、それがまた戦闘機に戻った訳である。

時空転移してきた令和の民間人ブレーンが調査したところ、この月光は既に存在していたが、その改造を施したのがやはり小園中佐であった。フィリピンでの大型爆撃機の跳躍に業を煮やし、前線への供給を目指し開発していたのだが、そこにB29による首都圏への爆撃が始まったことから、急ぎ厚木空での装備を行っていた。

これを知った救援隊のブレーンは小園を厚木空から引きぬきサイパン奪取に向け
て、航空部隊の総指揮官というこれまでなかった職に就かせた。

　そして彼の開発した月光は、秘かに全機がフィリピンに運び込まれていた。無論抵抗作戦を睨んでの措置だ。

　話を零戦隊に戻そう。

　相手が爆弾を抱えた爆撃機であるから、零戦にとっては楽な戦闘となる。それでもドーントレスは爆弾を捨てれば空中戦が可能な機体で機首に二丁の機関銃を装備し、後部には強力な一二・七ミリ機銃を構えた機銃手がいる。油断すると返り討ちになる。

　しかし日本海軍のパイロットたちは、その点をよく心得ていた。多くの先輩たちが、マリアナをめぐる攻防戦でこのドーントレスと当時の主力機だったデバステーター雷撃機の迎撃に失敗し続けた。そこで研究していた戦法が、今回の国際救援隊司令部が監修した作戦の下敷きになった。

　抜刀隊の零戦三二型は、ひらりひらりと細かく翼を翻しドーントレスと、その先を進んでいたアヴェンジャー雷撃機の死角に入り込み、攻撃を仕掛ける。

「大型の新型攻撃機は思ったより手ごわい。先にドーントレスをできる限り駆逐しろ。爆撃のことは念頭に置くな。目の前の敵を落とすことだけに専念しろ」

安立少佐は自らの零戦の操縦桿とフットバーを器用に操りながら無線に指示を出す。

これを聞いた各機の動きは細かく変わる。

前方に突出しかけた数機が慌てて機首を戻し、ドーントレスに再度挑む。残りの零戦も執拗にドーントレスに襲い掛かる。この状況を見て本来の魚雷ではなく陸用爆弾を抱いたアヴェンジャーを率いる空母キューバの第八八二航空隊の隊長オーエン中佐は大慌てでキャノピーを開き、右手を出し人差し指を突き立て、その手を何度も前に向けて振って見せた。

「行け、行け、行け！」

大声で叫ぶが、その声はすぐに風にかき消されどこにも届かない。無線の使えない今、ジェスチャーで僚機に伝えるしかない。オーエンは何度も何度も手を振る。

まだ編隊飛行を続けていた同じ飛行隊の部下たちは、この仕草を確認すると翼を大きく上下に振り了解の合図を送った。

各機は燃料の消費を一切考えず、スロットルを全開にし空戦を続ける零戦と味方のドーントレスが入り乱れる空域から離れ始めた。

「新型の敵攻撃機、間もなく第一防空線域高射砲群の射程距離に入ります」

地上で日米の航空機激突を観測していた日本陸軍の砲兵監視所から有線電話での報告が司令部に入る。

ここまで味方戦闘機が敵機を襲っているので沈黙していた日本軍の対空砲火。ほぼマニラを取り囲む形に配置されたその対空砲火は、二重の陣地を構築していた。

アメリカの攻撃隊は、その最外縁に到達しようとしていた。

「間もなく第六陣地群に最接近。高度二五〇〇程度を維持」

敵機は複数の監視所から観測されているが、その中には伊東から運び出された光学機器を使用し正確に距離と高度を計れるものも含まれていた。この時代にとって最新鋭を突き抜けたチート装備は、文字通り正確無比に敵機の位置を砲兵部隊に伝え、高射砲の砲弾の信管設定に際し正確な爆発時間を刻ませた。

『敵機補足、攻撃を開始する』

前線からの電話連絡が司令部にこだまする。

複数の陣地で米軍機を狙っていた高射砲が火を噴く。その多くが陸軍の九九式八センチ高射砲や海軍の九八式一二センチ高角砲であった。ここでも陸海軍の連携がなされているのだ。

スロットル全開のまま突き進んできたアヴェンジャー攻撃隊は、それこそ瞬く間に日本軍の対空砲火に包まれた。

激しい対空砲火が編隊の同高度で炸裂した。

これまでの日本軍の攻撃にはない驚くべき密度と正確さだ。

米海軍のパイロットの多くが、日本の空母部隊と対決し一方的に戦果を上げ続けた猛者だった。それだけにこの正確無比の対空砲火は驚異的に見えた。いやこれは心底の脅威であり危機だった。

「ハッ」とオーエンが気付いた時には、攻撃隊のうち一〇機が火を噴き落下していた。

いや攻撃はまだまだ続いている。

被害はさらに増え続けている。

散開を指示したくても無線は死んでいる。各機のパイロットが危険を感じ回避運動に移るのを期待するしかない。

しかし、多くのパイロットは半ばパニックとなり、全開のままのスロットルをさらに開きたいという意識でレバーを力押しし対空砲の射程外に逃れようとした。

先行する数機が、どうにか炸裂を続ける対空砲の網から逃れたと思った瞬間だった。

　遥か下の地上で無数とも思える閃光が瞬《また》いた。

　オレンジ色の火球がその地上から連続し物凄い数でアヴェンジャーの機体を取り囲んだ。

　次の瞬間、ほぼ同時に二機のアヴェンジャーが空中で大きな爆発音とともに爆散した。撃墜ではない空中爆発による撃破だ。

「た、対空機銃がこの高度まで届くだと！」

　これまで日本軍の対空砲は最高射程が二〇〇〇メートル程度と判定されており、攻撃隊も最低高度を二五〇〇メートルとして進撃してきた。

　状況によって高度を上げ高射砲の攻撃精度を下げるべく備えていたが、予想外の高高度から陸軍戦闘機隊の襲撃を受け、攻撃隊は頭を押さえられる形になり高度を上げる機会を逸した。

　そして背後からの日本軍戦闘機の攻撃をかわした途端の対空砲火、そしてその先に待ち受けていた対空機銃による追い打ち。これ以上完璧な罠はない。

　オーエンはこの幾重にも待ち受けていた日本の攻撃から逃れることは困難と覚悟した。

そしてその直後、彼の機体に高射機関銃の弾丸が次々に命中し、外板に開いた穴から燃料が漏れ、ついに引火した。

「逃げろ！」

操縦士と足元の通信士に怒鳴りながら、キャノピーから外に身を乗り出したオーエンは、機体の横にあいた機銃弾の貫通孔を見て、自分が撃ち抜かれた理由を知った。

それは日本の陸海軍がこれまで使ってきた二〇ミリや二五ミリの機関砲弾ではなく米軍の使う一二・七ミリとほぼ同じ口径の機銃弾による命中孔であった。

オーエンは知らなかったが、これは日本軍にとっては比較的旧式な兵器による攻撃だった。

海軍が小型舟艇に配備していた九三式対空機関銃。これはフランスのホッチキス社の一三ミリ機銃をライセンスした物だが、その元にしたホッチキス機関銃を陸軍も使用していた。国際救援隊司令部ブレーンは、この機銃の性能に目を付け各地からかき集めてマニラ防衛線に投入配置させたのだ。

その理由はこれまで日本陸海軍が使用していた高射機関砲が威力重視で採用されており最高射程高度が二〇〇〇に留まる中、単純に射高だけなら三〇〇〇メートルに迫るこの一三ミリ機関銃が戦術的に意味を持つことにブレーンたちは気付いたのである。

日本軍は一撃必殺の精神で機関砲を標準に高射用連射銃を作った。しかし、その発射速度の遅さなどから射程が伸びないという欠点があった。

この同じ轍を戦闘機の武装でも日本軍は踏んでいた。

この時期の日本海軍の零式戦闘機の装備している二〇ミリ機関砲は、小便弾と言われるように発射してすぐに弾道が放物線を描いて沈んでいくという代物だった。

これに対し米軍の一二・七ミリ機銃は射程が長く、日本軍機の射程外からの攻撃が可能だった。

今日本軍が撃ち上げてくる一三ミリ機銃弾は、その口径が実際には米軍の一二・七ミリと同じ物。装薬量の過多で米軍のブローニング式の方が威力は上だが、ホッチキス式も劣るとはいえ射程の長さは他の日本軍の機関砲を大きく凌ぐため、弾幕による戦果を期待し大量配備したのだ。

ブレーンたちの狙いは当たった。

米軍のアヴェンジャー攻撃機は、かなりの数がこの銃撃で葬られた。しかし、まだ米軍機は飛行を続けている。

これを地上から双眼鏡を通じ見ていた男が呟いた。

「ざっと半分以上は墜としたかな。まあ、これもあいつらに言わせれば計算の内になる訳だが」

双眼鏡を下げ、迷彩式のフリッツヘルメットを被りなおしたのは、陸上自衛隊第一師団第一偵察隊の須藤一尉であった。

「さあ、我々は自分たちの戦場に移動だ」

彼は自分が率いる第一偵察小隊の部下たちに告げた。

彼らはこの比島戦線に秘かに投入された唯一の陸上自衛隊兵力。その任務は極秘とされていた。

走り出した九六式兵員輸送車の中をハッチから降りてきた須藤が見回すと、顔に迷彩ペイントをした部下たちが手に手に武器を持ち精悍な顔で小隊長を見返してきた。

「ここから先は半ば非正規戦になる。奴らが上陸して作戦行動が始まったら、絶対に捕虜になるな。それが我々に課せられた義務だ。敵に発見されたら、ありったけの武器を使い、逃げ切れ。最新鋭兵器だろうが何だろうが、持っているものは容赦なく使え。いいな」

須藤の言葉に一同は頷く。その時運転席のハッチを開いたまま操縦していた釜本三曹が叫んだ。

「空中戦が終わったようですよ、日本軍機が引き返していきます」

戦闘機の戦闘は、自分の持っている弾丸が尽きればそれで終わり。戦場に留まっている意味はない。

まず真っ先に戦闘を開始した飛燕隊が一機また一機と、クラーク基地ではない本来の基地へと戻り始めた。

この段階で空中に残っている米軍の戦闘機は、コルセアとワイルドキャットを合わせても一桁まで減っていた。

後から空中戦に突入した第一閃空隊が、敵機を隼が不得手とする巴戦《ともえせん》に持ち込み息の根を止めていった。戦闘機戦闘に関して言えば、文字通り完勝である。

しかし、数の多い敵の攻撃隊は零戦隊と対空砲火の網を掻い潜りやや半数に満たない数に減じながらもクラーク基地へと肉薄していた。

自分の小銃の点検をしながら須藤が言った。

「さあ好きなだけ爆弾を落とせばいいさ。無人の基地にな」

この言葉を聞いて彼の部下の偵察隊員達もにやっと笑った。

今まさに敵の攻撃作戦に対する最大の罠が発動しようとしていた。

日本軍に対する事前の偵察がことごとく失敗していた米軍は、とうの昔に日本陸海軍がマニラから撤退していた事実を摑んでいなかったのだ。

いやそれどころか、日本軍はマニラ市民の大部分をすら市内から疎開させ自分たちの管理下に置いていた。無論これは防諜のためだ。

そして今、米軍の攻撃隊は人の去った地に爆弾を投下しようとしている。

全く戦略的意味のなくなった個所に米軍は攻撃を仕掛けている。

こうして比島防衛線は第一幕を開けたのであった。

5

フィリピンの防衛作戦の主眼は敵の侵攻の遅滞。アメリカの物量を考えると、現状のわずかな自衛隊戦力の投入で戦争をひっくり返すことは困難だ。

しかし、サイパンにおいてその全力を投入し不可能と思われたサイパン奪還をあっさり成し遂げてしまった。

これはアメリカに打撃はしたが、同時に令和の過去における真珠湾と同様の効果をアメリカに与えてしまったのは間違いない。

無論これは国際救援隊のブレーンたちも承知していた。

今後のアメリカの反撃は熾烈《しれつ》になり、現状まだ令和の歴史から比較すると戦力の薄い太平洋戦域に、大規模な戦力増強がなされるのは間違いないだろう。

現にアメリカのルソン島上陸作戦の陣容は驚くべきものだった。

「なんとか大型ドローンで海岸の様子は撮影できましたが、これ以上敵の上陸母艦が接近したら銃撃の危険があるので退避させました」

VRスコープを頭に被った第一偵察隊第二小隊の第一分隊長筈見三尉が言った。

「状態はこっちの画面で見た。上陸正面は確認できた。我々は退避するぞ。戦闘は陸軍に任せるしかない」

「あと三分でドローンは帰還できます。先に撤退準備を済ましてください」

そこに他の偵察隊員がやって来た。

「我々と同時に撤退する機甲部隊が同乗していけと言ってきましたが、どうしますか？」

第二小隊を率いる内野一尉は、腕時計を見てから頷いた。

「まだかなり猶予はある、一緒に行くと伝えてくれ」

伝令してきた偵察隊員が頷いた。

「了解しました。しかし小隊長、跨乗《こじょう》になりますよ」

「そりゃ富士の演習場でやり慣れてるだろ。だいたい敵役の青軍は俺たちの役目だったからな」

「いいんですか小隊長、あのちっこい戦車の上面積狭いですよ」

「あ、うん、まあ我慢できるだろ」

サイパンで遭遇した米軍の戦車は大半がスチュアート軽戦車だったが、数輌のM3中戦車があった。戦闘終了後にこれを見学した彼ら偵察小隊隊員たちは、航空用の空冷エンジンを縦置きに載せるために異様に背の高い戦車に呆れたのだが、自衛隊の戦車学校にいまだに展示されているM４戦車が今後の敵の戦車の中心となってると聞かされていたので、日本軍の戦車の小ささが頭から抜けていた。

「では伝令していきます」

隊員が走っていくと、小隊長はドローンを操る分隊長に訊いた。

「ドローンは大丈夫か？」

「はい、もうすぐ見えますよ」

その言葉通り、ココヤシの木立の上に直径一メートルを超える大型ドローンが姿を現した。機体には数個のＣＣＤが取りつけられ、遠隔操縦に際してはそのカメラが目となり操縦半径一〇キロは可能な代物だった。これは伊東の市民の私物で、幸いにも完全に崩壊を免れた高級リゾートマンションで接収できた物だった。

そのドローンを回収し終えた偵察第二小隊の隊員二八名は、それぞれにハイテク偵察用機材を抱え撤退を開始する日本陸軍の機甲部隊に合流した。

今回の作戦で波打ち際防衛線は、砲兵の集中砲火のみ。歩兵の防御線も内陸二キロに敷かれていた。

つまり、現在彼らのいる地点は敵上陸後はいわゆる懐に敵を誘い込み停滞させるための地域となる予定だった。

今後日本の戦車は、敵戦車との遭遇では勝利が得られない見込みだった。集中的にＭ４を破壊可能な砲戦車を運び込んだが、まだまだ数が足りない。日本では国際救援隊司令部に発破をかけられ生産が急がれているが、ある程度の数がまとまってから日本軍の戦車輸送艇であるＭＴ艇もしくは自衛隊の輸送艦に乗せて運ばないと戦力的にも有効活用ができないので、前線ではまだその数が少なかった。

まだ上陸地点上空に敵機の姿はないが、目いっぱいまで高度を上げたドローンのカメラには上陸部隊を乗せた輸送艦の後方に小型空母が数隻控えているのが見えた。

自衛隊員たちは、日本陸軍の機甲部隊、戦車第一〇連隊の連隊長角中佐に一斉に敬礼し本当に呆れるほど小さな戦車、九五式軽戦車の上に乗り込んで行った。

戦車第一〇連隊は数輌の九七式中戦車の新砲塔車を保有している以外全車輌が旧式小型の九五式軽戦車だった。

その小さな戦車に隊員たちはしがみつき、砲塔から身を乗り出した車長に「完了」を告げた。

車長たちはそれぞれ頷き、軽戦車はブルンブルンっとディーゼルエンジンを始動させた。

「凄い揺れですね、このエンジン」

小さいとはいえ七トン近い車体がブルブル震えている。

「よく考えろ、今どきの大型トラックだってかなりエンジンの揺れは酷いぞ」

箬見は言ったが、今どきという世界に戻れない現実を思い出し内心で舌打ちした。

しかし部下たちはそれに気付かず、自分たちの乗った戦車の車長の言葉を聞いて伝言した。

「走り出すと排気管カバーが熱くなるので気を付けてくれとのことです」

自衛隊員達は一様に頷き、連隊長の合図一下、先頭車輌から順に放棄が決定した海岸防御陣地を後にし始めた。

自分の車輌が動き出し、遠ざかる海岸を見つめながら小隊長の内野は呟いた。

「さあ、海自の連中はうまくやれるのかな」

この時、ほぼ時を同じくしてルソンの東海上では米軍にとって予想外の事態が起きようとしていた。

そのきっかけを作ったのは、日本海軍の潜水艦部隊であったが、そのクルーには多数の自衛隊員が含まれていた。その他にも、その潜水艦には令和のテクノロジーが文字通りふんだんに取り込まれていたのであった。

「試験艦『あすか』には感謝しかないな」

潜望鏡を覗き込んだ国際救援隊指揮下の海上自衛隊士官、庄田三佐は言った。

彼は、伊豆沖大地震直前に準備されていた日本国内の全自衛隊が参加する大演習の一環として、本来なら訓練に参加しない試験艦『あすか』に秘かに準備されていた新装備の管理担当を担っていた。

この訓練の一環で陸自の第一普通科連隊も他の部隊と連携のため上陸訓練の準備をしていた訳だが、海上自衛隊の艦艇もこの訓練のために実弾を満載していた。

まあこれが時空転移をした先で実戦に巻き込まれても、何とか戦闘をこなせている理由だった。

　しかし用意されていたのは弾薬だけではなかった。

「感度最大、間違いなく大型艦ですね。スクリューノイズ多数です」

　ソナー室、と言ってもこの潜水艦にはそもそも存在しなかった装備なので魚雷室の後方に無理やりスペースを作っていた。そのソナー室から司令塔に逐一報告が入るが、それはパッシブソナーの感知報告。だが、そのソナーは潜水艦本体に備わっているのではなく、長い長いワイヤーの先にいる操縦式の海中ドローンに装備されたソナーからの情報だった。

　この海中ドローンは、海自の特別警備隊に合流し次第渡すため横須賀にいた試験艦『あすか』に搭載されていた。海上警備隊は、その名からは想像できない海自初の特殊部隊だった。

　離島防衛において潜入や破壊工作を行う部隊で広島の呉に本拠地を置いていた。まあ規模は小さいが、アメリカ海軍のＳＥＡＬＳに近い活動を日本国内に限定して行う部隊だった。それだけに常に最新装備の研究がなされていたが、今回の大演習において訓練使用を予定していた装備の一つがこの海中ドローンであった。

　陸上から海中の敵潜水艦や水上の艦艇を探知するために新規開発され、防衛技術研究所から横須賀基地に運び込まれたのが、地震の前日だった。

もともとが有線ドローンであるから、陸上以外からでも操縦できる。そこに目を付けた国際救援隊ブレーンの高野『伍長』こと三等海曹が潜水艦での利用を提言した。試験艦に同乗したまま騒ぎに巻き込まれていた防衛技官が、転装が簡単にできると返答してきたため、ブレーンたちはこの装備だけでなく潜水艦に搭載可能と思われる新装備を海自の各艦から漁りはじめ、ごっそりと降ろしていった。

その装備のうちの大半が『あすか』に載せられていたものだった。

この令和のテクノロジーを一隻の潜水艦と、遣独艦隊の三隻の潜水艦、さらに今海自隊員の多数乗ったこの潜水艦に載せて改造を施した。

つまり現在なんとかインド洋に入ろうとしている遣独潜水艦の伊号一九と同等、いやそれ以上の装備、ただし攻撃ではなく偵察にその能力を集中したのが伊号三六潜水艦であった。

「ほぼ正確な位置を掴めた。予想していた最後の想定針路であったとは言え、こうなると戦没した呂号三三潜水艦の将兵に感謝しかない」

潜望鏡を降ろしながら庄田三佐が言うと、この艦の艦長を務める日本海軍の安久《あんきゅう》中佐が肩を叩きながら首を振った。

「奴らは職務を遂行しただけです。気にしないことです」

ブレーンたちがこの潜水艦を改造指定したのは偶然ではない。

令和の史実で有名な人物が艦長を務めていたからだ。

それが庄田に声をかけた安久榮太郎《えいたろう》中佐だった。彼は令和で戦史を齧《かじ》っている人間にとっては有名な名物艦長で、同時に潜水艦の操船に長けた艦長だった。そこでこの潜水艦に白羽の矢が立ち、佐世保から横須賀に回航し大改造が行われたのだった。

令和の過去においては伊号三八潜によるガダルカナル輸送作戦で名を成す名艦長なのだが、この世界では番号違いの伊号三六潜水艦の艦長を務めているのであった。

これもまた、世界線の相違が生んだ結果となる。

この世界において現在手元にある海軍の潜水艦で艦内に余裕がある一群がこの伊号三六潜水艦を含む乙型の巡洋潜水艦だった。

日本の巡洋潜水艦ではお馴染みの小型水偵を搭載する能力を持ち、魚雷も多めに積める設計は、新しい設備を載せるのにうってつけであった。

伊号一九潜では水上偵察機を降ろして貨物を増やしたが、偵察専用潜水艦に仕立てられた伊号三六潜では航空機搭載能力は残された。

その代わり載せる航空機がとんでもない改造を受けていた。

通常潜水艦に載せてあるのは、零式小型水上機だ。よく小型水偵と呼ばれるが、そもそも偵察機として開発されていない多用途機で、小型水上機が正確な名前だ。

この零式小型水上機を国際救援隊は大改造し伊号三六潜水艦に搭載した。とにかく遅いことで有名なこの小型機、載せているエンジンはオリジナルだと天風一二型のたった三四〇馬力しかない空冷エンジンだった。

それを国際救援隊ブレーンはなんと伊東でゲットしたスーパーカーと言っていいランボルギーニ・ウラカンに搭載されていたV10エンジンに交換させたのだ。

一見無茶に思えるが、このV10エンジンはかなりコンパクトで全長もさほど伸びずに補器を収められ潜水艦に搭載するのに無理は出なかった。

そして何より重要なのは、このランボルギーニエンジンは六一〇馬力の出力を誇るという点だ。しかもこの数値、零式小型水上機の計測方式よりシビアな令和の時代式の計測での数値だ。

昭和時代のエンジン出力は、エンジン本体をベンチに置きそこでの回転出力をダイレクトに計測したダイナモ数値に基づき表記している。だが令和の車の馬力は、補器をすべて付けた状態で車に搭載したシャーシ出力を表す。つまり、空荷の数値と荷物をすべて載せた数値の違いと思えばいい。

この理論によれば、ランボルギーニのエンジンは事実上元の搭載エンジン天空の二倍であると考えて間違いなかった。実際その最高速度は、時速四〇〇キロ近くまで伸びていた。従来の零式水上機はせいぜい空荷で二四〇キロしか出なかったのだから驚異的な伸びだ。

令和の過去において米本土空襲を行ったのは、この零式小型水上機。軽すぎて小型の焼夷弾しか載せられなかったが、米本土上空に達した時はあまりに遅すぎて最初軍用機と認識されなかった。慌てて対空砲火を浴びせたら速度調整ができずに砲弾はすべて前方で爆発したという、嘘のようなエピソードがある。

その機体をリフレッシュさせた改造機は、かなり不格好になった。液冷エンジンの一種とはいえ元は車載用、補器は周囲にごてごてついている。まずスマートにするために本体と前後逆になる排気周りを思い切って一本化し直管式とした（結果的に轟音を発することになったが住宅街を走る乗用車ではないのだから気にすることはない）。そしてコンピューターをはじめとする制御機器をVバンク中央に集約しマルチリンク式燃料の噴射ポートを水平配置。このV型エンジンのヘッドのぎりぎりまでカウリングを下げさせ視界を確保、上部が扁平でサイドはゆったりと一度外にふくらみつつ絞り込み、下部には大型のラジエターを装備させた。天空は星型一列エンジンで奥行きが短かったが、V型とはいえ総排気量はたったの五・二リットル。奥行きはたかが知れており、しかもギアはダイレクトカムを前方に置くだけ。つまりスロットルイコール回転数というシンプルな構造だからこそ可能になった大改造だった。

これを担当した民間と自衛隊のエンジニアは、二度とやりたくないと言った程のシビアな調整だったが、幸いにもランボルギーニ・ウラカンはこれ一台しか確保していなかった。そう、ランボルギーニは。

とにかく、この通常の攻撃機並みの速度を出せるようになった水上機は、実はこれまでかなり役に立って来た。

伊号三六潜には、まだ他の潜水艦には装備されてない新開発の魚雷が載せられている。これは、間違いなく今後の戦況を左右する必殺兵器と目されており、彼らはその実験も索敵と同時に課せられていた。

その成果を彼らは三日前に挙げていた。

その様子は既に暗号によって本国に送られ、国際救援隊司令部で解析が進んでいた。

一方で、比島東岸を進んでいると目される米機動部隊の発見も急務であった。撃沈された呂号三三潜からの電信を確認した米機動部隊は巧みに針路を外し攻撃機部隊を発進させたはずだ。

残念ながらここまで日本側が張った網では、把握していなかったが二つに分かれた米機動部隊の正確な位置を特定できていなかった。

だが今、伊号第三六潜はその尻尾を完全に捕まえた。

「連絡を行う。まずドローンの収容作業に入ってくれ、ケーブルが長いから切断に注意しろ。ありゃとんでもなく高価で貴重な代物だ」

庄田三佐の声が伝声管に響き、前方のドローン操縦室に届く。

すぐにドローン操縦係の今尾一曹が、長々と伸びた操縦用ワイヤーの収納のためのウィンチを回すボタンを押した。この操縦席はサイドバイサイドのコックピット式に急ごしらえで据え付けられていた。

安久中佐が庄田の隣でデジタル時計を見ながら言った。

「収容に何分かかるね」

「一五分といったところですね」

安久は頷き、数本並んだ伝声管のうち一本に顔を寄せ怒鳴った。

「魚雷発射室、アレの準備だけしとけや」

安久はアレとだけしか言わなかったが、それを指すのが何であるのか魚雷室に陣取る水雷科の水兵たちはよく心得ていた。

「セツ魚雷発射準備に入れ」

掌水雷長の声で、水雷科の水兵たちはチェーンに結ばれた状態で床に置かれている魚雷に、カバーのかけられていた弾頭の取り付けに掛かった。

通常魚雷は信管のみが取り外され格納されている。弾頭部は生産時から一体化しているからだ。つまりこれは、今までの生産ラインで作られた魚雷とは別系統の物であることを意味している。

ちなみに巡潜甲型も乙型も魚雷発射室は前部に集中している。一斉に六発を放てる強火力であるが、反面後進方向へ魚雷を放てないのは苦しい。苦しいのだが……今、伊号三六潜の中で準備されているのは、その不利を覆す秘策なのであった。

それからおよそ一五分後、ドローンの収納が間もなく終了するという時だった。

「前方右二〇度より音源接近」

ドローンではなく、伊号三六潜に備え付けたパッシブソナーを聞いていた海自隊員、瀬古三尉が伝声管に静かに告げた。緊急事態だというのに、まったく焦りのない口調だった。

それもそのはずで、彼は四か月前の異動で潜水艦隊から輸送隊に異動になった元サブマリナー、それも本職の元ソナー手だった。

彼は、寄港していたらいつコロナクラスターが発生してもおかしくない潜水艦から、広い輸送艦に異動になりホッとしていた。しかし、あの大災害プラスアルファに巻き込まれ、昭和なのに過去じゃない世界に放り込まれ、元々乗っていたものより狭くて臭い潜水艦に押し込まれるとは夢にも思わなかった。しかし瀬古は愚痴一つ言わず淡々と職務をこなしていた。彼の告げた音源、現状でそれを示すものは一つしかなかった。敵の接近だ。

「瀬古三尉、艦種特定可能か？」

庄田が伝声管で聞き返す。

「フリゲート……いや、やや大きい。駆逐艦です。てか、この世界でまだフリゲート艦の存在を確認していないのでしたね、現在速度およそ二五ノット、距離一万ちょい切るです」

令和の歴史ではこの時期から、日本海軍の弱体化によってアメリカ軍の警戒が航空機と潜水艦にシフト。対水上戦闘に不向きな沿岸警備用だったタコマ級フリゲートを機動部隊の外縁警戒や輸送船団護衛の主力として多数投入し始めた。しかし、この世界で延々続いたマリアナ沖海戦でも、令和自衛隊が参戦したサイパン奪還作戦でも、その姿は確認できていなかった。

早い話が、本来太平洋に来るはずだったタコマ級フリゲートは大半が大西洋にいる。そう結論した訳である。

「機動部隊の外周警戒艦ですね。厄介だな。動かなければ見つからないと思うのだが、今収容作業でガチャガチャ音を立てているからなあ」

庄田が時計を睨む。すると安久がトンと庄田の肩を叩き言った。

「やるぞ。どのみちあいつを叩かにゃ敵艦隊発見の報告を送れん。さっさとやってとんずら、これができるようにあんたらがこの艦を作り替えたんだろうが」

庄田が微笑んだ。

「そうですね、さすがは場数を踏んでいる猛者です。即決敬服します。すぐに攻撃の命令をお願いします」

安久が頷き、伝声管に顔を寄せた。

「セツを発射する、一番発射管に装填急げ」

間髪入れずに掌水雷長が返答してきた。

「組み立て完了、一〇秒で装填完了します」

　これは、実は既に装填作業が進んでいなければおかしい数字だった。通常、魚雷の装填はその重量が重く数十秒を擁する。掌水雷長は、発射を予期して既に作業を進めていたのだ。

　普通なら越権行為だ。しかし、実は安久の艦ではこれが通常業務、当たり前の光景だった。艦長以下の全将兵が次の予測を立て行動する。それがこの艦の強さの秘密だった。

　あっという間に魚雷は発射管に吸い込まれたが、水雷科の水兵の一人が魚雷の尻から伸びた一本の細いコードの先端プラグを発射管の内部にある小さな凹みに設けられたジャックホールに接続した。そのコードは魚雷後部付近の斜めに穿かれた穴から伸びていた。

　次の瞬間、発射管室の後方から「接続確認、発射作業続けて良し」という声が掛かった。

　声を聞いた水雷科員が大急ぎで水密扉を閉めた。すかさず水雷長が注水を行う。

「完了」

　水雷長は簡潔に状況を告げる。

すると安久艦長は、まったく艦の操艦動作を行わないまま「撃てーっ」と水雷長に魚雷の発射を命じた。

水雷長は六個並んだ発射ボタンの一と書かれたものを平手でグッと押した。

圧縮空気の圧力で魚雷は海中に躍り出た。

第一発射管から出た魚雷はすぐにプロペラを回し熱走状態に入った。しかし、その軸線は接近しつつある米駆逐艦には向いていない。

「誘導開始します」

魚雷室の後方から声が響いた。それは先ほどまでドローンの操縦を行っていた部署だ。声を上げた坂巻二曹は、ドローンを扱っていた今尾一曹の隣でヘッドフォンを耳にスティック式の操縦桿を握っていた。よく見たらそれがゲームコントローラーから応用したのが丸わかりだが、この世界の人間にわかると思えなかった。

実は一番発射管から発射された魚雷は有線誘導式機能を有していた。先ほどつないだコードがその操縦を行うのだ。常に上下トリムをジャイロで安定させ左右転舵だけでなく沈降深度も調整できる。この明らかに時代を飛びぬけた秘密兵器にはさらなるチート装備があるのだが……。

「二番発射管にドローン収納完了」

今尾一曹の声が司令塔まで届いた。伊号三六潜の一番二番発射管はそれぞれ改造がなされ、誘導用のコードと操縦情報収集ワイヤーが取り付け可能になっていた。

庄田が自分の時計を睨み、伝声管でドローン操縦室兼魚雷操縦コンソールに訊いた。

「今尾一曹、コードのリミットまであとどれくらいだ?」

返答はすぐに来た。

「概算四五秒、既に音紋設定終了、方位調停も完璧です。これで外れたらエンジニアども全員尻叩きって状況です。コードはいつでも切り離せます」

庄田は満足そうに頷き安久艦長に言った。

「ただちに非常用電池航行で離脱開始を命じてください」

安久艦長は艦尾機関室に繫がった伝声管に叫んだ。

「非常用電池接続、緊急第一船速」

説明が混むが、まず伊号第三六潜には通常の電池航行用の鉛蓄電型バッテリー、まあこれもバッテリー溶液と触媒の交換で発電能力と持続時間が上がっているのだが、これとは別に非常用としてリチウムイオン二次電池、つまり鉛蓄電池より遥かに高出力な充電可能電池がごっそりと積まれていた。

しかし、もともとの鉛電池が大型でありリチウム電池の置き場所にはかなり腐心した。その結果、こちらのバッテリーでの航行時間は最大でも四時間が限界となった。まあ、図体のでかい潜水艦を動かすのだから仕方ない。

だが最大出力の差は速度とイコールになる。エンジンを動かしていないときの主機になるモーターの回転数は、そのまま最大速度に直結する。プロペラを速く回すためのトルクは、リチウムイオンで最大出力を直結した場合従来の二・七五倍になった。

しかし水中抵抗などの問題で速度がそのまま二・七五倍になる訳ではない。

ところが実験航行で伊号三六潜は、水中速度一六ノットを記録した。これは日本海軍だけでなくこの世界のこの時期においては驚異的な数値だった。というのも、間違いなく大型潜水艦の水中速度世界記録だったのだ。何しろこの世界の潜水艦の速度は軒並み水中では一桁。今日本が主力にしている巡潜甲型と乙型は、電池が多く最大水中速度八ノットを出せるが、それ以外の潜水艦は伊号も含めせいぜい三から四ノットしか出ない。

そこにいきなり一六ノットなどという速さの潜水艦が誕生してしまったのだから、日本海軍の驚きようときたら半端ではなかった。

いわゆる潜り屋、つまりサブマリナー出身の高官たちが口を揃えてこれを量産してくれと国際救援隊司令部に陳情に来たくらいだ。

だがリチウムイオン電池のストックには限界がある。

国際救援隊司令部では、既にこの電池の使用法に関してある決定を下しており、伊号三六潜と同様の能力を有する潜水艦の建造はあと一隻を限りに終了すると海軍上層部に通達していた。

まあその使い先は後々わかるのでここでは触れない。

とにかく、敵駆逐艦の手前およそ七キロ地点で誘導を切り離してしまった魚雷を置き去りに、伊号三六潜は遁走を始めた。この距離であるから向こうがこちらを発見している可能性は低いが、アメリカ側が予想もしていない高速で、まあそれでも駆逐艦の半分ほどの速度であるが絶対予測を誤るであろう速度で遠ざかる潜水艦を見つけるのは困難だろう。

さて問題はなぜ安久が魚雷を撃たせたのかという点だ。

なるほど誘導を続けていれば必中は期せた。だがコードをあっさり切り離してしまった。それも敵の遥か手前でである。

この時代の常識でいけば、無誘導状態になった魚雷は直進していく。だが、セッ魚雷は違った。

伊号三六潜が探知した米駆逐艦は、あの悪夢のテニアン沖海戦でからくも生き残ったリヴァモア級駆逐艦エリソンであった。艦の乗員たちは全力で空母機動群に接近する潜水艦の警戒にあたっていた。

ここまでの戦闘で日本軍の潜水艦は脅威の存在に変貌していた。

サイパンの攻防戦は、これまでの日本軍の戦闘セオリーを悉く《ことごと》覆してきた。その中に、あの硫黄島攻略輸送部隊の直掩艦隊が被った、独軍のUボートを彷彿とさせる群狼作戦による大損害という屈辱的大敗があった。

あまりに油断が過ぎた。

これまで日本の潜水艦が積極的に米軍の軍艦に攻撃を加えてくる事例が少なかった。それが文字通り寄ってたかって魚雷をぶっぱなし、予想外の損害を被った。

あれ以来、太平洋の全米艦艇に対し潜水艦警戒の度合いを二段階引き上げるように指示が飛んだ。それもハワイの太平洋艦隊司令部からではなくワシントンの海軍軍令部からである。

米軍はそれだけこの損害を深刻に受け取ったということだろう。

今空母群の遥か外周を進むエリソンも、この潜水艦索敵強化の任務で最大限の警戒をしながらルソン島南東海域を進んでいた。しかし、その警戒を最大限にしていたはずのエリソンの舷側、ほぼ機関室付近の喫水線すぐ下で誰もが予想していなかった大爆発が起きた。

伊号三六潜の放ったセツ魚雷が見事に命中したのである。

エリソンは魚雷が誘導索を切り離した後に僅かではあるが転舵していた。それなのに魚雷は完璧にエリソンの船体に突き刺さった。

自動追尾装置。単体で突き進んだセツ魚雷は、ある程度の誘導が終わりコードが切られた段階で、魚雷頭部に設置されたパッシブソナーでこれまで捉えていた駆逐艦エリソンの『固有の』スクリュー音、つまり音紋をデジタル記憶し自分で舵を切り突き進んできたのである。

開発者は自信を込めて命中率一〇〇％の太鼓判を押した。

まあ機械故障の可能性を考慮すればどんな機械も一〇〇％の数値は出せない。だが、最大限にメンテナスされたセツが狙いを外すことはまず有り得ないだろう。これは、国際救援隊が初めて開発した令和の技術と平行世界昭和の技術のハイブリットしたハイテク破壊兵器なのであった。

ここまで国際救援隊がやってきたのは、航空機を中心とした攻撃型兵器の性能向上だったがついに本格的な攻撃兵器そのものが戦場に投入されたのである。

「爆発音確認。破壊音続きます」

米艦隊から全速で遠ざかる伊号三六潜のソナー室で、瀬古三尉が冷静な声で安久艦長と『掌電子戦長』庄田三佐に告げた。

およそ三〇秒後、艦尾側ソナーからの音に全聴力を集中させていた瀬古が告げた。

「キールの破壊音を確認、敵駆逐艦轟沈確実です」

この報告を聞き、安久は艦内放送のマイクを握りボリュームの下がった声で言った。

「敵艦撃沈だ、静かに喜べ」

そう、潜水艦の中は静粛が厳守。乗組員たちは近くの仲間ときつく手を握り合い、油に汚れた顔に笑顔を浮かべ戦果を喜んだ。

しかしそんな中にあっても、この艦に多数乗り込んだ自衛隊員の中には複雑な表情を浮かべるものが少なくなかった。

戦果とは少なからぬアメリカ兵を殺戮《さつりく》したという意味と同義である。

自分たちが人を殺し続けているという現実は、令和に生きてきた若い頭脳にはあまりに大きな負荷であり、精神的な負担であった。

これを考慮してか、庄田が安久の手からマイクを受け取り艦内の自衛官たちに向け言った。

「自衛官諸君、既にサイパンでの戦闘を潜り抜けた我が自衛隊は、軍隊として戦争を生き抜き令和より飛ばされてきた全市民を守る責務を負った。改めて誓って欲しい、今我々の目の前にいる敵に躊躇なく銃を向ける勇気を。この戦果は呵責ではない、誇るべきものだ。意識を変えろ、殺戮はもはや勝利とセットになった必然なのだ。今は喜べ、我々は勝ったのだから」

重い言葉だった。しかし、庄田の語ったことこそが今後の自衛官すべてが胸に留めなければならぬ現実であった。

それから五分後、伊号三六潜は潜望鏡深度まで浮上し速度を一〇ノットまで落とすと、通信用のアンテナを水面から突き出し、味方部隊に向けて水中ドローンによって突き止めた敵機動部隊の詳細な位置情報を通信。わずか一〇秒のその通信を終えるや、深度八〇という伊号潜水艦にとってほぼ限界といえる深さまで身を沈め、じっと息を潜めた。

この先しばらく彼らに出番はない。偵察潜水艦という特務に全振りされた改造潜水艦は、容易に敵に見つかってはならない。

彼らは忍者のように身を隠し耳だけを澄まし、これから始まる次の戦いの行方を見届けるのであった。

そう、もう彼らが送った通信によって比島防衛作戦は次の段階に突入したのであった。

第三章　幻惑比島海空戦

1

伊号三六潜から米機動部隊の位置情報を受け取った時、日本の機動部隊はルソン東岸地域にはいなかった。山口多聞率いる機動部隊は全く別の場所を米軍に探知されぬまま進んでいたのだ。

そしてもう一隊、別の艦隊がルソン島へ近づいていたのだが米軍はこちらの動きも摑んではいなかった。

その米軍に悟られていないもう一隊、つまり山本五十六自身が率いる戦艦部隊にも、敵機動部隊発見の報告は来ていた。

山本は、すぐに連合艦隊司令部の参謀に復帰した黒島亀人《くろしまかめと》大佐を呼んだ。

「やはり東だった。どう思うね、この先の動き」

山本の問いに黒島は少し思案して答えた。

「敵は頭を叩かれれば首を引っ込める。何しろミンダナオに大きな巣を持っておりますから。となると、やはりこいつらは裸とは言いませんが防御が薄くなります。そこに予定通り山口提督の艦隊がこう突き進めば……」

指で海図を示す黒島の動きを追った山本は大きく頷いた。

「あちらが安全策を取って上陸をここに集約してくれたのは、大いにありがたい。その敵の恩情に報いてやろう。叩くぞこやつらを」

山本の言葉に黒島が満面の笑みで頷いた。

「そうでなくてはなりませんな。やりましょう長官」

二人は大きく頷き、作戦司令書の作成に取り掛かった。この瞬間、一つの大きな地獄が生まれることになったのだが、それを知るものはまだ攻撃する側も含め誰一人いなかった。

その連合艦隊司令部が慌ただしく動き始めた頃、ルソン島の各地でも大騒ぎが起きていた。

対アメリカ機動部隊攻撃隊の発進作業である。

だが、それは一つの基地から攻撃隊が飛び立つ今までのそれとはまったく違ったものであった。

実は、クラーク基地をはじめ事前にアメリカ軍に位置を知られていた航空基地及び飛行場は完全に放棄されていた。それぞれの滑走路とエプロンに置かれていたのは、すべてがダミー。日本の大工たちが懇切丁寧に作り上げた精巧なる木製レプリカなのであった。

その数全部で一〇〇以上、何とも大規模な作業であったが、このレプリカの大半が日本で作られ分解された状態でフィリピンに運び込まれた。手渡された組み立て説明書通りに組めば、あっという間に本物そっくりの零戦や隼が出来上がるという仕組みであった。

つまり国際救援隊ブレーンたちは、一分の一模型を作りフィリピンに送り込んでいたのだった。

令和の伊東市民の大工たちが各地の女学校に出向き、そこで監督しながら部品を作り細部をすり合わせ、それから塗装工や外壁吹付職人、通称ガン屋と呼ばれる人々が塗装を行った結果、組み立てた姿は遠目には実物と区別できないほど精巧な模型に仕上がった。その機種も零戦、隼、鍾馗、飛燕、さらには爆撃機の呑龍《どんりゅう》や九七式重爆、海軍の一式陸攻まであり、実に芸の細かいダミーの完成となった。

そしてこれらの模型はすべて検品後再び部品状態にばらされた、
こうして未組み立ての状態で梱包された各一分の一模型は、海上自衛隊の輸送艦で台湾を経由した後にフィリピン北東部の小さな港に陸揚げされた。そこでミンダナオから撤収してきたトラック部隊に積み込まれたのである。

マニラ地区にある各飛行場に運ばれた模型は、陸海軍の建築工や大工、内装屋などの経験者を選抜した組立部隊によって夜間にこっそり組み立てられ、実物と入れ替えられた。

そして実物同様に偽装を施されたり、掩体壕に入れられたりした状態で、わざと米軍の偵察機に写真を撮らせたのである。

米軍はこれを判断材料に、クラーク基地を筆頭とした各飛行場は健在と判断し、爆撃を行った。

ところで、烈火戦闘機団の猛攻を潜り抜け爆撃を敢行した米軍の各部隊はどうなったか、そこを追ってみよう。まず主力攻撃隊となったクラーク基地への攻撃隊、これは約五〇機が猛攻を潜り抜け爆撃を行った。

しかし基地周辺にも二五ミリ機関砲を中心とした対空砲火網があり、爆撃前や爆撃後に一二機が撃墜された。

それでも果敢に、彼らは掩体壕や格納庫で偽装されたエプロンなどに精密爆撃を行った。

大きな被害が出た。木製のダミー航空機に。

つまり、囮作戦は大成功となったのだ。

米軍は市街地を含む日本軍施設への攻撃を効果ありと判定して引き返した。

スビック海軍基地でも多数の船舶を沈めたと判定した。ちなみにスビックにおいても日本側は欺瞞工作を行っており、同基地に攻撃隊が来たときには海軍の軍艦の在泊艦艇はゼロだった。米軍は旧式で速度の出ない貨物船や艀の上に作られた海防艦に偽装された代物を攻撃し、大破・撃沈したと誤認したのだ。

とにかくこの空襲では、日本側の地上の損害は微々たるものに過ぎなかったのだ。

しかしその一方で、全力での迎撃戦となった空戦での被害は正直予想より大きかった。

かなりの米軍機を落としたとはいえ、敵はまだ空母に予備機を有している、攻撃隊が帰還すれば反復攻撃をしてくるだろう。その規模は米側の戦果判定次第ではあるが、日本側戦闘機で次の出撃が可能な機体は陸軍で五割、海軍で六割にまで減少している。被撃墜より被弾による故障や搭乗員の負傷などで再出撃不能になるケースが目立った。

後刻この報告を目にする国際救援隊ブレーンたちは、改めて日本軍機の防弾という面と向き合う必要を痛感することになった。

しかし、迎撃戦闘機の数が減じても現場ではさほど慌てた様子はなかった。

それは、陸海軍が共同で今から米機動部隊に向け攻撃を敢行するからであった。

「マニラを襲った敵編隊は、まだこちらより『遠方』にある。先回りすることで、奴らに海水を飲ませてやるしか選択肢をなくしてやるぞ」

轟々とエンジンを鳴らしプロペラを回す彗星艦爆の列線の前で海軍の艦爆部隊を率いる森川少佐は部下に言った。

現在日本海軍の空母が圧倒的に不足した状況で、空母搭乗員は若干ながら余剰であった。ここに居並んだパイロットたちは、本来は空母『飛鷹《ひよう》』の搭乗員であった。

森川はこの『飛鷹』の飛行隊を纏《まと》める飛行隊長だった。

その『飛鷹』は現在、何とか年明けに戦線に戻すために大急ぎで修理中で、令和の技術が最大限に投入される。

余った搭乗員たちは、攻撃隊を中心に先のテニアン沖海戦に自衛隊の『いずも』を仮の発進専用母艦として投入したのだが、帰国したら再び母艦が破損修理中で行き場なし。

そこで、母艦が戦線復帰するまでの間は航空隊をフィリピンに投入するということになった。

基地というか、上から見たら滑走路にすら見えない野戦飛行場の端に並んでいるのは彗星が一八機だけだ。まあ、これがそもそも『飛鷹』艦爆隊の定数なのだが、他の攻撃機の姿はない。

だがこの時、彼らの基地周辺から別の攻撃隊が次々に離陸しつつあった。

「パンガニパン第二基地攻撃隊発進完了、これよりララク地区戦闘機隊と合流、攻撃に向かう」

離陸を終えたばかりの天山艦攻の部隊を率いる飛鷹攻撃機隊の分隊長村本大尉が無線に告げた。この無線はルソン島の海軍航空部隊司令部に繋がる。実はこの司令部、陸軍の城後大佐がいた陸軍航空司令部と同居している。というか、そもそも航空作戦を統合するために陸海軍は同じ場所に司令部を置いているのだ。

「間もなくパンガニパン第一より艦爆隊が離陸する。合流を待たず進空しろ。向こうのが優速だ」

「了解」

天山の編隊は一路北を目指す。そこでは既に零戦三二型の編隊が待ち構えていた。彼等もまた『飛鷹』の搭載機部隊だ。

だが、周囲に見えるのは空母『飛鷹』の搭載機だけではなかった。

「各攻撃隊、タリサイからの陸軍機は速度が早い。三〇分後に空中合流できそうなので飛鷹の攻撃隊に続け！」

マイクに叫んでいるのは、本来ならクラーク基地に駐屯しているはずの高雄空所属の攻撃機隊を率いる三好少佐であった。

九七式艦攻が主力の三〇機を超える編隊は翼をバンクさせ、飛鷹の攻撃隊を追った。そこに、先ほど離陸を終えたばかりの森川率いる彗星の編隊が追いすがる。

「なかなか壮観だ。テニアン同様、敵の虚を突き一気に叩くぞ。さあ艦爆隊、速度を上げて本隊に合流するぞ」

九〇機を超える大編隊は一路北を目指す。

彼らは、米軍の予想もしなかった場所から飛び立っていた。

アメリカ陸海軍は、既に日本軍はルソン防衛の主力をマニラ周辺に集めていると分析をしていた。

いや実際、令和三年の世界からの時空転移事件が起きるまで、日本軍のルソン防衛の主力はそこにあり、ミンダナオ失陥が確実なうえ、さらに戦線が縮小している状況で再度の多方面への進出は考え難いと思われた。

ところが、あのB29A大量撃墜事件後はアメリカ側のフィリピンにおける情報収集がおざなりになった。そしてサイパン戦が始まる前には、極端にその諜報活動が困難になっていた。理由は無論、現地に対し国際救援隊司令部から微に入り細に入り指示が飛び戦線のテコ入れがなされたからだ。

アメリカが新しい情報を得にくくなっている間に、日本側は突貫工事で驚くほどの数の簡易飛行場を作った。文字通り離着陸できればいいだけの野原を作ったようなもので、国際救援隊司令部は整地が終わったらできるだけ雑草を生やし上空から判別し難くするよう指示。さらに離着陸の時以外は即移動可能な建物状の大道具などでカモフラージュを徹底するよう命令もしていた。

こうして出来上がった飛行場の半分は無論マニラの近傍にあった。

しかし、残りの半分は、なんとアメリカ軍が現在上陸必至となったタヤバス湾東方の島が一度狭まった先に延びた地区に点在させた。地勢的かつ戦略的に見ると、ここへの配置は米軍を完全に挟み込んでいる。さらに、ここに航空基地があることでルソン東岸地区への備えが整う。

そして今まさにそのルソン東岸を進む米機動部隊の位置を伊号第三六潜が掴んだことで、この伏兵的な配置が生きようとしていた。日本の陸海軍機は一気にアメリカ空母部隊攻撃へと進撃を始めた。この時、マニラ周辺を襲った敵攻撃隊はまだ攻撃を終えた直後で帰還にはかなりの時間が必要だった。

陸海軍の航空攻撃隊が米空母群に向け飛行を開始した頃、日本海軍の機動部隊を率いる山口多聞は時計を睨み思案していた。

「敵があちらに注意を集中していてくれると助かるな」

空母『隼鷹《じゅんよう》』は二隻の小型空母を連れ速度二五ノットという艦隊速度としては文字通り驀進《ばくしん》に近い速さで進んでいた。

「このまま発見されなければ、不意打ちは確実。まあ陸上からの攻撃に敵が必死になってくれることを祈りましょう」

航海艦橋に陣取る山口にそう言って手にしたタブレットを睨むのは、海自の第一護衛隊本部幕僚の一人篠田二尉。彼は航空幕僚補佐で、艦隊に来る前に固定翼機の運用について一通りの基礎も学んでいたし防衛大学時代には空母戦の研究もしていた。これを聞いた村田司令官の判断で機動部隊に送り込まれていた。

「まあ、本国からの指示通り、見つかったと判断したら反転するまで。それまではせいぜい前進を続けよう」

空母部隊は最低限の護衛しかいない状況で突き進む。山本長官に率いられた戦艦部隊の護衛に巡洋艦や水雷戦隊が張り付いているのだ。それはつまり、山本の艦隊と山口の艦隊がかなりかけ離れた位置にいるということを意味している。

さらにまったく違う位置に日本の艦艇があった。

護衛艦隊の一部、第一護衛隊から切り離された護衛艦『まや』と『いかづち』の二隻だった。

実は現在旗艦『いずも』の直掩には、第一護衛隊の残り二隻と第六護衛隊が入っている。それは自衛隊の主要な艦艇がすべて沖縄を中心としたフィリピンにほど近い海域に移動したことを意味していた。なにしろ、三隻の輸送艦までフル回転で台湾とルソン島を往復していたのだから。

『まや』ＣＩＣでルソン島を巡る攻防をモニターしていたＣＩＣ長は、艦橋にいる艦長にコンタクトした。

「伊号潜水艦からの通信通り、水平線レーダーに艦影を捉えています。これは、大型空母二隻に小型艦艇の円形陣、たぶんメインの艦隊ではなく分離させた部隊ですね。事前の分析情報では、戦艦が存在しているはずです」

艦橋で空を睨んでから艦長が言った。

「気象班の観測が確かなら、明日以降天気は荒れるぞ。航空攻撃は今日が最初で最後のチャンスかもしれん。ルソンを飛び立った味方はモニターできているな」

「はい無論です。あと五五分でこの艦隊を捉えますね。本部隊は引き続き残りの空母を索敵する予定ですが、どうしますかこちらの対応」

一〇秒ほどの猶予があり艦長から返事が来た。

「敵にはこっちに対し手出しはできん、ぶちかまそう。幸いにまだ対艦ミサイルの数には余裕がある。ただちにＳＳＭを敵空母に向け発射だ」

この時二隻の護衛艦は、その速度と索敵能力を利用し水上からの敵部隊探知を目指し艦隊から分離して行動していたのだが、その攻撃権は『まや』艦長に一任されていた。

今、航空攻撃に先駆けてミサイルを放つのには二つの理由があった。

まず敵の空母を封じ味方への迎撃の手数を減らすこと、もう一つは敵を混乱させることだ。

護衛艦の装備するミサイルでは防御力の高い戦艦を撃沈することが困難なことが、

サイパン島での敵艦隊攻撃戦で判明した。しかし、その一方で相手が巡洋艦程度までの防御力であったら甲板装甲を貫通できることも確認できた。だから空母への攻撃で、飛行甲板の一時的な使用不能を狙ってのワンショットのみのアウトレンジ攻撃を仕掛けようという狙いであった。

「すぐに準備させますが、『いかづち』からの攻撃はどうしますか？」

思案する様子もなく艦長は返答した。

「敵は最低でもあと一群の空母機動部隊を遊弋させている。マニラを襲った航空機部隊の数からして、大型空母は最低四隻という分析を連合艦隊司令部は下している。

「いかづち」のSSMはそいつらの発見に備え発射待機だ。時化《しけ》はじめている海上で人力再装填は不可能だからな」

「了解、では装填中のうち一基四発のみ発射します。カウントダウン、マイナス三〇より。二九、二八」

カウントダウンが始まりSSMが装填された発射機はおよそ四五度の角度で中空を睨んだ。

この時『まや』のレーダーは米艦隊を捉えていたが、一方の米艦隊は護衛艦を捉えていない。これは単純な出力比の差とかではなく電波の特性の使い分けの差、つまり七〇年以上の時代の開きが生んだ精度の違いなのだった。

米軍の電波は見通し、つまり弧状になった地球に対し電波を発射した高さで死角にならないものだけ映すわけだが、その電波は水平線の最大に探知できる地点で何かを捉えても像を結ばない。いや結べない。電波が水平線そのもので散ってしまうので補正が必要になるのだが、まだその技術が確立していないのだ。

そもそもこの世界の米軍レーダーは英国から供与され大慌てで実用化しつつある途上で、令和の旧世界で日本軍がバタバタと航空機を落とされたりした一九四四年後半の水準にまで達していない。水平線レーダーも、対水上艦艇での戦闘がだいたい戦艦の主砲到達範囲内で想定されているから半径五〇キロ以内が鮮明ならいいという発想で運用されていた。

現在『まや』と『いかづち』は米機動部隊の東方およそ一六〇キロの地点にいる。これはもう完全に米軍の視界の外なのであった。

「一号ローンチ。あっ！」

『まや』から一発目のミサイルが発射された直後、CIC長が大声をあげた。

「二番ミスファイア！　不発です。三番はローンチ、四番も点火！」

なんと四発のミサイルのうち一発が不発で発射されなかった。しかし、残り三発はすべて正常に発射され、予定のコースを突き進んでいった。

白煙と黒煙の混じったミサイルの発射煙を見つめながら艦長はマイクを握った。

「ミサイルのマッピングはどう振り分けていた？」

「二と二で別目標。二番は北寄りの一隻に向けてたので、こちらは単発での攻撃になってしまいましたね」

艦長はＣＩＣからの報告に肩をすくめ時計に目をやった。

「命中まで八分てところか、もうちょい我々は前進できるな。あと一群の敵の尻尾を捕まえられないものかな」

米の機動部隊は、自分たちが狙われているなどつゆとも思わず、スビック方面に放った攻撃隊の帰還を待っていた。無線による報告では、かなりの被害を受けたものの爆撃自体は成功と判定できる手ごたえを感じていた。

「収容までまだ一時間以上あるが、空母の甲板はいつでも使えるように空っぽにしておかせろ！」

ちょうど上空警戒戦闘機の入れ替えが終わったところで、空母『ワスプ』甲板でまだ格納庫に納めていない最新鋭のＦ４Ｕ戦闘機の姿を見ながらスミス少将はいら立ちを隠せない様子で怒鳴った。

その最たる理由は三〇分ほど前に起きた外周護衛駆逐艦の轟沈だ。

相手が潜水艦なのは間違いなかった。だが、駆逐艦エリソンの近くにいた他の駆逐艦は、なんとしても日本の潜水艦を発見できなかった。スミスは二隻の駆逐艦に引き続き敵潜水艦の索敵を命じた。万一にも空母に接近され攻撃されたらたまらないからだ。

このため、もともと軽巡と駆逐艦しか随伴していない彼の艦隊は、外周警戒の艦が沈められたエリソンを含め三隻も少ない形で遊弋を続けていた。

そのコルセアの収容作業が終わらないうちであった。

「レーダー室から謎の物体を探知したと言ってきています」

この時期、まだ米空母のレーダースコープは艦橋の上部に置かれ航海艦橋と戦闘艦橋からは離れていた。そのレーダー室からの連絡は音声で認識するしかない。艦長もスミスも、謎の物体の意味が解らず首を傾げた。

「謎というのはどういう意味か？」

艦長が天井から下がる伝声管に怒鳴ると、すぐに悲鳴に近い叫びが戻って来た。

「し、信じがたいスピードで、航空機の倍以上のスピードで本艦隊に迫っています！」

この声を聞いても艦橋にいたほとんどの者はきょとんとしていたが、一人だけハッと表情を凍らせた男がいた。

艦隊参謀のエバート少佐、彼はテニアン沖とサイパン島海戦の敗戦についての一回目のレポートを目にしており、そこに高速で艦艇に突き刺さった謎の攻撃兵器の存在が示唆されていたのを思い出した。

海軍の彼らは知らなかったが、陸軍の航空隊にも同様の兵器の存在についての注意喚起がなされていた。それは無論、東京の手前で次々と爆散していったB29の生存した乗組員の証言に依っていたが、米陸軍はそんな兵器の存在を真っ向から否定しており、その対処法なども示されてはいなかった。

実はこれは米海軍も同様で、なにしろサイパン島海戦では生き残れた輸送船も軍艦も、完全にパニック状態で脱出。軍艦に至っては、日本の戦艦にアウトレンジでボコボコにされている。米海軍は、この敵戦艦からの砲撃の誤視認の可能性を排除できないとレポートに記していた。

しかし、その兵器は実在するし、現に今米海軍の空母を捉えようとしていた。

エバートは、レポートの謎の兵器が自分たちを目指していると直感したのだ。しかし、彼はこれをどう上官に説明すべきか躊躇し動きを止めた。

「間もなく視界に入ります！」

レーダー室からの報告で艦橋にいたスタッフたちは指示された左舷方向に目をやった。

低い高度に雲が目立つが、部分的に青空も見えている。しかし、その青空の部分に飛翔体の姿はなかった。

「どこに見えるというのだ？」

スミス少将が小首を傾げた時だった。

突如雲を突き抜けるようにして一本の火箭が姿を現した。

既にロケット兵器は海軍も実用化している。だから誰もがそれをロケットであると認識できた。

「ロケットだと！　いったいどこから撃って来た！　そんな近くに敵はいないぞ」

米軍の認識ではロケットはせいぜい数キロから十数キロしか飛ばない兵器。まさかレーダーレンジの外からの攻撃などとは夢にも思っていなかった。

「ロケットなら舵でかわせる。動きを見極めてよけろ！」

艦長のラング大佐が叫んだが、その声に合わせ操舵手が舵輪を握った瞬間だった。

「ホーネットに火柱！」

当直員の一人が叫んだ。見るともうもうとした煙がホーネットの甲板から上がっていた。先ほどの火箭が甲板にいた戦闘機を直撃し、さらにエレベーターを突き抜け格納庫で爆発したのだ。

「な！」

スミス少将が目を丸くした瞬間だった。

別の雲を突き抜けて進んできた二本の火箭のうちの一本が、まさに転舵をして舳先を曲げたばかりのワスプの甲板に突き刺さった。

小型の空母ワスプは、ヨークタウン型のホーネットより装甲が薄い。それは甲板も同様だった。

時速一二〇〇キロ近い高速で飛来したミサイルは、ワスプの甲板を斜め方向に簡単に突き抜けてしまった。そしてそのまま右の側面を再度突き抜けようとした瞬間、艦の外側で大爆発を起こした。

それはちょうど艦橋の斜め横下での爆発となった。

激しい爆風と衝撃が艦橋を襲う。

割れたガラスが飛び散り、スタッフは軒並み顔を覆って倒れ伏した。

「ば、馬鹿な……」

蒼白になったスミスの耳と体は、二発目のミサイルがワスプに命中したことを感知した。

この奇襲を止める手立てを、米軍は最初から持ってはいなかった。

ミサイルの最終誘導は半分は運であるが、この攻撃に関して言えば一二〇点以上の成果を叩き出した。

しかしこれは、日本軍による反撃の最初の一手に過ぎなかったのだった。

2

スプルーアンスは茫然とやって来る耳を疑うような報告を聞かされていた。

「スミス提督の艦隊は南方から飛来したおよそ一二〇機の日本軍単発機の襲来を受け壊滅状態です」

この第一報から一〇分後には正確な惨状が彼のもとに届いた。

「現在、空母ホーネットが大傾斜復元不能で総員退艦中。ワスプは中破状態でかろうじて戦域から脱出に成功しましたが、ワスプを庇《かば》う形になった軽巡洋艦ホノルルが沈没。ホーネットの護衛に回ったヘレナが大火災を生じ航行不能、さらに駆逐艦二隻が沈没、四隻が漂流あるいは炎上中です。その他の艦艇も少なからず被害を受け、スミス提督の指示でホーネット乗員及び沈没必至の駆逐艦部隊への救援を求めてきています」

スプルーアンスは頭を抱えた。

「間違いなく今彼らの救助に向かえば日本軍の再攻撃の的になる、残念だが日没まで彼らの救助は不可能だ。それよりマニラの攻撃に向かった航空攻撃隊だ。ワスプとホーネットの航空隊に、こちらに向かうよう指示を出せ」

艦隊航空参謀のレーニー大佐が難しい顔をした。

「それには、当艦隊から誘導電波を発信しなければなりません」

スプルーアンスは苦虫を嚙み潰したような顔で答えた。常におとなしいジェントルマンには珍しい表情だが、それほどまでに彼は追い詰められていたと言えよう。

「彼らに海水浴をさせる気か？　かなり叩かれたとはいえ飛行を続けている航空隊は四〇機以上残っているのだ。我が艦隊のそれと併せて一五〇機以上の航空兵力がまだ健在だ。それに、陸軍に張り付いているフレッチャーの第四四任務部隊もいるのだから、航空戦力はまだまだ壊滅には程遠い。退避中のワスプには何とか日没まで消火に励んでもらい、こちらから重巡を派遣し曳航も考えていいだろう」

正直日本を甘く見ていた。スプルーアンスは内心でそう深く反省していた。

こちらにはまだ正規空母が三隻、小型の護衛空母がフレッチャーのそれを合わせれば八隻もある。戦艦も彼の手元には四〇センチ砲塔載のウェストバージニア、アラバマ、ノースカロライナの三隻が、フレッチャーの手元にも旧型のネヴァダとペンシルヴァニアがいる。この陣容で十分に日本の連合艦隊に真っ向から対抗できるはずだった。

慌てるな。勝てるはずの戦闘だ。

スプルーアンスは強く自分にそう念じた。

実際、この時点ではまだ戦闘の行方は不鮮明なのだった。

その最たる理由が、山口率いる機動部隊の存在だった。スプルーアンスは日本の機動部隊は必ず出てきていると確信していた。いや、スミス艦隊を襲ったのは日本の機動部隊艦載機だとほぼ確信していた。それは先ほどの報告にあった「敵は南方から来たおよそ一二〇機の単発機の編隊」という内容が、現在生き残っているはずの日本の機動部隊が発進できる攻撃機のそれと一致していたからだ。

敵が南方にいたというのは意外だが、これは好機だ。

スプルーアンスはそう考えていた。ここでこちらから圧力をかければ、日本の空母は外洋に逃げるか、海峡を目指し南から西あるいは南西の内海部に逃れるしか道がなくなる。

この場合、フレッチャーの艦隊が待ち伏せ可能かもしれない。

「我が艦隊の攻撃隊を収容後、スミス艦隊の攻撃機を収容。その後、南に向け進撃しレーダー装備の警戒駆逐艦を最大速度で前進させ敵の行方を追う。フレッチャー艦隊に、駆逐艦か軽巡を海峡の出口に派遣し警戒させるよう指示してくれ」

ここまでの指示をメモしながら参謀長のワトソン少将が難しそうな顔をした。

「もし日本の艦隊が内海部に入った場合、上陸部隊支援の艦隊を剝がすことになりますよね。マッカーサー大将が納得するとは思えませんが」

しかしスプルーアンスは冷静な声で言い切った。

高圧的な発言しかできない年寄りの言葉になど耳を貸す必要はない。今は一刻でも早く日本艦隊の息の根を止めハルゼーへの弔いをすませ、日本降伏に向けての筋道を立てるのだ」

そうしなければ艦隊を大西洋に派遣できない。スプルーアンスの心中は既にそこまで考えていた。

あれほどのしっぺ返しを受け、予期せぬ敗北を連続して被っても、現場の指揮官の認識は、日本は簡単に敗戦に追い込めるというものから変じていない。むしろ遠く隔たったワシントンの上層部の方がまだ冷静に変容した日本軍に対し敏感にその正体を探るべきだと心が動き始めているくらいだった。

「いいな、陸軍の横やりには耳を貸すな。指示を徹底させ、まず各空母に帰還機の早急な収容を命じ、対艦攻撃兵装での再出撃を準備させるんだ。状況次第では薄暮攻撃もあり得るからな。南方の敵艦隊を追うぞ」

誤認である。

説明するまでもなく、これは日本が仕掛けた罠だ。

ルソン島の東南部に国際救援隊が振り分けたのが、この攻撃後すぐにフィリピンを離れることになる『飛鷹』の攻撃隊を中心とする部隊だったのは、まさにこの勘違いを誘発させるためであった。

この頃、日本の機動部隊は全くアメリカの予想していない位置にいた。

これが判明した時、アメリカは大いに判断に悩む事態となる。

だがとにかく、今はルソン攻撃を終えた艦載機の帰還収容が急務。スプルーアンスの艦隊は、もうなりふり構わずスミス艦隊の攻撃隊に向け誘導電波の発信を始めていた。

無論これは日本側にも受信されていた。

「予想以上に北にいたということか。伊号三三潜が発見したのはこちらの艦隊だから、我々は読み間違いをしたことになるね」

フィリピンからリアルタイムで入って来る情報をモニターしていた東京の国際救援隊の統合司令部指揮室で、村田海将補が残念そうに言った。

「そうですね。『まや』がこちらに攻撃を仕掛けていたら、また少し状況が変わったかもしれませんし」

木下一佐が、判明した敵戦力の図示された艦図を睨みながら言った。

現状残念ながら、この敵に有効な打撃を加えられる艦隊は近くにいない。

「しかし、敵はこうもすんなり自分で自分の首を絞めてくれるとは思いませんでしたよ」

野木がディバイダで敵艦隊と陸上のある地点との距離を測りながら言った。

「仮称三式航空魚雷の使用を解禁させる気ですの？」

岩崎が男どもの動きを見ながら聞いた。

これには高野が答えた。

「好機ですよ。これ、このタイミングで使ったら敵には何が起きたのか理解できないですよ」

高野はそう言うと時計を指さした。

岩崎が指を折ってその意味に気付く。

「ああ、なるほどね。まだ六割って話だけど、それだけでも成功したら大儲けですわね」

讃岐がパラパラと書類を捲《めく》りながら話に割り込んだ。

「その数字以上に気になるのが敵の陣形になりますけどね。まあ、この際戦果が上がれば何でも良いってことっすよね」

野木が頷いた。

「ああ、駆逐艦一隻だろうが減ってくれれば、敵には心理的に大きな傷になるはずだ」

「駆逐艦ではいかん。空母、空母じゃ」

名取老人が叫ぶ。どうも今日は少し痴呆の様子がよろしくない感じだ。

「名取のおじいちゃん、空母はさっき沈めたからもういいのよ。あんまり沈め過ぎちゃうと、今までの倍くらい新しいのが来ちゃうでしょ」

有川が名取の肩を叩きながら言うと、名取は神妙な顔で頷いた。

「そうじゃった」

それを横目に野木が呟いた。

「すっかり爺さん、手懐《てなず》けられてるな」

「ほら、ご老公ってのは昔から年齢不詳の美女に目がないって相場があるじゃないっすか」

讃岐が言った瞬間、かなり離れているはずなのに有川が目の前にあった鉛筆をコントロールよく讃岐の頭に命中させつつ言った。

「あとで覚悟してなさい、へっぽこ担当者」

「ひええ、地獄耳」

讃岐が手にしていた書類で顔をガードした。

「戦果以上に心理戦というわけね、うん心理戦なのよね。より先を見るなら本気の恐怖心理……」

岩崎がふっと天井に視線をやってから一同に告げた。

「ごめん、すこし用事できたから抜けるけど、フィリピンの状況にもし変化があったら例の新しい連絡システムで知らせて頂戴」

「ああ、いいですよ。Dシステムですね。まあ都内にいれば問題なく通じるって遁信院の人間が言ってましたし」

木下が言った。

「司令部の外に出るなら気を付けてくださいよ、最近はうちらも気軽に出歩けるようになったけど、まだまだ令和の人間に反感を持ってる人間も多いですからね」

高野が言うと、岩崎はにっこり笑って答えた。

「大丈夫よ、佐々木警部が警護についてくれるはずだから」

「あれ、マジで街に出るんすか？」

讃岐が驚いたって顔で岩崎を見た。

「ええ、まあ行き先は政府の機関ですけどね。じゃあ、夜宿舎でまた」

岩崎はそのまま統合司令部を後にしたが、その足で向かったのは東京帝国大学の構内だった。

厳しいチェックを潜らないと通れない構内奥深くに、周囲を目隠しの板塀で囲まれた研究所があった。

見張りの兵士に挨拶して岩崎が中に入ると、そこには大きな機械が置かれており、その周辺に数台のノートパソコンが置かれ白衣を着た三人の若者がそれに取り付いていた。

「今東京にいるのは君たちだけ?」

岩崎が声をかけると若者たちが顔を上げた。

「ああ岩崎さん、三船さんと小林さんは饗庭野の実験場です」

答えたのは、春日部教授の教え子の一人鈴木であった。

「あと一人は?　あのちゃらい、坂口君だっけ?」

鈴木が頷いた。

「坂口は伊東です。今、春日部教授が例の施設に籠っているので、知恵を借りに行ってます」

岩崎の顔に険が浮いた。

「伊東に?　教授に何か感づかれるような類の質問をしには行ってないでしょうね?」

鈴木が腕組みして「うーん」と唸ってから答えた。

「恐らく大丈夫なんですが、行ったのが坂口だからなあ」

その時、研究室の黒電話がベルの音を奏でた。

岩崎が来てからもパソコンを睨んでいた潮田が、慌てて受話器を取った。

「はい、ああ、教授……え?　え?　どういうことですかそれ?」

潮田が、真っ青な顔で受話器を押さえながら岩崎と他の仲間の方に視線を向けた。

そのあまりの面相に岩崎が聞いた。

「どうしたの潮田君?」

潮田が真ん丸に見開いた眼でまっすぐ岩崎を見つめ答えた。

「坂口が、半分だけ消えたって……」

「え?」

要領を得ない言葉に岩崎が聞き返すと、潮田はさらに少しだけ状況を説明した。

「坂口が、教授の調べているフィールドに間違って転んで、体半分残して消えたって言うんです。あいつ、下半身だけ残してどこかに行ってしまったと……」

岩崎が血相変えて受話器をむしり取った。

「もしもし! 岩崎です! 何があったんですか!」

電話の向こう側では、春日部教授が木藤たち謎の研究所職員三人と共に困り切った顔をしていた。

「ああ恭子くんか、いやまいった。まだ力場の範囲をきっちり把握していなかった儂も悪かったが、自分の教え子を半分だけ別次元に飛ばしてしまったわい」

四人の目の前には、下半身だけになった元教授の教え子がピクリともせず横たわっていた。

とてつもなく奇妙なのは、その半分に切れた体から流れ出た血が、ある一定の線つまり体が千切れて消えた線から先には一滴たりとも入って行かない、いやつぶさに観察すると一滴どころか大量に入り込んでいるのにそこで消えているという事実であった。

木藤の横でそれを観測した研究所員の北谷が呟いた。

「間違いない、この線のところに異次元ゲートが開いている……」

春日部が北谷の方に視線を向けたが、その手の中で岩崎が吠える。

「坂口君は？　彼はどうなってるの！」

床と受話器を暫く見比べてから、春日部は肩をすくめ受話器を耳にあてた。

「無論死んでおる。上下で半分になって生きておったら落語のネタだろ」

受話器の向こうから悲痛なうめき声が聞こえてきたが、春日部は単純に若者が死んだことへの教育者の嘆きくらいに受け取った。

しかし、実際は違っていた。

受話器を潮田に押し付けながら岩崎は漏らした。

「極秘の原爆開発にただでも手間がかかるのに、研究者が勝手に事故死したですって！　ふざけないでよ」

岩崎は自分の課せられた任務の前途に暗い影が襲いかかるのを感じたが、逆に伊東の春日部は目の前で教え子が死体になったというのに軽く興奮していた。

「北谷君、矢萩君、木藤君、諸君らも見ている通りこれは希望への入り口を見出したかもしれんぞ」

ところが、木藤だけは首を横に振りながら違う意見を口にした。

「教授、これは危険な状況ですよ。あなたの教え子は、自らの身体でパンドラの箱をこじ開けてしまったかもしれない」

大学教授でしかない春日部と、長年現場で超科学としか表現できない代物を相手にしてきた研究者の観測のズレ、いや見通している先の相違がこの意見の差になっていた。

春日部は、一瞬動きを止め頭をフル回転させたが、すぐに木藤に言った。

「坂口君の半身の対価は後で計算で求められる。ようするにだ、今このまま収縮を安定させていけばゲートは私たちの手の中にある。そして、君の懸念はこれ以上こいつに餌を与えなければ済むことではないかね」

木藤は腕組みしぎゅっと顔をしかめた。

「結論は仰る通りです。しかし、そんなに簡単に事が運ぶかどうか……、そして対価はどんな数値で現れるのか……不安だ……」

どうも、坂口晋也享年二〇歳の死を悼んでいるのは、現状では知らせを聞いた東京本郷のゼミ仲間三人だけであった。

3

東京で国際救援隊の幹部たちがあれこれ言ってる間に、フィリピンのルソン島には指令が飛んでいた。

「やはり例の魚雷を使えと言ってきた。読みは当たったたな」

そう言って指令書を見る鹿屋空の司令小田原大佐は、表情を引き締め飛行長の佐々木中佐に言った。

「賭けでしたよ司令、ここで駄目と言われたら全機積みなおしで一時間は発進が遅れましたよ」

実は指令というのは、対アメリカ機動部隊攻撃に新兵器仮称三式航空魚雷を投入せよというものであり、国際救援隊の統合司令部内でブレーン達が言っていた内容が履行されたものだ。

この兵器の投入にあたって、いまだこれが仮採用であるという点からもわかるように思うような成果が出ていないのだった。

しかし、それでもこの時代の兵器水準からいうと図抜けた存在であるのは間違いなく、ブレーンたちは海自技術者と対立しながらもこれを戦場に運ばせた。

ちなみに、現在この魚雷を運用できる部隊はルソン島には内地から緊急移動した鹿屋空しかいない。

サイパン戦でも活躍した彼らは、損耗した欠員を美幌《びほろ》空から補う形で定員充足しフィリピンに来た。

彼らは既に移動途中の沖縄と台湾で都合四回、仮称三式の発射訓練を積んでいた。

その新型魚雷を司令の小田原は指令がある前に一式陸攻に搭載してしまっていた。

ただし、東京からこれが届いた時点ではまだ全機への搭載は終わっておらずおよそ半数のみが即時発進可能状態であった。

「いずれにしろ、攻撃は日没後になるはずだ。多少遅れても問題ないと思っておったわい」

小田原はそう言うとにやっと笑った。

「やれやれ、山師ですね司令は」

佐々木が肩をすくめる背後では、整備兵たちが忙しく魚雷を陸攻まで押していく。

彼ら鹿屋空が陣取っているのはマニラの北方遥かにあるカバナトゥアン近郊のダカリ飛行場。ここは日本海軍が本格造成した基地で、陸攻の運用に支障のない三〇〇〇メートル滑走路を二本も備えた基地であった。しかし、米軍はマニラから離れていることもあり上陸作戦にあたって重視しておらず、実はルソン東岸を北に向かっていた米機動部隊が明日以降の作戦目標に選定していた基地でもある。

しかし、この先延ばししたことをアメリカ海軍は悔やむことになる。

「司令、飛行長、飛行計画ができたのでお持ちしました」

エプロンから少し離れた位置にいた二人のところに飛行服姿の男が近付いてきた。

鹿屋空飛行隊長の岡沢少佐であった。

「おお、すまん。敵の位置がわかって何よりだった。もし不明のままなら、蝙蝠《こうもり》部隊に全機出撃してもらう相談をせねばならんかった」

佐々木の言葉に岡沢がにっこり笑った。

「おっしゃる通り。しかし、司令ならまず飛べ、行き先は蝙蝠の連中が教えてくれるとか言いそうでしたね」

小田原が一瞬岡沢に目をやってから、わざと視線を逸らせて言った。

「いや、そんなこと言いはしないぞ」

「本当ですか?」

岡沢が小田原の顔を覗き込みながら聞くと、司令はにやっと笑ってこう言った。

「自力で探して見つからなかったら蝙蝠部隊にお伺いを立てろと命じたな」

佐々木が笑いながら言った。

「そっちのが酷い」

「まあいい、問題がないようなら積み込み終了後、予定通り一七四五に離陸開始だ」

小田原に言われ岡沢は踵《かかと》を合わせさっと敬礼し、自分の部下たちの待つ指揮所《ピスト》へと走って行った。

魚雷積み込みが終わったのは一五分後、それからおよそ二五分後に鹿屋空の一式陸攻二七機が太平洋上の米機動部隊をめざし離陸を開始した。

ここまで米機動部隊はマニラ方面攻撃を終えた攻撃隊の収容を、大打撃を受けたスミス率いる空母群の搭載機も含め行っていた。

その間にスピック基地方面への空襲を行っていたフレッチャー艦隊から、反復攻撃の可否を問い合わせてきた。

日本側がスビックへの迎撃を最小限に留めたことでフレッチャーの部隊は一〇機に満たない未帰還機しか出していなかった。

だがスプルーアンスは反復攻撃を止めた。主な理由は二つ。マニラでの日本側の迎撃が予想の倍は熾烈であったこと、もう一つは追い込めるかもしれない日本の機動部隊への切り札としてフレッチャー空母群を温存したかったからである。

特に前者に対する比重が大きい。これは、帰還してきた攻撃隊の状況を見た各空母の艦長からの具申を込みで最終判断した項目でもある。

未帰還機が多かった。実に八一機が未帰還になっていた。

スプルーアンスとスミスの艦隊から上がった攻撃隊は戦爆合わせて二四四機、そのうちの八一機が未帰還であり、被弾機の数も半端でなく多かった。最終的に修理不能と判断され投棄した機体は五空母で一九機に上った。これはもし、スミス艦隊の帰還機がスプルーアンス艦隊に到達できていなかったら、日本艦隊捕捉どころか翌日以降の空襲攻撃にも支障を来しかねない損害であった。

こうしてこの日の航空攻撃をすべて終えたスプルーアンス艦隊は南にいると思われる日本機動部隊を探しに動き、フレッチャー艦隊も主力は上陸艦隊の援護をしつつも高速の軽巡洋艦と駆逐艦をサンベルナルジノ海峡方面とサンファニコ海峡さらにスリガオ海峡方面に派遣し、太平洋方面から日本機動部隊がフィリピン海方面などへ抜けるのを監視する役を担った。その一方で両艦隊は日本艦隊を発見し次第、攻撃を仕掛けられるよう航空隊には対艦攻撃兵装での待機を命じていた。

しかし、夕刻を迎えても米軍は日本の機動部隊の尻尾を摑めないでいた。

当たり前だ。日本の艦隊はそこにはいない。南に去った日本軍機は、陸上の基地へ向け帰還したのだから。

もしスプルーアンスの艦隊につぶさに日本機を観察することが可能な人間がいたら、攻撃隊の護衛戦闘機の一部が陸軍機の隼であったことを見抜けただろう。しかし、国際救援隊の頭脳集団は周到にそこもカモフラージュしていた。

彼らは陸軍機隼二型のカウリングを黒く塗装させたのだ。

隼と零戦のシルエットは極めて似通っている。実際、アメリカ軍の熟練パイロットでも接近するまでこれを見極めるのは難しいとされた。それが瓜《うり》二つの塗装をしていたら、それを陸軍機だと疑う道理はない。そもそも、サイパンでの戦闘まで日本は陸海軍で共同作戦を行ったことなどないのだから。

こうして幻の日本機動部隊を追うスプルーアンスの艦隊は、南南東に向かう間にその姿を完全に日本軍の手によって捉えられていた。

またしてもアウトレンジから。

「予想針路上ですね。敵も単純な動きで、我々を馬鹿にしてくれたものです」

高度八〇〇〇メートル、南洋でもこの高度では低温だ。飛行服の襟を立て、酸素マスクをしたまま仄白《ほのじろ》く光るレーダーのスクリーン画面を見つめ井上海軍技術中尉はほくそ笑んだ。

彼が搭乗しているのは、二式大艇を改造した偵察機『極星《きよくせい》』である。

この機体は最初、国際救援隊のブレーンたちの指示で令和の時代において自衛隊も運用している早期警戒機を目指して開発を進めたものであった。しかし、それより先に上空から完全なアウトレンジで敵艦隊と敵編隊を発見するアイテムとして活用できることに気付いた試験艦『あすか』の乗り組み技師たちの指摘によって急遽三機が作られた。

早い話が通常の水平線レーダーを高高度から見下ろし角度で照射するだけで探知範囲は数百キロから最大一〇〇〇キロにも達する。理論的には高度が上がるほど範囲は広がるが、母機の二式大艇がそんな高度まで上がれないし、レーダーの出力にも限界はある。

ＡＷＡＣＳ版では回転式レドームが検討されていた訳だが、この見下ろし式レーダーなら日本が発明しこの時代広く世界の電探で使用されている八木式アンテナで代用できる。当然死角もできてしまうが、前方二〇〇度と後方一一〇度の探知範囲が確保できたので、まず敵の見逃しを犯すことはない精度に仕上がっていた。

現在飛行中の極星は、海軍蝙蝠部隊の一員としてルソン島の東岸を飛行中だ。

蝙蝠部隊は、夜間索敵を専門に作られた新しい飛行部隊で、極星の他に一式陸攻や九六式陸攻、九七式大艇などを改造した各種レーダー装備を有する専門部隊。ルソン島と台湾に広く展開し、一部はサイパンにも駐留し始めた。これは、サイパンからテニアン島へ向けてある作戦が準備され始めたことに関係しているが、それはルソンでの戦闘の経過と密に関係することになり、今は敵機動部隊と上陸部隊への対応こそが第一と東京では捉えられていた。

とにかくスプルーアンスの機動部隊の位置を確認した蝙蝠部隊の極星二号機は、自機の後方高度およそ五〇〇〇付近を飛行中の鹿屋空の一式陸攻に対し赤い星弾、つまり照明弾を発射し合図を送った。

我に従えの合図である。

ここから攻撃開始地点の手前まで部隊を誘導するわけである。

だが、周囲は既に日が暮れており、しかも次第に雲量が増えてきていた。

「高度を攻撃隊にあわせる。視界が悪くなりそうだからな、下から見落とされても困る」

操縦席の機長、前田大尉が機内通話で後部電探室の井上に告げた。

「了解です。この距離なら問題なく敵は探知範囲内に捉え続けられます」

二式大艇を改造した極星であったが、実は大きく変化した箇所が電探の設置以外にもある。エンジンが通常の二式大艇の火星二二型から、極地戦闘機雷電用に調整された二三型に変更されていたのだ。この結果、四個のエンジン合計で一〇〇〇馬力以上の推力が加算され、高度六〇〇〇メートルでおよそ三〇キロも速度が上がった。

現在令和のテクノロジーで火星エンジンはターボ化が進んでおり、雷電にはすべてこのエンジンが供給されることになったので、今後生産される二式大艇やその輸送機型の晴空には二三型が供給されることになっていた。

まあ他の航空機同様に性能がどんどん底上げされて行っているということだ。

無線封止状態で進む攻撃隊は、そこから一時間の飛行で敵機動部隊まで一〇〇キロの地点に到達した。

ここまで来ると米機動部隊も日本軍機の襲来に気付く。しかし、鹿島空の編隊を感知したスプルーアンス艦隊の首脳たちは、日本側の意図が全く読めなかった。

「こちらの位置が漏れたのは間違いなく地上攻撃隊の収容にあたって、スミス艦隊攻撃機隊への誘導電波を発したために違いありません。しかし、まさか夜間攻撃に打って出て来るとは予想できませんでした」

航空参謀レーニーの言葉にワトソン参謀長も頷いた。

「専門の航法士を乗せた大型機ですね。機数の少なさから見てもこれは間違いない。だとしても、ここで艦隊が転進すれば敵はこちらを発見できずに帰投する可能性が高いと思われます」

スプルーアンスはしばらく思案してから頷いた。

「無理に戦闘機を上げる必要もないか。敵機の動きを見極めてから、機動部隊索敵を再開しても遅くないだろう。結局日没で捉えきれなかったが、必ず敵は近傍にいると確信している」

残念ながらこれは間違いである。しかし、艦隊の進路を変えることは即時決定された。

無論これは日本側の極星のレーダーでも確認できていた。

「やはり敵は転針しましたよ」

井上からの報告に前田が頷いた。

「欺瞞用の教本にあった状況だな」

「慌てずにしばらく前進し、大きく旋回でしたね」

井上の言葉に前田が答える。

「そうだ、針路はしっかり指示してくれ。旋回途上でドンピシャになったら攻撃開始だからな」

「了解」

既に極星は一式陸攻部隊と合流している。

先頭を進んでいる極星の尾部銃座から針路変更の合図である発光信号が送られた。

鹿屋空の先頭を進む飛行隊長機の爆撃手席から了解の発光信号が返され、攻撃隊は物凄くゆったりとした旋回半径で進路の変更を始めた。

およそ一五分後、スコープを覗いていた井上が前田に告げた。

「敵艦隊針路上ドンピシャ」

そこからの一連の動きはお見事としか言えない美しい連携であった。

極星からの合図を受けた鹿屋空の攻撃隊は一斉に高度を下げ始め、同時に極星は一四〇度のターンで陸地方向に退避を始める。

高度を下げ始めた鹿屋空の各機は大急ぎでフォーメーションを変化させていく。

ここまで三機ずつの九機で一個分隊の傘型編隊が、まず横一線の三個の平行線に変わった。続いて高度の低下にあわせそれが一機ずつ斜めにスライドして行き、最終的に三個の斜線の平行線が物凄く幅の開いた状態で出来上がった。

この間、先頭を進んでいた岡沢機の航法士はずっとストップウォッチを睨んでいたが、ある一定時間経過ごとに細かく指示が飛ぶ。

「高度二〇〇を維持、爆弾倉開け」

一式陸攻の編隊は斜め前方の僚機の動きに歩調を合わせ爆弾倉を開いていく。

「攻撃速度確認」

爆撃手の声に操縦士が答える。

「一八〇ノット宜候《ようそろ》」

そこから爆撃手は雷撃照準器を一切覗くことなく、ストップウォッチだけを覗き続け、唐突に叫んだ。

「攻撃開始、魚雷投下します」

次の瞬間、特に狙いすましてもいないのに一式陸攻は次々に各機一発の魚雷を腹から切り離し、暗い海面へと投下していった。

投下と同時に各機は反転し帰投針路に鼻を向ける。

その投下された魚雷は、サイパンの攻防戦で使用された四五センチの航空魚雷よりかなり大型だった。それもそのはずで、なんとそれは水雷戦隊の駆逐艦が使用している六一センチの大型魚雷を改造した航空魚雷だったのだ。

それはつまり、投下された魚雷はどれも酸素魚雷であることを意味している。

六一センチ酸素魚雷は、ギアの組み換えで速度と航続距離が変わる。今回は低速で大航続距離を進む設定になっている。つまり、この魚雷投下位置は十分に敵機動部隊を射程に捉えていたのだ。

無論この長大な距離を航空魚雷が疾走できるなどと思っていないアメリカ側は、単にレーダースクリーン上で日本機が反転すると、こちらの発見を諦め帰還したと判断した。

もしアメリカが三次元レーダーを保有していたら警戒されたかもしれない、しかしこの世界のアメリカのレーダーは距離は計測できても相手の高度はわからない。

つまり一式陸攻が攻撃高度にいたことを把握できていなかった。

しかし、四〇キロ近く離れた地点から放たれた魚雷、これがまったく照準もしていないのに当たるはずがない。この時代の常識で考えるなら……。

しかし、日本軍機が反転してからおよそ二五分後にアメリカ機動部隊の将兵たちは信じがたい光景に見舞われた。

輪形陣で進んでいた機動部隊の主に外周付近を進む艦艇が、次々に大きな火柱を上げ爆発を始めたのだ。

「いったい何事だ！」

凄まじい爆発の連続にスプルーアンスは驚き、司令官室から艦橋に駆け付けその信じ難い光景を目にした。

何隻もの味方が炎上し、ある者は既にその姿を波間に没しようとしていた。

「これはいったい何が起こったのだ！」

理解できようはずがなかった。

これが、引き揚げたと思った日本軍機からの魚雷攻撃の結果だなどと説明されても信じられなかったろう。しかし、真実はそうなのだ。

鹿屋空が放ったのは、ホーミング魚雷だったのだ。しかし、伊号三六潜が放ったような複雑な構造のパッシブホーミングではない。もっとも初歩的な、ドップラー効果を応用した自らエコーを発信しその反射音で敵の位置を測定し針路を変えるアクティブホーミング魚雷だったのだ。

仮称三式は、まだそのホーミングの精度がいまいちで正式化名称が与えられていなかったが、これが夜間ではなく昼間の雷撃であったとしても最低限の成果を上げたと思われる。

酸素魚雷は無航跡魚雷なのだ。よほど注意していなければ、その接近を目視することはできない。

こうして、スプルーアンスの機動部隊もまた日本の痛い一撃を受け、ルソン攻略戦の第一日目は幕を閉じた。しかし、徹底的な遅延戦術を課せられたその戦いは、ここからが本番なのであった。

第二部

超時空狂詩曲

序　その1

日米がフィリピンでの激突を本格化させた日の深夜、崔麗華は伊東の研究所にいた。首相自らここに来るのは二か月ぶり、しかも東京での予定をキャンセルして自衛隊のヘリで駆け付けるというのは、過去にない異例な事態であった。

まあ事故とはいえ令和の人間が死んだ。それも、彼女が特別な仕事を任せた学生の一人が死んだのだ。緊急事態には間違いなかった。

「原因の説明は理解したわ。つまりここに目には見えてないけど、次元の狭間があって彼はそこに転んではまってしまい、身体が千切れたということね」

崔は腕組みをして今はシートのかけられた坂口の死体を見下ろしていた。

思えばこの世界に来てもうかなりの人数の令和の人間が死に直面した。戦闘に巻き込まれた自衛官だけでなく、避難所暮らしが長引く中で起きたコロナ罹患者の重症化からの死者、そして通常の疾患での死者。だが、今回のケースは異例中の異例だ。なにしろ、こんな状況で死んだ人間は誰も聞いたことがない。

それは超科学に携わって来た木藤たち、この研究所の人間も同じだった。

「こんな現象が起きるなど予想もできませんでした」

木藤の説明に春日部も頷いた。

「単純に元々謎の物質があった場所に生まれた特殊力場を調べておったのだが、まさか次元そのものにまで歪《ゆが》みを与えていようとは思わなかった。儂の失策でもある、坂口君には悪いことをした」

さすがに改めて教え子の死に向き合って、春日部も真摯《しんし》になっているようだった。

「事故に関しては仕方ないわ。問題は、これからどうするのか。そうよね岩崎さん？」

崔の振り返った先には岩崎が神妙な顔で立っていた。

「私の監督下での事故です。責任も感じますが、より深刻なのは彼らに課していた仕事に大きな支障が出るかもしれないということ。都合のいい話なのは百も承知です。今後、教授と木藤さん達に協力をお願いできないか、そう考えています」

崔が複雑な表情を曇らせた。

「個人的には、国際救援隊統合司令部と切り離してこの件を進めて欲しかったの。

岩崎さんだけでなく春日部教授まで切り崩したとなると、あちらに情報がリークした場合の追及が厳しくなりそうで嫌なのよ」

木藤が北谷と矢萩に視線を向けてから崔に訊いた。

「いったい岩崎さん達にやらせていたことってなんなんですか？」

すると、春日部がぼそっと言った。

「原爆の製造であろう」

全員がぎょっとした顔で春日部の顔を見て口々に叫んだ。

「そんな危険なことやってたんですか！」

「研究所から持ち出した使用済み核燃料を、そんなことに！」

「本当ですかそれ？」

「なぜそれを知ってるんです！」

「どうやって知ったんです？」

目を丸くする研究員三人と目を細める崔と岩崎という図式だ。

春日部教授は肩をすくめながら答えた。

「逆に気付かない方がどうかしておる。核燃料を持ち出し、同人の教え子を隔離して仕事させ、挙句に関西に大規模な実験場を造る。明らかに統合司令部から隠蔽して原爆を作っていると状況証拠が並んでいる。まあ、戦争の一局面しか見てられないぼんくらたちには、そこまでの慧眼《けいがん》はないかもしれんが、上層部では儂以外にも気づいている奴はいそうだな」

崔と岩崎が眉間に皺を寄せ視線を絡めた。

これはもう選択肢は一つしかない。二人は、小さく頷いた。

崔が半歩、春日部ににじり寄りながら口を開いた。

「教授でしたら話が早いです。是非とも私たちに……」

だが話の途中で春日部は言った。

「断る」

「え？」

崔が眉をしかめ動きを止めた。

「原爆の製造には関われん。すまんな、それ以上に急いでやらねばならん解析があるのだ」

そう言うと春日部は、奇妙に形式が歪んでいる部屋の奥を指さした。

「あれを早急に片付けないと、とにかく厄介なのだ。どうしても原爆を急いで作りたいなら、その三人を使っても構わんのでな」

今度は研究所の三人が目を真ん丸にする番だった。

「何を言ってるんです！」

木藤が慌てて言ったが、春日部は頭を掻きながら答えた。

「いや、ここまで反物質の消えた状況からの推論で調べてきたが、現実に超次元ゲートが存在していると確認できてしまったので、ある意味この先のルートは確定だ。君たちの協力は最低限で構わん、そうだな一人は専従で原爆製造に行っても問題はないだろう」

研究員たちは顔を見合わせて、うーんと唸ったが、崔と岩崎からしてみれば願ってもない申し出と言えた。

「ぜひお願いしたいわ」

崔に言われ三人の研究員は顔を見合わせたが、彼らは言ってみればこの世界に伊東市民と自衛隊が飛ばされた原因となった研究に携わっていたという負い目があり、どうにも断るということができない。

結局話は押し切られる形に落ち着いたが、その段取りの最中に春日部が言った。

「しかし、この坂口君の半分が飛んで行ってしまった代償、どういう形でこの世界に返って来るのかかなり気になる。単に人間半分だけが飛んで行ったのなら、まったく気にすることもないレベルのはずなのだが、妙に胸騒ぎがする……」

実はこの教授の予感は当たっていた。

ここに転んで死んだ瞬間、坂口は手にタブレットを持っていた。質量自体は大したことのない物体だが、それが世界に及ぼす影響はそれが飛んで行った次元によって異なり、そこの次元から順次平行世界に与えられていく影響は、最終的に今彼らがいる世界にどう返って来るのか、ほとんど予測ができないというのが正解だと教授は気付いたのだ。

「悪い方に転ばねばいいのだがね」

教授はそう言うと、かつての教え子だった下半身だけの物体に視線を落とすのだった。

序　その2

春日部教授の懸念は実は早くも具現化しようとしていた。

フィリピンでの戦闘がひと段落し、翌朝からの上陸作戦に備えマッカーサーの率いる陸軍部隊が深夜の待機状態に入っているその頃、ドイツに向かった潜水艦伊号第二〇潜はセレベス海を無事に通り抜け、マカッサル海峡を南南東に向け浮上航行していた。

この付近は完全にアメリカ軍の哨戒区域であるが、何しろ日本軍がルソンを中心に押し込められている現状で、わざわざミンダナオの南の哨戒を行う必要を感じておらず、さらに海峡の先はオーストラリア軍の受け持ち区域になることからちょっとした戦力の空白地帯になっていた。

これを昼間のドローン潜望鏡とトレーダー探索で知った彼らは、速度を上げるために危険を承知で浮上航行していたのだ。

「夜明けまでに海峡を突破できる。その後はインド洋に入るまで潜航状態が続く。随伴の二隻はこの先でお別れになる」

司令塔で陸自の西岡二尉を相手に副長の山崎大尉が説明をした。

「俺たちの世界の過去ではこの近辺に現地の人間を使った沿岸監視網が敷かれてたんだけど、どうも無線傍受の様子からそんな組織は存在しないみたいだね」

すべては南太平洋に進出できなかった弱い日本軍のおかげという話である。

「まあおかげですいすいと進めておりますし、明日には針路も西に向けられます。ドイツ軍もアフリカ東岸まで迎えを寄越すと言ってますし、何とか半分道中まではうまくいきそうですね」

双眼鏡で時折周囲を見ながら山崎が言うが、問題はそこから先の喜望峰を回り込むあたりだというのを西岡も承知していた。

「もうすぐ満月ですね」

空を見上げながら西岡が言った。

九月一一日は、月齢ちょうど一一日で一四日から一五日にかけてが満月のはずだった。

令和から来た人間には九月一一日は特別な意味を持っているが、無論この世界の人間にはなんの代わり映えもない九月の中の一日でしかない。

西岡も自分たちの世界で起きた悲劇を語る気もなかった。そもそも、戦争の概念が変わるといった話はこの世界の帝国軍人に理解できるのかも怪しかった。

「北に大きな低気圧があるんだが、フィリピンにも影響が出始めているようだよ。台風に発達するんじゃないかな」

山崎が夕刻に見た天気図を思い返して言った。

その時唐突に司令塔の最前部で当直をしていた中塚上等海曹が大声をあげた。

「磁気異常です。コンパスが利きません！」

山崎が慌てて覗き込むと、彼の手元で月明かりに照らされたガラスケースの中のコンパスがぐるぐると激しく回転していた。

「何事だこれは？」

次の瞬間、まったく雲が出ていなかったはずなのに、そう遠くない空に激しい稲妻が走った。

「異常気象、なのか？」

山崎が今稲光《いなびかり》の走った方向に双眼鏡を向けた瞬間、その現象は起きた。

空間がぐにゃっと歪み、一点に凝縮したと思ったら一気に弾けたように広がったのだ。

西岡はこの様子と酷似した景色を見ていた。

あの日、伊東で見た転移の瞬間の光景だ。

「ま、まさか……」

その歪みがゆっくり収縮しようとした時、艦内から怒号が飛んで来た。艦長の声でった。

「急速潜航！　いきなり至近距離に巨大艦が現れた！」

レーダー手がそれを確認したのは二秒前。それまで何もなかった僅か五キロしか隔てていない地点に全く何の前触れもなく巨大反応が現れたのだ。

考えている暇などない。夜であっても月が明るい。ぐずぐずしていればこちらが発見されてしまう。

伊号二〇潜は、わずか五秒で急速潜航を始めた。幸いにこの時甲板には誰も出ておらずハッチは閉じていた。西岡と副長がはしごを滑り降り、当直の二人もこれに続きハッチが閉じられた時には既に海面は司令塔の上部に達しており、かなりの量の海水が艦内に流れ込んだ。

山崎が大慌てで夜間潜望鏡を上げそこに取りつく、その間に西岡は艦長に訊いた。

「大型艦が突然出現って、どういう状況なのです？　敵の潜水艦が浮上したとでもいうのですか？」

だが艦長は厳しい顔で首を横に振った。

「そんな小さな反応ではない。おそらく空母か戦艦だ。全長三〇〇メートル近いでかぶつだ」

西岡は耳を疑った。

そんな巨大な存在を近傍に近付くまで探知し漏らすなど有り得なかった。

もしそれが本当ならそいつは海から湧いたか空中から突然湧いたことになる。

そう考えた瞬間、西岡の脳裏に先ほど感じた空気の振動、そして波打つような歪みが思い浮かび、自分たちの経験のそれと重なった。

まさか……。

その時、潜望鏡を覗いていた山崎が叫んだ。

「見つけた！　本当に戦艦だ！」

艦橋部にいた人間の視線が山崎に集まる。

西岡が慌てて山崎に言った。

「デジタルに、画像をデジタルに切り替えてこっちのモニターで加工します！」

山崎があたふたという感じで潜望鏡に後付けされたスイッチを操作した。すると、艦橋に設置されたタッチパネル式の二七インチディスプレイに画像が映った。

このモニターも伊東の民間人所有の物を供出してもらって流用したものだ。

西岡はモニターにつながれたＡ４のノートパソコンを操作し解像度を調整していく。

幸いに月明かりのおかげで戦艦の姿は鮮明にそこに映し出された。

「見たことのない艦影だ」

艦長の吉村中佐が顔をしかめて言った。

「でかいですよ、これアイオワ級並みですよね」

まだ潜望鏡を覗いたまま山崎が言った。

しかし、この画像をつぶさに観察した西岡がいきなり唸り声を上げ始めた。

「そんな馬鹿な……」

他の者が一斉に西岡に視線を集めた。

「どうしたね西岡二尉？」

艦長が訝しそうに聞いた。

「こいつは、存在しないはずの戦艦なんです！」

西岡はそう言うと戦艦の後部甲板に二基並んだ主砲塔を指さした。

「前部に二基。後部に二基の主砲塔。これが三連装だとしたら、四〇センチ砲以上の主砲を一二門搭載の戦艦ということになります。これは、私たちの過去世界ではついに完成しなかったアメリカ軍の戦艦『モンタナ』のシルエットそのものなんです！」

この言葉に艦長も副長も顔を見合わせ目を丸くした。

「どういうことかね？　アメリカが対大和級装備として新戦艦を開発していたという話は開戦前に聞いていたが、それは結局我が軍の敗走により立ち消えたと聞いている」

西岡が大きく頷いた。

「我々の世界でもアメリカは計画を中止したんですよ。日本が負け始めたのと海戦の主力が完全に空母に移ったことが原因で」

艦長が腕組みをして考え込む。

「だが、戦艦は現に目の前にいる。これが君の言う通り幻のモンタナ級だというなら、いったいどこから湧いて出てきたのだ？」

西岡も必死に考える。

先ほど自分の目で見た光景、そしてこの戦艦が出現した状況、そこから導き出した結論は馬鹿げてはいるが最もあり得る可能性だった。

あいつは、どこか別の次元から飛来した！

そう自分たちと同じように！

「艦長、あの戦艦の情報を何としても日本に送らないとまずい。絶対に日本では、このことを誰も想定していない」

いったいなぜこんな事態が起きたのか西岡には想像できなかった。

目の前の超巨大戦艦が、実は次元の彼方に飛んで行ってしまった春日部の教え子坂口の持っていた一個のタブレット端末、それに見合う対価として数えきれない多元宇宙で時空転移を発生させ、その結果この世界にやって来たなど絶対にわかろうはずがなかった。

しかし、戦艦『モンタナ』と思しき存在は厳然と目の前に横たわっている。

この事実は何としても日本に報せる必要がある。それは間違いなかった。

だが、それにはまずこの海域から脱出することが先決となる。

「一刻も早く知らせるべきなのだろうが、詳報を打てるのは早くて明後日になるぞ、この後マカッサル海峡を抜けジャワ海から狭い水道のどこかを抜けなければインド洋には到達できない」

艦長の言葉に西岡は唸る。

とにかく焦りだけが彼を苛《さいな》む。だが、潜航した伊号は急いだところで時速一〇ノット程度でしか進めない。この伊号二〇潜も改造がされているとはいえ、それは航続距離の延伸に主眼が置かれ、偵察潜水艦の伊号三六潜のように俊敏には進めないのだ。

というわけで、日本がこの未知の戦艦出現の報告に震撼するのはまだ少し後の話となるのであった。

第一章　ルソン遅滞戦始まる

1

明け方前、米軍の上陸部隊が動き出した。

まず沖合の大小の軍艦から艦砲射撃が開始された。凄まじい砲声が空を覆い、着弾の炎と土ぼこりが絶え間なく陸上に上がる。

「敵の事前砲撃範囲、縦深およそ三キロ。射程内に現在味方無し」

遥かに離れた山上の観測地点から米軍の砲撃を観測する日本陸軍の砲兵監視所から敵の上陸を迎え撃つ部隊へ連絡が入った。

これはリアルタイムで陸軍の南方総軍司令部にも伝わる。

報告を聞いた牛島中将は、目の前の湯飲みから熱い茶を飲みながら参謀たちに告げた。

「国際救援隊直伝の機動戦、ちょいと腕試しといこうや」

南方総軍司令部には有線と無線でルソンだけでなく他の島の司令部と密な連絡網が作られていた。これは、すべての戦線を連携させることでアメリカ軍の動きを封じようという意図だった。

無論これまでの日本陸軍にも同様の戦術論はあった。しかし現実にはリアルタイムでの連絡を行うのが困難であり、かつ必要な情報が確実に得られる保証がない最前線でこういった動きに全軍の運命を賭けるのは得策ではないと判断されていた。

しかし令和のテクノロジーが最前線に齎された結果、この問題のほとんどが解決してしまった。

国際救援隊がフィリピン各地にばら撒いた無線は、デジタル対応であり性能も抜群。米軍の探知を恐れることなく平文の通信を送れるだけでなく、米軍ではまず解読不能と思われる複雑怪奇な暗号を一瞬で解読する機能まで有していた。

こうして連絡手段を得ただけでなく、戦術面でも日本軍は大きく変革した。

何よりも日本の陸海軍が同じ戦術目的に対して歩調を合わせるという、これまでやって来れなかった偉業が崔麗華の大英断によって可能になった。

まあ首相のというより、国際救援隊ブレーンの指示を崔麗華がトップダウンの形で全軍に命じ、しかも全軍の総指揮権は天皇陛下が持っているのだと明言してしまった。

切羽詰まって錦旗《きんき》を掲げた時の日本人は強い。まあ南朝の場合は悲劇的な末路に向かったが、京都での争いから幕府に賊と見られていた長州が天皇をその懐に抱き込んでからの巻き返しを見ていたら、日本人のやる気を喚起するにはこれが効きそうだと、令和のブレーンたちが思うのもうなずける話だ。

まあこの天皇に指揮権を与えたことがどう影響していくかは、実は日本が勝っている限りは考えなくていいと野木が豪語していた。そして不穏当な発言がこの後に続いたのだが、皆はそれを聞かなかったことにした。

野木は「日本が負けたら天皇陛下はA級戦犯第一号で決定だけどな」と言ってゲハゲハ笑ったのである。

話をフィリピンに戻そう。

アメリカ軍の艦砲射撃がおさまると、海岸に向け無数の上陸用舟艇が押し寄せてくるのが望見できた。

マッカーサーはこの上陸作戦に実に三〇万もの兵力を結集させていた。もはや日本軍は袋のネズミで、ミンダナオ戦線には二個連隊、さらに新たに橋頭保を築いたサマールには一個師団を張り付けただけで、残る地上兵力のほぼ全力をルソン攻略に投入したのである。

これには、サイパン失陥という予想外の出来事が大きく関係している。

マッカーサーは何があっても負けられなくなったのだ。

「太平洋での戦闘が必要以上に長引くことは、今以上の英国への助力が難しくなるということを意味する。いいかね、欧州戦線は非常にまずい状態にある。なんとかチュニジアに我が陸軍を送ることができ、西からドイツを圧迫したと思ったら、彼らは我々の攻撃などどこ吹く風で東へ東へと戦線を広げている。このままでは、中東地域全体がドイツの手に落ちかねない。ソビエトをあてにしていたら駄目だ。我々の手で欧州本土に橋頭保を作るためにも、日本を早期に屈服させねばならない」

アメリカに一時帰国した際にルーズベルト大統領は厳しい顔でマッカーサーにそう告げた。

「君が負けることがないのは『わかっているよ』。だから、せいぜい華々しく日本軍に泥の味を教えてやってくれたまえ」

大統領の前に立つとマッカーサーはどうにも調子が狂う。これが陸軍の上司にあたるマーシャル参謀総長やスティルウェル長官であったら、軽くいなして相手のボディにじわじわ効くジャブのような嫌味を返せるのだが。

つまりマッカーサーは、大統領から『約束された勝利』をもぎ取るようにと強く求められフィリピンに送り返されたわけである。

ついに始まったルソン奪還作戦に向け海上を進む無数の上陸用舟艇を前にマッカーサーは幕僚たちに吠えた。

「見ろ！　これこそが勝利への方程式の最適解だ！　あの小舟に乗った兵士たちがジャップを叩きのめす！　サイパンの負けは海軍の失点だ。陸戦に投入できたかもしれない硫黄島攻略のための兵のほとんどを船の上で殺させた。ハルゼーやミッチャーが殺されたのもその報いのようなものだ」

味方の提督であるハルゼーとミッチャーの戦死をまるで他人事に語るマッカーサーの言葉は正直彼のスタッフでも反感を抱く内容であったが、実際陸兵を海の上で失ってしまう痛手は参謀であればだれもが痛感する。

もう陸を指呼《しこ》の間《かん》にした兵士たちは、飛んでくる敵弾に怯えることがあっても、暗い船倉でおぼれ死ぬ悪夢に苛まれることはない。

「兵士たちよ胸を張り敵に立ち向かえ。そこに血の花が咲こうとも、それは名誉ある死だ。不名誉なる溺死などではない。陸軍兵士としての誉れある死だ。進めアーミーボーイズ！　アメリカ合衆国の栄光のために突き進め！」

マッカーサーは自分の軍帽を手に摑み輸送船の上で大きく振るいながら叫んでいた。

米軍の上陸部隊第一陣は間もなく海岸に到達しようとしていた。

この様子は、海岸から離れた地点にいる国際救援隊の偵察隊の手元に動画としてリアルタイムで送られてきていた。

「今大急ぎで映像解析しています。判明した敵規模は、そのまま南方総軍司令部に送っていますので、打撃戦部隊が的確に動くでしょう」

パソコンを忙しく叩きながら第一偵察隊偵察第二小隊の田崎一曹が小隊長の内野一尉に告げた。

「概算でどんな感じだ」

内野がモニターを覗き込むと、田崎が指で示しながら説明した。

「右から第一正面、続けて第二、第三と続きますが、明らかに敵の主攻部隊は中央の第二です。今分析した限りでも歩兵勢力で四万が一気に押し寄せてきています。とんでもない数です。左右はそれぞれ二万から二万五〇〇〇ですが、最初から歩兵を守る陣形を敷くつもりで左右に戦車を多数同時上陸させる腹です。確認できただけでも揚陸艦が第一に三隻、第三に二隻。それぞれに最低でも一〇輌のM4中戦車がいると思って間違いないでしょう」

内野がヒューっと口笛を吹いた。

「なんと上陸第一陣にすでに五〇輌以上の中型戦車投入かよ。持てる国の底力だな」

「ああ、どうやら南方総軍も動くようですね」

田崎がそう言った次の瞬間、彼らが陣取る密林を囲む形で激しい砲声が無数に沸き上がった。

日本軍砲兵隊の一斉砲撃である。

口火を切ったのは、いずれも口径一〇センチから一五センチクラスの榴弾砲ばかりだ。

「あいつらが喧嘩を売った以上、我々も早々にここを移動だな」

内野が周囲から間断なく発射される日本軍の砲撃を見上げながら言った。

「ですね。おそらく五分以内に反撃が来ます」

この瞬間、もう田崎はノートパソコンのラップトップを閉じていた。

「おおい、機械化部隊さん。移動だ移動！」

内野が叫ぶと、もう周囲に陣取っていた軽戦車はすべてがエンジンを始動していた。

「全員乗車！　とにかくうちらは逃げるのが仕事だ。遅れるなよ」

それこそあっという間に偵察隊員たちは軽戦車の上に乗り込み、軽戦車部隊はがたがたと密林の中に巧みに作られた偽装道路を快速で走りだしていた。

その間に、日本軍の陣地から発射された砲弾は、第一陣が到達したアメリカ軍の上陸拠点に次々と落下していった。

「敵の反撃、ギャリコビーチに集中しています。現在火点確認中」

マッカーサーの幕僚の一人が双眼鏡を覗いて報告してきた。

「左翼か、なるほど一見手薄そうな部分に攻撃を集中させているな。だが、そこは機械化部隊の上陸地点だ。揚陸が完了すれば容易に戦線を突破できる。敵の砲撃箇所に海軍による反撃を要請しろ」

マッカーサーが命じると、すぐ横で受話器を握っていた参謀長が怪訝そうな顔を浮かべ訊き返していた。

「反撃は最低限しかできないとはどういう意味だ？」

これが耳に入ったマッカーサーが露骨なしかめ面をして彼を振り返った。

「どうしたマシュー？」

参謀長は本当に困惑した顔でマッカーサーに告げた。

「全く予想外の地点に日本の機動部隊が出現したので、フレッチャーの艦隊はこちらの追撃に向かうため、一部の駆逐艦しかここには残せないと言ってきました」

「なんだと！」

マッカーサーは思わず腰を持ち上げ座っていた映画監督がよく使う布と木でできた折り畳み椅子がガタンと倒れた。

驚いたのはマッカーサーだけではなかった。

この報告が届いた時、アメリカ海軍の主力であるスプルーアンスの艦隊はまだフィリピン内海部に侵入できていなかった。原因は昨夜の攻撃で七隻もの艦艇が被害を受けたからである。

日本の陸攻隊の放った魚雷は合計一一本が命中した。二七機からの攻撃でこれは少ないように思えるが、実際には敵に全く反撃されることのない攻撃でこの戦果は驚異的だ。

しかも七隻のうち三隻は複数の魚雷が命中し、いずれも結果的に沈没した。運悪く三隻とも駆逐艦であったことがその原因である。

なにしろ鹿屋空の放った仮称三式航空魚雷は口径六一センチ。当たり所が悪ければ、戦艦だって一撃轟沈しかねない大口径魚雷だったのだ。

この航空攻撃は日本側の予想通り輪形陣を取ったスプルーアンス機動部隊の外縁部を進んでいた艦に立て続けに命中した。

被害を受けた七隻のうち六隻は駆逐艦であったが、これは沈んだ三隻以外も航行不能となり置いて行かざる得なくなった。

そして残る一隻は艦隊の目として重宝していた新鋭重巡洋艦のバーミンガムで、最も新式のレーダーを積んでいたバーミンガムは主舵を損傷し主機も一基が破損し艦隊への随行が不可能になってしまった。

周囲を守る艦艇がかくも無残に欠けてしまったスプルーアンスの部隊は、通常の二倍の頻度で索敵機を上げ日本艦隊の追跡を試みていたはずだった。

ところが、その日本の機動部隊の攻撃機が現在ミンダナオ島の海軍施設を爆撃しているというのだ。

「日本軍はいったいどんなマジックを使ったというのだ？」

もし敵が海峡を抜けミンダナオに接近したというなら、フレッチャー艦隊から切り離して見張りに付けていた艦艇は、大規模な機動部隊を完全に見逃したということになる。

フレッチャーは念のために各探索網を二重に仕掛けていた。そこをすり抜けるなど、どう考えても不可能だ。

しかも、陸上各所からの目撃報告によれば敵機は北北西から来たと言う。

こうなると日本の機動部隊は現在フィリピンの西岸を遊弋していると見て間違いない。

まったくもって不可解であった。

この時点でもまだスプルーアンスは、スミス艦隊を襲ったのが日本の機動部隊であると確信したままだった。

「フレッチャーにすぐに動くよう指示しろ」

スプルーアンスが苛立ちを何とか飲み込もうと深呼吸しながら言うと、すぐに返事が来た。

「既に空母部隊は上陸部隊支援を切り上げ移動を開始。戦艦部隊も追従しています。上陸地点には駆逐艦二〇隻を中心とした直掩部隊のみが残ります」

「さすがに早いな。昨日から一番敵の機動部隊の動きに過敏になっていたはずだからな。誰よりも日本艦隊に一矢報いたいのはフレッチャーに間違いないのだしな」

スプルーアンスは海図を見る。

現在のフレッチャー部隊の位置からだとミンドロ島を南に見て一気に南シナ海に抜ければ、間違いなく日本艦隊の頭を押さえられるはずだ。

このタイミングで動けば、日本側は攻撃隊収容のため同海域から動けないであろうから、捕捉は容易なはずだ。

しかし懸念材料がないわけではない。

スプルーアンスの頭には、やはりスミス艦隊の惨劇が過《よぎ》り続ける。

もしや、以前マリアナで仕留めそこなった中型空母の片割れが既に戦列復帰しているのか？

最初これは複数ある正解候補の一つでしかなかった。

だが時間の経過と共にスプルーアンスにはこれが最も納得のいく答えとして、頭の中でウェイトを増していくのを感じていた。

だとしたら……。

いや、そうだとしたら……。

「本機動部隊は現在地点付近で敵への索敵を継続する」

スプルーアンスの命令に幕僚たちは一様に「えっ」と動きを固まらせたが、彼の解説を受けすぐに納得することになった。

「敵はリスクを承知で空母を分散させたに違いない。我々と考えの基本は同じだと思えばいい。もし捕捉され攻撃を受けても全滅をさせないための法則だ」

こうしてスプルーアンスの艦隊は動きを止めた。彼らはフィリピン内海部には進まず、フィリピン東岸に潜んだと思われる『存在しない日本機動部隊』への警戒に終始することになったのだ。

こうなると、現実に攻撃を受けているミンダナオ方面を襲っている日本機動部隊を捕まえるのはフレッチャーにとって重大な使命となった。

サイパンで九死に一生を得たフレッチャーだけに、なんとしても汚名挽回をしたいという意識が強かったのもあったろう。

だが、そのフレッチャー艦隊が動き出したことで日本側はまさに欣喜雀躍《きんきじゃくやく》していた。

「成功だ！　本当に護衛艦隊がごっそり消えたぞ！」

南方総軍司令部では牛島中将が、今にも乾杯を始めそうな勢いで喜ぶ。しかし、それを参謀たちが諫めた。

「戦いの正念場はここからです」

「おうおう、わかっている。砲兵隊に急いで陣地転換させ、その間に主力機動戦部隊を前線に投入させるのだ」

南方総軍司令部からの命令が慌ただしく飛び交うが、その動きに反して米上陸部隊サイドから見れば日本軍の抵抗は最小限でどこか拍子抜けした感じであった。最初の一撃だけで砲撃は止み、米軍の駆逐艦からの砲撃はかなり的確に日本軍の砲陣地を捉えているように見た。

「こちらの攻撃に恐れをなしたか、砲撃は完全に止まったな。日本軍はどうやらやる気をなくしておるな」

再び折り畳み椅子に腰を下ろしたマッカーサーが双眼鏡で海岸を見回しながら言った。

既に海岸のあちこちには上陸した部隊が集結を始めており、一部では戦車の揚陸も始まっていた。

「さあ、海軍の始末は海軍に任せ、我々はピクニックを続けよう」

マッカーサーがそうにこやかに語った直後、再び日本軍の砲撃が始まった。それも先ほどの攻撃の三倍はあろうかという規模で。

実は先ほど攻撃を行ったのは、すべてが自走砲。中国で大急ぎで改造された仮称三式砲戦車の部隊だった。この砲戦車隊とそもそも陣地に据えられた重砲火が一斉に火を噴いたのだ。

言ってみれば最初の砲撃は敵を欺くための挨拶みたいなものに過ぎなかったのだ。

「敵の砲撃は、主攻正面に集中！　あ、こ、これは……」

双眼鏡を覗いた参謀長が見たのは、先ほどとは全く違う箇所から打ち出された敵の砲弾が驚くほどの正確さで、輸送船から次の上陸部隊を乗せようと沖へと動き出した舟艇を的確に打ち砕いていく姿だった。

命中率五割に迫る正確さで日本軍の砲弾は海岸の敵兵を飛び越え、海上の舟艇部隊を襲う。

空荷の舟艇を襲うことに意味があるのかと一瞬米軍の幕僚たちは困惑したが、次の瞬間その意味する重大な事実に気付いた。

「このまま舟艇の数が不足すれば、上陸した部隊は孤立してしまう！」

参謀長のこの叫びで、他の幕僚たちも事態の深刻さに気付いた。

「海軍に、海軍にすぐ援護の要請を！」

皆が慌てふためき騒ぐ中、マッカーサーはぎゅっとコーンパイプの吹口を噛み締め、その隙間からこう漏らした。

「こうでなくちゃ戦争は面白くない。やってくれるじゃないかジャップども」

闘志に燃える彼の瞳は、レイバンのサングラスによって傍からは見て取ることはできなかった。

フィリピン上陸作戦が始まって二時間が経過した時点で、最初のまとまった報告が東京の国際救援隊統合作戦司令部に届いた。

またしても半徹夜明けでの報告に一同は目の下に隈を作っていた。

しかも、昨夜突如として姿を消した岩崎女史は崔首相ともども音信不通。楢本秘書も行方が知れず、連絡のつかない柴田がぼーっと上座でコーヒーを飲んでいた。

「まあ予定通りに進んでいるし、アメリカの機動部隊主力がどうやら内海に侵入しないでいてくれるのは大いに助かる」

野木が報告書を読みながら言うと、讃岐が机に突っ伏したまま言った。

「ねえ、このままうまく護衛部隊を振り回せるなら、本当に例の突撃やらせてもいいんじゃないっすかね」

これを聞いて高野がブルブルと首を振った。

「ダメですよ、何のために危険を承知で戦艦を持って行ったと思っているんですか、ここで最前線に出すのは愚策です」

「まあそうよね、後詰めって使っちゃうとまずい戦力ってことなのよね」

有川が爪をやすりで磨きながら言った。

「そうですかねえ、ここで敵の上陸部隊に戦艦をぶつけたら、例の栗田艦隊が謎のUターンで果たせなった輸送船団をボコボコに叩くってのをやれるのに」

「やってどうするんだ？　戦争がそれで終わるのか？　日本がそれで勝てるのか？」

野木が呆れたと言いう感じで言った。

「そんなのやってみなくちゃわかんないでしょ」

「だからお前さんは短絡的だというのだ。深慮遠謀なくして戦争に勝利など有り得んわ」

野木が馬鹿にしたような口調で讃岐に言った。

讃岐が即座に反論しようと口を開いた。

だが、ヒートアップするかに見えた言い争いは、直後に統合作戦司令部に駆け込んできた木下が齎した報告で一同は議論どころではなくなってしまった。

木下はわら半紙のメモを振りかざしてこう叫んだ。

「ドイツ軍がエジプトを陥落させた！　ドイツ大使から正式に報告が来た！」

一同は木下に視線を集中させ異口同音に叫んだ。

「なんだって！」

木下がメモを見て続けた。

「ドイツ軍は電撃的にカイロを占領。そのままスエズ運河に侵攻し、現在両岸のほぼ全域を掌握したと言ってきた」

「どんだけ強いんだ、この世界のドイツ軍……」

野木がぴしゃっと額を叩いた。

他の者も思い思いに首を振ったり目を丸くしたりして、このニュースを噛みしめていた。

どうやら歯車がどんどん予期せぬ方向に転がりだしている。皆がそれを実感した様子であった。

そんな中で一人まだまどろみの中にいた名取老人が急に眼を開き叫んだ。

「ハイル・ヒ……す……た…むにゃむにゃ」

有川が慌てて名取に近付き、膝にずり落ちていた毛布を拾ってかけなおした。

「また寝ぼけちゃって、もう少し寝てて大丈夫ですからね」

こうして戦争は続くのであった。地球のそこここで。

2

崔麗華は、取り敢えず東京に戻るヘリの中にいた。

国際救援隊の統括司令部経由で齎された報告に首をひねった。

「この報告がどれくらい重要なの？」

楢本が慌ててタブレットで世界地図を開いて説明を始めた。

「もうドイツ軍はスエズのほぼ全域を占領しているという話です。これによって、インド洋と地中海を結ぶ導線をドイツが確保し、インド洋へのドイツ軍の進出が容易になりました。加えて我が国からの艦船も運河を通行できれば、ドイツとの交易は俄然現実味を帯びます」

「なるほどね。でもドイツが勝ち過ぎてもまずいってブレーンの皆さんは言ってましたよね」

崔の言葉に楢本が頷いた。

「アメリカの立場がそのままドイツにスライドしても困るという話です。アメリカに勝ちました、でもドイツと対等かそれ以下の関係に我が国が追い込まれたら結局は振り出しに戻りますからね。問題は、ドイツがこちらの超テクノロジーについてどの程度認識しているのか、そして世界戦略の展望はどうなっているのか、そこにつきます」

崔が難しそうに腕組みをして椅子にふんぞり返った。すぐ隣でやはり腕組みしていた岩崎が話に割って入った。

「ドイツ封じは最終的に必要になると思いますわ。でも今はその段階じゃない。確かに勝ちすぎていますけど、これははっきり言って今の我々にはありがたい話です。いいですか、武蔵の引き渡しにわざわざ大西洋に出向かなくてよくなったということですから」

岩崎の言葉に楢本は大きく両手を広げた。

「そうなんですが、その通りではあるんですが、良いのですかねドイツをそこまで信用して」

「いいじゃない、所詮はこの時代の最先端でしかないのよ、ドイツを遣り込めるのはアメリカに『勝ってから』でいいじゃない」

崔がそう言って人差し指でこめかみをかき始めた。

楢本が本気で心配そうに顔をしかめた。

「悪い予感しかないんですがね」

「まあ気持ちはわかるけど、今フィリピンがどうなるかもわからないのに先のことを考えてもしょうがないわよ。それよりは、春日部教授のやりたいって研究と総理がやってる計画に連携できるかもっていう話、何とか進めたいわ」

岩崎に言われ楢本は大きくため息を吐いた。

「その件はすぐに中島飛行機に連絡しておきますよ。あ、それで思い出しました」

楢本はそこでタブレットを操作して一枚の書類を呼び出した。

「中島飛行機からＳＨ60Ｊのエンジンを都合八基調達して欲しいと言われていました」

岩崎が眼鏡をずらし楢本の顔を見つめ返した。

「何それ？　虎の子のヘリ四機も持って行くってこと？　何のために？」

ＳＨ60ヘリは一機当たり二基のエンジンを搭載しているので、この計算になる。

楢本が声を潜めて岩崎に説明した。

「例のマザーのエンジン候補なんですよ。図面を見てすぐにあれがターボプロップに改造可能と判断し、その実験と装備に使うってことです」

岩崎がちょっと小首を傾げて聞いた。

「マザーのエンジンは六基の予定よね、予備二基だけで足りるの?」

岩崎の問いに楢本が頷いた。

「ターボプロップは成層圏から上の飛行用で一機に四発だけ搭載し、通常の空冷エンジンを他に六基搭載するのだと黒田設計士は言ってましたね」

「贅沢の極みね。でも、そこまでやらないと実現は難しいと思うから仕方ないわ。自衛隊サイドには総理から話を持って行ってもらえば問題ないですよね」

岩崎に問われ崔は頷いた。

「ええ、文句は言わせないわ。それに楢本も言っていた機体は、旧式の方よね?」

「はいその通りです。現在の海自の主力はSH60Kになりますから」

「だったら四機なんてけちくさいこと言わないで六機用立ててやって、そうすれば実験用にもう一機作れるってことでしょ?」

楢本が一瞬動きを止めてからゆっくり頷いた。

「仰せのままに」

ヘリはすでに横浜上空を過ぎていた。

日本国内で色々な動きが起きている一方、世界の各地でも大きな動きが起きていた。

「これは間違いなく我が軍の公式通信なのだな？」

オーストラリア北部のダーウィンに陣取ったアメリカ海軍の第一二一通信指令隊基地では、巨大な半円形をした高さ一二メートルもある固定式アンテナで傍受した南太平洋海域での無線を分析し、ハワイの太平洋艦隊に報せる義務があった。

この基地が前夜から傍受しているある通信を巡って軽い混乱が起きていた。

「書式も問題なし。暗号ルーティーンも規定通り。問題なのは、そんな艦番号の軍艦は存在しないし、そもそも日時がでたらめだってことです」

「では謀略と思って間違いないのではないのか？」

基地司令のステッドラー大佐は困惑した顔で分析官のマイヤーズ少佐に言った。

「いえ、実はそう思って取り決め通りの二次暗号乱数を送ってみたら正解が戻って来ているんです。これが過去に敵側に破られた記録はありません。そう考えると、どうしても素性を隠したい味方艦艇がこの地点にいると考えていいのではないかと推論できるんです」

何度も粘り強くこの主張を繰り返しているようで、ステッドラーは参ったという顔を見せる。

無理もない、明け方前からこの騒ぎに付き合わされた彼は、既にハワイはおろかフィリピンや友軍である英軍のジャカルタの海軍基地、遥かインドの英軍東洋艦隊基地、そして米国本土の太平洋艦隊通信隊本部にまで照会を続け、その海域に味方の軍艦はいないという結論に達しているのだ。

だが電波は依然として発信されている。

「君はどうすべきだと思うのかなマイヤーズ少佐」

マイヤーズはカチンと両の踵をあわせると、直立不動でステッドラーに言った。

「早急に当該海域の航空探査を行うべきと進言します」

どんどん机の上にたまっていく傍受電報のメモに目をやってからステッドラーは頷いた。

「どうせこの海域は暇を持て余しているオージーどもの担当海域だ。ありったけの航空機を出させて、訓練の代わりに励んでもらうとしよう」

ひょいと肩をすくめてからステッドラーは、豪州空軍の基地に繋がっている電話機の受話器を持ち上げ、ぐるぐると呼び鈴のハンドルを回した。

相手が出るのを待つ間にステッドラーはもう一度マイヤーズに訊いた。

「貴様は、これが謀略でないとしたら何ものが無線を発していると思うのだ？」

マイヤーズは一瞬首をひねってから答えた。

「そうですね、未知の同胞でしょうか」

「なんだそりゃ？」

そのとき電話の相手が出たのでステッドラーは視線を変えた。

「ああ、すまんダーウィン航空基地司令部か。米軍のステッドラーだがすぐに索敵をしてもらいたい……」

こうして豪州北部から哨戒機が飛ぶことになったのが、セレベス海方面であった。そのセレベス海を抜け、マカッサル海峡も通過しようという付近をのろのろと潜水状態で進んでいたのが伊号二〇潜であった。

「警戒がどんどん密になっている。昨夜のあいつと関連がありそうだな」

潜望鏡深度まで上がり潜望鏡と同時に対空レーダーを起動すると、だいたい一から二機の航空機がヒットした。これはフィリピンの近海を進んでいた時と変わらないレベルで、正直この海域では予想もしていなかった敵の数である。

艦長はこのまま潜航を続けやり過ごし夜間に一気にジャワ海からインド洋方面に抜ける決断をしたが、それは完全に沈黙を続けなければ危険を伴う行程となる。

「報告がどんどん先延ばしになってしまうが、我々には任務がある以上仕方ない」

昨夜の衝撃的光景がまだ脳裏から離れない一同は焦りと闘いながらモーターで静

かに前進する潜水艦の中で息を潜めるのであった。

さてその頃、フィリピンでは日米海軍が再度の激突か？　と思わせながらなぜか歯車がかみ合っていない状況が生起していた。

理由は、上陸部隊から引きはがされたフレッチャーの小型空母部隊が飛ばした索敵機が、何と日本軍の戦艦部隊を発見してしまったからである。

戦艦同士の戦闘になったサイパンでの最後の戦い、ぼろぼろになった戦艦部隊の脱出行でからくも生き残ったが、ゆえに敗戦の恥辱を一身に浴びる形になったフレッチャーをスプルーアンスは庇《かば》い立て、護衛空母だけの編成とはいえ自分に新たな艦隊指揮を任せてくれた。

まあ指揮官が足りないという理由もあったが、とにかくその恩に報いるには何より手柄が欲しい。

一瞬の躊躇はあったが、フレッチャーはこの日本の戦艦部隊への奇襲を思い立ちその準備を始めた。

すぐに新たな索敵機が出発し、何とかこの戦艦部隊を捉えきろうとフレッチャーの足掻きが始まった。

しかし実際には、日本側の計算でうまくここにフレッチャーをおびき寄せ予定通りに山本五十六が自ら率いる艦隊を『発見してもらった』というのが正解なのだった。

　山本の部隊は最初から山口の機動部隊を逃がすための囮としてだけ出撃してきていたのだ。

「連合艦隊主力が予定通り敵護衛空母群の索敵線にかかりました」

　南方総軍司令部に報告が入り、牛島が深く頷いた。

「ではこちらも出番ということだな。朱雀隊に攻撃命令を出せ。敵の空母機が上陸地点に舞い戻る危険は去った」

　朱雀隊は昨日出番のなかった陸軍航空隊の爆撃機群の名称だ。

　実は彼らは一時間前に既に離陸を終え、低空で米軍の上陸地点からかなり離れた位置を旋回し続けていたのだ。この爆撃隊の主力は九九式襲撃機と二式複座戦闘機屠龍《とりゅう》を改造した戦闘爆撃機屠龍改一型。そして少数の百式重爆呑龍《どんりゅう》である。

　攻撃隊は大きく二手に分かれていた。九九式襲撃機の部隊は徹甲爆弾を抱いて上陸右翼に、残りの編隊は榴弾や焼夷弾を搭載し主攻正面へと向かった。

　密林の樹上すれすれを飛ぶ彼らを米軍のレーダーは捉えられていなかった。

　米軍がその姿に気付いたのは、九九式襲撃機の編隊が一気に高度を上げ始めた時だった。

「海岸至近に日本軍機多数！」

報告を受けたマッカーサーの司令部は再度うろたえることになった。

「なぜそこまで気付かなかった？　敵の狙いは？」

ガシッと折り畳み椅子のひじ掛けを摑んだマッカーサーが聞いた。

「日本軍機は……上陸部隊の、これは、LSTに狙いを絞っている模様です！」

LSTは米軍の戦車揚陸艦のことだ。欧州反攻を睨み急遽建造したこの船を、結局は太平洋で多用することになってしまっていたが、マッカーサーは一度に戦術単位の戦車を揚陸できる中型船を大いに気に入っていた。大きさに似合わず、船首を持ち上げることで海岸に自ら乗り上げることを可能としており、その戦術価値は計り知れないと日頃から称賛していたのだ。

その虎の子に牙を剝かれたとあってはマッカーサーも気が気ではない。

「戦車は既に揚陸し終えているのか？」

「まだ一一〇一号艇のみです。他の艇は途中です。離床は難しいと思います」

マッカーサーがガンとひじ掛けを拳で叩いた。

「またしても後手か！　動けぬ船は単なるでかい的だ！　対空砲火を密にしろと海

軍に言え、駆逐艦を座礁覚悟で海岸に接近させろと伝えるのだ」

この時、最後まで低空を飛んで来た屠龍改と呑龍の編隊が海岸部に突如姿を現した。

日本軍機の編隊は一斉に爆弾を敵歩兵の上にばら撒くと、満足に戦果確認もせず翼を翻し遁走を始めた。

その間にＬＳＴには次々と命中の炎が上がる。爆撃の精度は抜群だ。それもそのはずで九九式襲撃機は急降下爆撃機なのだ。

「編隊はばらけたままでいい、さっさと遁走しろ。地上では機動戦部隊がもうすぐ海岸に殺到する」

朱雀隊の襲撃機を率いてきた間宮中佐が無線に吠える。彼の機もＬＳＴ一隻に命中弾を与え、炎上を確認しての反転であった。

海岸に接近しながら対空砲火を打ち上げて来る米海軍の駆逐艦を尻目に内陸へ逃走する日本軍機の眼下に、密林の中を突き進む数多くの鉄の塊の姿が目に入った。

この日陸上戦闘最大にして最後の切り札を投入。機械化部隊による文字通りの一撃離脱攻撃作戦の敢行であった。

この作戦に投入されたのは新旧の九七式中戦車一一六輌と九五式軽戦車七八輌。

砲戦車は一輌も同行していない。この戦車は戦車一個師団プラスアルファをかき集めて作った混成部隊。これが機動打撃部隊の正体だった訳である。この戦車部隊の敵はあくまで歩兵。敵戦車と遭遇したら逃げろと言われていた。

だから、上陸第一陣の敵戦車を執拗に叩かせたのである。日本軍の装備で陸自の一六式機動戦闘車を除けば、現状正面からの撃ち合いでM4に勝てるのは一式砲戦車しかいない。南方総軍司令部は、この砲戦車を内陸での迎撃戦に全車温存したのであった。

鉄の流れと化した部隊は、一気に米軍の上陸部隊を襲い、威力の弱い戦車砲榴弾による砲撃よりも機銃掃射を多用して米軍の歩兵を蹂躙しまくり、その橋頭保陣地を攪乱しまくった。

そして三〇分後、上陸部隊が大混乱の中にあるのを見届けるや、日本軍の戦車は一斉に密林へと引き下がった。この頃には放物線射撃をしていた日本の砲戦車部隊だけでなく、据え付け式の重砲や榴弾砲を持つ砲兵各部隊も陣地転換を終えようとしていた。

米軍の駆逐艦が狂ったように陸上砲撃をするのだが、その小さな主砲から打ち出される砲弾に脅威となるだけの威力はない。戦車も砲兵部隊もその損害は予想以上に軽微であった。

気付いてみれば米軍は、海岸に残骸と死傷者の山を築き、上陸作業そのものも停滞したままこの日の午後を迎えることになったのであった。

そしてその頃には、海の戦いに関しても結果がはっきり判明していた。

「山口提督の機動部隊は攻撃隊を無事収容し台湾への退避を開始。山本長官の部隊もレーダーを駆使して敵空母からの攻撃をかわし無事に沖縄方面への退避航路に入りました」

東京で国際救援隊のブレーンたちがこの報告を聞く頃には、岩崎も司令部に戻り崔首相も官邸へと戻っていた。しかし、楢本だけは相変わらず司令部に姿を見せず、独軍のスエズ確保問題が自分たちにどう影響するのか、誰もが議題に載せるのを躊躇している問題を調べていたのだった。

3

上陸二日目、米軍は日本機動部隊追撃を諦めてフレッチャー艦隊を再度上陸部隊に合流させた。

その一方でスプルーアンスの機動部隊にはハワイから思いも寄らぬ報告が舞い込み、簡単に言えば大混乱、詳細に語っても大混乱という艦隊が丸ごと上へ下への大騒ぎに叩き込まれていた。

しかし、この段階で日本はその状況を把握していなかった。

護衛艦隊が戻ることは南方総軍司令部でも織り込み済みであったため、米軍ルソン島上陸部隊が再度の激しい艦砲射撃を見舞い始めても、そこにもう日本兵の姿は見えなくなっていた。

最初から波打ち際での迎撃作戦は初日の一回のみと決めていたのだ。

正面からやりあうだけの兵力も体力も日本側には足りない。その状況で一日でも長く戦線を維持し、敵を進撃させせない。それが牛島中将に課せられた戦い方なのであった。

このため二日目から三日目にかけて日本側は本格的な反撃を行わず、内陸のゲリラ戦陣地へ米軍を誘引する作戦がこの先用意されているのだった。

そのアメリカは初日に予想の数倍という大損害を被った。

死傷者の数は怪我の軽微なものを含めても五千に満たなかったが、何しろ上陸用舟艇を沈められまくった。さらに戦車を揚陸艦ごと燃やされた。

戦車は二日目以降の揚陸に宛てるため、まだ沖に通常の輸送船に積載していたものが八〇輌残っていた。だが人間と物資を運ぶ舟艇が極端に不足した。

そこでマッカーサーは二日目の早朝に、汎用型輸送船いわゆるリバティシップ六隻に海岸への強行座礁を命じ、物資と人員の直接荷揚げを命じた。

これは奇しくも、令和の過去で日本軍がガダルカナル増援作戦で演じた非常手段に酷似していた。

まあ状況的にはルソンにおける米軍はガ島の日本軍みたいに追い込まれきった訳ではないのだが。

こうして反撃覚悟で座礁した輸送船であったが、実際にはこの日日本軍の反撃は散発的砲撃のみ。それも各砲座が一発撃つたびに位置を変えているようで精度はいまいちであった。

何となく拍子抜けした感じで上陸が続行された結果、三日目までに米軍は予定の兵力三〇万のうち二七万の上陸を終了させた。残りの兵に関しては、言い知れぬ危惧を感じたマッカーサーの指示でミンダナオとサマールへ送り込まれることになった。

日本側から見るとこれは的確な措置と受け取られ、マッカーサーが賢将であったことの証明とされた。

こうしてルソン島の戦いが第二ラウンドへ突入の兆しを見せているころ、遥か南の海中ではずっと息を潜めインド洋を目指していた伊号二〇潜水艦が、セレベス海からマカッサル海峡そしてジャワ海を経て狭隘なデンパサール沖の水路を抜け、ついに敵の虎口を脱し大海へと躍り出ていた。深夜の海面に躍り出るや長いこと艦内に閉じ込められていた乗員は外気を求め甲板に飛び出した。

ここはもうインド洋、あとは一路喜望峰を目指すだけ、と思われたのだが……。

「とにかく日本に例の戦艦の情報を送らないと！」

ようやく無線封鎖状態から解放されたことで伊号二〇潜の艦橋は慌ただしい動きに包まれていた。

艦長の指示で通信長が長い暗号を組み立て日本に向けて打電する。

この電文は、毎定時に浮上する何隻かの日本軍潜水艦の通信リレーで確実に日本に届く仕組みになっていた。

やがて、これまた長文の暗号が伊号二〇潜に届いた。

これを解読した通信長は目を丸くした。

「艦長、どうやら行き先変更のようです」

手書きの汚いメモを示して通信長が言ったが、艦長には彼の文字が判読できない。

「声に出して読め、悪筆めが」

通信長が慌ててメモを音読する。

「国際救援隊統合司令部発、連合艦隊司令部中継、宛伊号第二〇潜。ドイツ大使より報告あり、スエズ運河をドイツ軍が占領し航行が可能になった。ドイツより此の運河を利用しドイツ海軍の護衛の下にアレキサンドリアを目指し、同地で積み荷の受け渡しを行うべし。同時に遣独使節団をドイツ空軍がベルリンに輸送する手筈となった」

艦橋に詰めていた潜水艦スタッフと遣独使節団一行は顔を見合わせきょとんとした。

「おいおい。このまま我々はエジプトからドイツ行きってことか？」

いかにも拍子抜けしたという顔で岸信介が言うと、大平正芳がへの字口を歪めて言った。

「大幅に旅程を短縮できるのは幸いですな。総理からは一日も早く交渉を纏めてこいと言われております」

まあ確かにその通りだし、艦長の試算では往復でおよそ四〇日も日程が短縮される見込みであった。

後藤大佐が腕組みをしながら言った。

「載せてきた荷物もアレキサンドリアで受け取りたいと言ってきている。ふうむ、なんという段取りの良さだ」

「そうですね、至れり尽くせりですよ、これは」

通信長の言葉に一同は顔を見合わせて頷き合い、微笑む者も何人かいた。

だがそんな中で一人西岡だけが首を傾げていた。

「いやでもこれはどうにも手際のよすぎる話ですね。なぜドイツはそんな迅速にスエズを奪えたのだろう。日本を発つ前の戦況ではまだカイロの攻略にすら着手していなかったのに」

もっともな疑問だが、今ここでその答えに回答できる人間はいなかった。

「まあでも、空路でベルリンに乗り込めるのはありがたいですね」

江原医師がかなりほっとした表情で言った。潜水艦の航海が初めての彼には、連続六〇時間にも及んだ潜航航海はかなり堪えたようだった。

「ああ、飛行機で堂々とベルリンに乗りつければ、勢いヒトラー総統相手に商談が叶う。これは願ってもない好機だ。下っ端を相手にするのとは訳が違う、絶対に武蔵の売買は成功するぞ」

今回の商談を一手に任された宮崎が勢い込んで言うと、他のメンバーたちも大きく頷いた。

いや正確には、西岡と江原を除いて。

「え？　ちょ……」

西岡が何か質問をしようと声をあげたが、一同の熱い熱気に遮られどこにも声は届かなかった。

その横顔を見ながら江原が呟いた。

「ベルリンで待っているって？　だ……れ……って？」

この伊号二〇潜がスエズ通過をするように命じられたのと入れ替えに日本に届けられた報告は、国際救援隊統合司令部を混乱の坩堝《るつぼ》に変貌させてしまっていた。

「馬鹿な、そんな馬鹿な！」

野木が吠えて頭を抱えた。

「あり得ないわ、モンタナ級なんてどこの世界線の話よ」

有川がこれ以上ないくらい目を見開き、届けられた通信解読文を見つめていた。

「西岡がミスをするなんてあり得ない。奴がモンタナと言う以上は、間違いなくモンタナ級なのだろう」

第一普連の大島連隊長が引きつった顔で言った。

「海軍に問い合わせたんですが、この世界ではそのクラスのアメリカ戦艦の建造兆候は全く見られないということで、私は最初何かの間違いかと思ったのですがね」

楢本はそう言うと、追加で寄せられた電信文の解読メモを読み上げた。

「長砲身型の四〇センチ級主砲塔を四基確認、艦形状はアイオワ級に酷似するもマスト等に大きな相違あり、全長は三〇〇メートルを超えていると推定」

「モンタナですよ、それ間違いなくモンタナです！」

高野が両手で頬を押さえて叫んだ。

「知らん戦艦だ」

名取老人がぼそっと言った。

「どういうことっすか？　いったい何が起こったんすか？」

讃岐がいらいらとした口調で周囲に聞くが、誰にも答えられない。

「とにかく潜水艦偵察をその方面に仕掛けてみるしかないか、だが危険かもしれんな」

村田海将補が難しそうに言った。

現在潜水艦隊の主力はマリアナ周辺とフィリピン近海だけで手一杯なのだ。

実はある作戦が目前に迫っており、これに少なくない数の大型潜水艦が駆り出される手筈になっていたのだ。

「ううん、その戦艦は気になるけどテニアンとグアムへの作戦がなあ」

野木が頭をくしゃくしゃかき混ぜながら漏らすとそれまで黙っていた岩崎がおもむろに部屋の隅の受話器を取り上げた。

「伊東の研究所の春日部教授に繋いで頂戴」

皆が驚いてそっちに顔を向けると、岩崎は眉間に深い皺を寄せた顔で暫し待ち口を開いた。

「教授、すぐに解いてもらいたい謎があるの、いいかしら？」

という訳で、そこからおよそ一〇分間岩崎と春日部は一〇〇〇キロ以上の距離を隔てて何事かを討論し始めた。

「これ現象として考えられるのは多次元からの干渉ですよね」

岩崎が問うと春日部が答える。

「最も高い可能性はそうなるが、一義的にそこに結論を持って行くのは賛成できない」

「でも他に推論の立てようがないじゃないですか」

「儂もそう思うが、そんなバカでかい質量の物がいきなり飛んでくるなど納得し難い。そもそも代償がなければスリップは起こり得ないという……」

そこまで口を開いて春日部は「あっ！」と叫び絶句した。

「まさか！」

教授は自分の背後でブーンと異様な音を発し続ける機械と、その前の床に残った拭き取り切れなかった坂口の流した血の染みに目をやった。

「単純質量ではない何かの要素を次元が矯正しようとした？　そういうことなのか？」

この言葉に岩崎が反応した。

「何か気付いたのですか教授？」

春日部は大きくため息をついて答えた。

「そいつは間違いなく別次元から送られてきた代物だろう。おそらくだが、その戦艦一隻に匹敵するテクノロジーを坂口君はどこかの次元に運んで行った。それが回り回ってこの次元に還元されたのが、戦艦一隻というのが今私が導き出した推理だ」

「そんな馬鹿な……」

人間一人、いや正確には人間半分が飛んで行っただけのはずだった別次元。そこで何がどうすれば、自分たちの現在いる世界に巨大戦艦が、それも令和世界の歴史線では微塵も形を成さなかった戦艦が出現するのか、岩崎には見当もつかなかった。

この時春日部の頭の中では、物凄い速度で演算と推理が繰り返され続けており、その頭から漏れた言葉が口をついて受話器から聞こえてくる。

「少なくても一〇〇を超える次元を跨がないと歴史修正は起きていないと思われるが、そもそも我々の飛んできたこの世界と令和の歴史線との相関にも疑義が生じた、昭和一六年一二月八日という限定した分岐点を仮定したのは間違いではないのか……まさかこの世界線も一〇〇以上の位相を越え……しかしその証拠をつかむのは……ならいっそさらに転移を、いやいやそんな危険は……」

岩崎は敏感に春日部の頭脳が暴走しかけているのを感じた。

「教授、絶対に何もしないでくださいよ！」

岩崎は受話器の送話口を手で押さえると村田に叫んだ。

「村田さん、すぐに研究所の警備に連絡して春日部教授の身柄を取り押さえさせて！」

ただならぬ気配を電話のやり取りを漏れ聞いていた一同も感じていたので、村田は二つ返事で別の電話を摑み研究所の警備を行っていた自衛隊員に春日部の身柄を取り押さえるように指示した。

その一方で岩崎は木下一佐に告げた。

「ヘリを用意させてください、あたしすぐに伊東に飛びます」

「そりゃ構わないですが、いったい何がどうなってるんです？」

学生坂口の事故は箝口令が敷かれ、この場にいる人間で事情を知っているのは岩崎と楢本だけだった。それだけに春日部教授と岩崎のやり取りの中身を推論できる人間は、ほぼ皆無と言っていい状況だったのだ。

「春日部教授におもちゃを与え過ぎたかもしれない。そういう話です」

そう言うと岩崎は電話を切り、すぐに身支度を始めた。

すると、今切ったばかりの電話が着信のベルを鳴らした。

軽く舌打ちして岩崎が受話器を取ると、相手は伊東ではなく横須賀の難民キャンプの民間人行政担当者であった。

「え？　有川さん？　おりますけど。ちょっと待ってください」

岩崎は受話器を有川マネージャーに突きつけた。

「何か緊急の話があるそうよ。私は伊東に行きますので、あとはよろしく」

取り付く島もなく岩崎は司令部を後にした。

受話器を受け取った有川が怪訝そうにそれを耳に当てると、いかにも切羽詰まった口調で相手が叫んだ。

「逃げられてしまいました！」

全く要領を得ない言葉に有川は大きく首を傾げ問い返した。

「誰に逃げられたのですか？　いったい何が起きたのです？」

次に電話から聞こえてきた話は、司令部をさらなる混乱に陥れるに十分な内容を秘めていた。

話を時系列に沿って説明すると次のようになる。

伊東市民たちの一部が収容されていた横須賀の海軍病院に近いキャンプでまず最初の騒動は起きた。

医療チームに対し「体調不良の人間が多数出ている」という連絡が入り、すでに在庫も少なくなってきたＰＣＲ検査キットを持って国際救援隊衛生班、自衛隊の医官と医務官、そして民間の医師や看護師からなる主にコロナ対策専門部署の者たちが駆けつけた。

そして検査の結果、物の見事に全員が陽性と認定された。

「またしてもクラスター化してしまったか、しかし有難いことに、全員がワクチン二回接種済みだよ」

この班を取り仕切る若本という医師が大きくため息を吐きながら言った。

「ブレークスルーですか。でも隔離は急がないとまずいですね」

防衛医官の大杉という三尉が言うと、すぐに事情聴取が始まったのだが、そこで話が大きく変な方向にそれた。

今回のクラスターは、あるキャンプの一室で行われていた麻雀部屋が発生源だとわかったのだが、どうやらそれは賭け麻雀の潜り雀荘らしかった。

まあこの世界に来てから娯楽が極端に減っていることもあり、賭け事自体は官憲も多めに見てきてはいたのだが。

「いかさまだったんだよ！」

コロナ罹患が判明した客の一人が叫んだ。

他の患者たちも口々に「いんちきだ」とか「だましやがって」とか叫ぶ。

そこで仕方なく医療チームは海軍の警務隊を呼んで事情聴取をしたところ、どうもその雀荘の実質経営者とその相棒は元クローバーホテルの従業員。つまり有川の部下だったという話であった。

問題はその先だった。

「胴元をしていた、つまりいかさま麻雀の張本人の松田という男と西尾という女性、この二名が罹患しているのを確認した直後に姿をくらましてしまったのです」

報告を聞いた有川は思わずめまいで立っていられなくなった。

まさか自分が真剣に教育してきた元職場の人間に、こんな形で裏切られようとは……。

「すでに追跡してるんでしょうね？」

有川の問いに警務隊の担当者は頷いたが、それでは相手に伝わらないと気付き慌てて声を発した。

「無論です。既に二〇〇人規模で捜査線を敷きましたが、どうやら二人は既にキャンプの外に逃亡したようです」

「最悪だわ！」

有川が本気で頭を押さえ蹲った。立っているのが困難なくらい頭痛がしてきたのだ。

横で話を聞いていた野木があることに気付いて村田に訊いた。

「司令官、もしかして自衛隊が抱えてきたコロナワクチンってもう？」

村田がこくりと頷いて答えた。

「とうの昔に全部使い切りましたよ。自衛官は全員、伊東市民も九九％二回接種を終えていますが、この世界の人間で摂取しているのは政府関係者と陸海軍の上層部一握りの人間だけです」

野木の口がぱくぱく動いたが声にならない。

しかし、その口の動きを見た人間は彼が言おうとした台詞《せりふ》がすぐに理解できた。

野木はただ、やばい、とだけ言おうとしたのだった。

どうやらここまでの出来事があまりに順調すぎ、その反動が一気に噴き出した。

そんな感触を司令部の誰もが味わっていた。

4

オーストラリアのシドニーに到着した大型飛行艇、ショート・サンダーランド。

英軍のラウンデルの描かれた機体であったが、これはハワイから飛来したもので機内には米海軍省から緊急に調査の全権を依頼されたチェスター・ニミッツ大将が乗っていた。

彼の指揮下にあった第三艦隊は壊滅状態となり、事実上ポストが宙に浮いていたことで調査の責任者に白羽の矢が立ったのだ。

調査。それは先日謎の電波を発信していることで豪空軍の航空偵察を行った結果発見された、星条旗を掲げた謎の大型戦艦に関する調査である。

「戦艦モンタナねえ。洒落たセンスのジョークだ。しかし、こいつは幽霊でもないし幻でもない。いろいろ厄介だな」

迎えのランチで陸に上がったニミッツは、そこで待っていたオーストラリア海軍のウッディ中将と握手を交わしすぐに話を始めた。

「問題の戦艦との接触は今のところ無線によるものだけだな」

ニミッツが確認するとウッディは頷いた。

「はい、自分たちは合衆国海軍の戦艦モンタナで、日本海軍の大和型戦艦の追撃戦の最中に謎の気象変動に巻き込まれたと主張しています」

「ふむ」

不可解極まりない話だ。

しかし、ワシントンの戦時情報局でも海軍情報部でも、この戦艦に該当する他国の戦艦の存在をまったく関知していない。

ニミッツは、シドニーにある豪海軍艦隊司令部でこれからの行動についてブリーフィングを行った。彼が伴って来た三人の情報士官、W・オーカー大佐、C・クルーズ少佐、M・スターズ少佐は既にダーウィンで待機している米海兵隊のカタリナ飛行艇で問題の戦艦と接触合流をはかり、そこで正確な聴取を行うという手筈だが、万一に備え豪海軍の軽巡洋艦ホバートと駆逐艦クェイルとクイーンボローがサポートに入る。三隻は既にジャワ海に進出しており問題の戦艦『モンタナ』とマカッサル海峡のど真ん中で接触する約束を取り付けていた。

「いったい何がどうなれば戦艦一隻が何もない空間から生まれてくるのか大いに興味がある。世の中には本当に魔法の類《たぐい》が存在しているなら、我々はウォルト・ディズニーに教えを請わねばならんかもしれんな」

このニミッツの言葉を小粋なジョークとでも思ったのか、豪海軍の高級士官たちは軽い笑い声をあげたが、ニミッツは毅然とした表情で一同を見回し言い切った。

「冗談ではなく、そんな可能性すら頭の片隅に入れておく必要があるかもしれないと私は言っているのだ。済まないが対応の遅れている英海軍に早く尻を持ち上げるよう催促してくれ。ジャカルタには旧式のR級戦艦しかいないのは承知しているが、軽巡と駆逐艦だけで巨大戦艦と対面するよりは安心度がいくらか上がる」

田舎海軍丸出しと言った感じの豪海軍であるが、その背後には世界三大海軍国の一角、英海軍が控えている。その英連邦の一翼に位置しているからこそ豪はこの大戦でも米と共に日本軍を相手に戦い、まあ数少ない戦闘でも勝利を収めてきている。いや共に戦った米軍に勝たせてもらってきたというべきか。

その頭の上がらない米海軍の太平洋におけるナンバー2が目の前にいる。居並んだ豪海軍スタッフはもう何も口を開くことができない有様となった。

「まあとにかく出かけよう。まずはダーウィンだな」

ニミッツたち一行は、今度は陸上の航空基地から北へ向かって飛び立つため司令部を後にした。

同じ日に日本でも謎の戦艦モンタナを巡って国際救援隊統合司令部で鳩首会談が開かれていた。

この会議には海軍からも嶋田大臣と急遽空路で駆け付けた山本長官も出席していた。

「つまりその新型戦艦は大和の対抗として企画はされたが我々の世界同様に完成はしていないという話ですな」

山本がモンタナ級に関する情報を見ながら質問を発した。

「そのままそっくり質問し返しますよ。この世界でも間違いなくモンタナは完成してないのですね」

野木が聞くと嶋田が大きく頷いた。

「間違いない。開戦前のアメリカは新造艦艇の情報をかなり正確に流しており、既に開戦の時点で計画は凍結されていた。その上、我が軍が負け続けた背景を考えればいくら敵海軍が欧州への参戦を考慮しても、手間ばかりかかる大型戦艦の製造を再開する道理がない」

有川が小さくため息をついてから言った。

「ノーメリット。アメリカが手を出す案件じゃない。やっぱり岩崎副担任の睨んだ通り、あれは別次元からのスライド組だと思うわ」

有川はどこか心ここにあらずといった感じだ。無理もない、かつての自分の部下がしでかした不祥事が大きく影響し、国際救援隊の立場を危ういものにしかけているのだ。

結局その後松田と西尾の行方は掴めていない。

警察と軍が最大限の努力をして捜索しているのだが、その行方はようとして知れなかった。

これが実にまずい状態なのは説明するまでもないだろう。逃げている本人たちはワクチンのおかげで発症していても病状は軽い。だが間違いなくコロナ陽性である以上、彼らをスプレッサーとした感染拡大が大いに懸念される。

一刻も早く身柄を押さえないと、日本中が大災厄に見舞われかねない。

しかし、この場でその話をしても無意味なことは皆理解しているから、敢えてその話題に触れる者はいない。とにかく一刻も早く見つかってくれと祈るしか、この場の人間にはできはしないのだし。

「もしその戦艦が別の次元からの迷子だとして、アメリカはどう対処すると思うかね」

嶋田が令和の人間たちを見回しながら聞いた。

岩崎が顔をしかめながら答えた。

「あなた達が私たちにしたのと同じことをアメリカも試みると思うわ」

「それはつまり？」

嶋田が小首を傾げると、岩崎が眼鏡を指で直しながら言った。

「あれをもしアメリカが使える戦力と考え、なおかつ敵性勢力でないと判断したなら、間違いなく味方になるよう説得するでしょうね」

嶋田と山本が唸り声を上げた。

「普通にやっていても勝つのが容易じゃないのに、勝手に増えないで欲しいっすよ。まだ戦艦だからいいですけど、これが空母や航空機の群れだったりした日にゃ」

讃岐がそう言って大げさに両手を開いて見せた。

「戦艦だからいいって程弱い相手じゃないですよ。モンタナ級は大和とガチで戦うために考えられた戦艦です。最初からパナマ運河を通ること考慮しないで作った幅のある船体は復元力にも余裕があるので、砲戦にも打たれ強いはずです」

高野がまくしたてるように言った。

「まだアメリカの味方になるって決まった訳じゃないでしょ」

有川が言ったが、これには一同口を揃えて異を唱えた。

「九九・九%の確率であれは敵になるよ。どの次元から来たのか知らないが、間違いなくあいつらは日本とド突き合いをした世界からやって来ている。看板が変わっても頭の中身は一緒となれば、簡単に共闘すると思う」

野木が言うと楢本が頷いた。

「我々がそうであったのと同じように、ですね」

「エグザクトリー」

野木が両手を頭の後ろで組んで投げやりに答えた。

「いずれにしろ、アメリカ国内に作った諜報機関網を駆使して情報を集めなけりゃならんな」

楢本が頭を指で掻きながら言った。

「後で情報部の担当にも来てもらいましょう。ああ、でもあたしはまた午後から外出ですのでよろしく」

岩崎がそう言って一同に会釈した。

「副担任、本当にお出かけが多いですね。崔首相にいったい何を頼まれてるんですか？」

高野が興味深そうに訊いたが、岩崎はこれを軽く受け流した。

「それはもう色々よ」

野木がじろっと岩崎を見てから呟いた。

「いろいろ、ねえ……」

どうも野木は既に何かしらを感じ取っている様子であったが、高野や讃岐はこの辺の機微には疎《うと》いようであった。

しかし、有川は少し違っていた。

「恭子《ちかこ》さん、あまり無理すると精神状態のバランスが保てませんよ」

この有川の言葉に岩崎は少なからぬ驚きの顔で反射的に答えていた。

「大丈夫よ、秘密が増えたところで休養さえ取れていれば」

元部下の不始末で落ち込んでいたはずの有川の片頰に意味ありげな笑みが浮かんだ。

「そう秘密が増えてもね……」

どうやら有川は女の直感でかまをかけ、見事に岩崎がこれに嵌まってしまった様子であった。

野木もこのやり取りを横目に何か手ごたえを感じた様子であった。

「やれやれ、この司令部が空中分解しないことを祈るぞ。まったく……」

このやり取りにどんな意味があるのか計りかねた嶋田と山本はただ黙って聞いていたが、裏の事情を知っている楢本は誰にも見られぬように下を向いてため息を吐いた。

「もうそんなに隠しておけない感じですよ崔先生、どうしたらいいんだこりゃ」

既に例の一件を春日部に見抜かれた後だけに、楢本は秘密の保持が困難になりつつあるのがたまらなく胃の具合によろしくないようで、無意識に右手で鳩尾《みぞおち》をぎゅっと押さえ込んでいた。

その日本で崔政権が国際救援隊と共に戦争の行く末に関し思った通りに行かなくなりそうだと考えこみ始めた矢先、最前線であるフィリピンは暴風雨に襲われていた。

かなり発達していた熱帯低気圧が近海で一気に台風になり、ルソン島東岸から斜めに横切る形で上陸してきたのだ。

まあ自然の手を借りる形になったが、この台風で米軍の上陸侵攻作戦は一時停滞。その間に日本側はあらかじめ用意していた各種のゲリラ作戦陣地の再点検と、兵力の移動を何とか完了させ本格的な陸上戦闘が秒読み段階となっていた。

遅滞戦術の真価が問われるのはまさにこの台風一過の戦闘に掛かっていると思われた。

「さて、ここから肝心なのは第二戦線を作らせないことか」

まだ激しい雨風が壕の外を襲っている状況で牛島司令官は、作戦地図を前に腕組みをした。

自分が敵将マッカーサーならどうする。彼の頭脳はそう立場を置き換え考える。

まず間違いなく戦略目標としてのマニラ奪還を目指すだろう。フィリピンの首都であり、かつてマッカーサーパレスと言われたアメリカ統治政府の建物がある。

個々を奪還し始めてマッカーサーはフィリピンを取り戻したのだと宣言できる。

「名目のためだけならくれてやって構わない。しかし、それでは勝ててない訳で、国際救援隊からの要望に応えたことにはならん訳だな」

牛島は一人あれこれ駒を動かし地図の上を探る。

やがてある配置に並べ替えたところでその手は止まった。

「ふむ、これは使えるかもしれん」

風の音でかき消されそうになりながら牛島は当番兵を呼んだ。

慌てて飛んできた当番兵に彼は命じた。

「すぐに臨時の作戦会議を召集する。参謀を集めてくれ」

参謀たちがおっとり刀で駆け付ける間に牛島はさらに地図上の駒に動きを加える。

「サイパンの作戦始動は明日の深夜。まさに好機になりそうだ」

牛島は満足そうに笑い、部下たちの集まるのを待った。

深夜一時の暴風の中、南方総軍司令部は新たな作戦に向け動き出そうとしていた。

5

サイパン島ではここ数週間ある作戦が準備されていた。

それはまだ米軍が孤立状態でありながらも、残るテニアン島とグアム島への攻撃作戦である。

特にテニアンへのそれは急務とされた。

現在サイパン島で戦闘機隊が大規模に展開をしているから何とか食い止められてはいるが、グアムを経由して徐々にではあるがまたB29の補給が再開しており、このまま戦術的脅威になった場合まずサイパン、続いて日本本土が標的にされかねない。

アメリカ側には、まだイージス艦によるミサイル迎撃戦で受けた心理的ショックが残っているであろうが、戦略的に考え日本本土攻撃を再開してしまえば再度日本の戦争意欲を削げると考えてもおかしくはない。

国際救援隊がこの部分を見逃すはずもなかった。

そこで、サイパン奪還作戦の段階から企図していたある作戦の訓練をかなり長時間かけて行ってきていたのだ。

その日は朝から作戦に参加する将兵がずらっとアスリート飛行場に整列し、サイパン島守備隊司令官の栗林中将の訓示を受けた。

「アメリカ軍は間違いなくこの作戦を看過できていない。ここまでの訓練で一定の成果を得た手ごたえはある。だが、正直この段階での出撃で完全なる勝利を期せるのか私にも判断はできない。しかし、これ以上の時間的猶予を敵に与えるのは得策ではない。今夕、予定通り作戦を決行する。参加将兵は最後の確認作業に入れ」

栗林の前に整列したのはおよそ二〇〇〇の空挺部隊員であった。

サイパン奪還作戦でも大きな役割を担った空挺部隊であったが、今回もまた彼らが作戦のカギを握る。

彼らは無論テニアン島を襲うわけだが、その作戦機はなんとサイパン島で鹵獲した敵のB29A爆撃機だったのだ。

作戦はこの敵機を奪う段階からすでに始動していた。サイパン奪還で空挺部隊が真っ先にアスリート飛行場を襲ったのは、B29爆撃機を一定数稼働状態で確保するという隠れた目的があったからでもあるのだ。

占領した段階では、まずB29の機能を封じることが前提で作戦が立てられていたこともあり、即時飛行可能な機体は三機に留まっていたが、その後の復元作業で二五機の作戦機が確保できた。破壊するのにエンジンはすべて無傷で残せというかなり無茶な命令がサイパン奪還戦の時に課せられていたおかげである。

　こうして寄せ集め方式で飛行可能機を増やしていった陸軍航空隊は、国際救援隊の指示でこれを輸送機として改造し戊式《ぼしき》輸送機一一型として再生し飛行隊に組み入れたのであった。

　有難いことに令和の過去のB29と異なり、このB29A型の機体にはまだ与圧キャビンは装備されていなかった。このため、広い爆弾倉と後部キャビンをぶち抜きにするだけで、八〇人もの空挺隊員を載せるスペースが確保できた。まあ、令和の過去ではB29をベースにした旅客機ボーイング・ストラトクルーザーが生まれているわけで人員を運ぶのなら能力的には十二分なポテンシャルを秘めている。

　今飛行場の隅に並ぶB29改め戊式輸送機一一型は、いずれも全身を真っ黒に再塗装され、そこに日の丸が描き込まれていた。

　これまで行われてきた訓練は、この戊式輸送機の慣熟飛行と空挺降下訓練という訳だ。

　作戦に参加する機体は細かく整備作業が続けられ、昼過ぎには全機問題なく最終確認を終えた。

その間に栗林の詰めるサイパン守備隊司令部には、作戦に参加する他の部隊との連絡を纏める統括司令部が設置された。これはもう国際救援隊の指揮下ではお馴染みの陸海軍の統一指揮司令部である。

「黒潮《くろしお》部隊からの定時連絡では、全艦が問題なく予定配置についています」

海軍の連絡士官である風間少佐が栗林に告げた。

「では、予定通りに作戦開始だ。まず先制攻撃と行こう。白銀《しろがね》隊に発進命令を」

腕時計を一瞥し栗林が命じると、すぐに飛行場直通の電話に取りついた通信兵が叫ぶ。

「帝号作戦を開始、第一次攻撃隊は直ちに発進せよ」

連絡を受けてすぐに二本の滑走路から航空機が離陸を開始した。

まず上がるのは海軍の零式戦と陸軍の鍾馗だ。いずれも増槽を付け長距離飛行に備えた態勢、これに続くのは海軍の一式陸攻と陸軍の一〇〇式重爆であった。

彼らの目標は占領を目指すテニアン島ではなかった。この爆撃隊の任務は、グアム島の航空基地を無力化することだ。

現在アメリカはテニアン島を最前線とする体制で戦場をコントロールしており、

グアムはその兵站基地として機能している。これをまず無力化しテニアンへの増援を阻むのが第一段階という訳だ。

戦爆連合およそ一四〇機の編隊が飛び去ると、飛行場ではすぐにB29の編隊の発進準備が始まった。しかし、その発進にはまだ時間があるようで準備が進む間に司令部では別の命令が飛び交い始めた。

「黒潮部隊に対し超長波で作戦開始を指示するよう日本に連絡を入れろ」

栗林の指示で大急ぎで日本の連合艦隊日吉通信基地に連絡が飛び、地下二〇メートルにまで達する巨大な構造物に鎮座する超長波発信器から世界中のどこの海中にいても受信可能な命令が飛んだ。

つまり黒潮部隊は潜水艦部隊に付けられた作戦名なのだ。

この黒潮部隊に編入された五隻の潜水艦は国際救援隊が政権を握った直後に呉において急遽改造が指示された大型潜水艦の中でも旧式のもので、いずれも魚雷発射管を二門まで減らしその代わりに甲板上に機雷敷設装備を追加された。

この機雷敷設装備は海中操作式で、五隻はそれぞれ二〇個の機雷を潜航したまま設置できる能力を有していた。

この黒潮部隊は、現在すでにグアム島の沖合に待機していた。

水中無線で日本からの命令を受信した各潜水艦は、ただちにグアム島の海中に機雷を敷設し始め封鎖線を構築し始めた。ここまで日本側は意図的にグアムの港湾への艦船の出入りを見逃してきた。いや文字通り泳がせて来ていた。油断しきった米軍は、この日も各港湾に合計一二隻の輸送船と二隻の海防艦を停泊させていた。

無論周辺では対潜水艦警戒をしているのだが日本の潜水艦はいずれも優秀なパッシブソナーを有しているので米の警戒艦が来る前に息を潜めてしまいその網には掛からない。

アメリカは不気味さを感じながらも、日本の潜水艦はこの海域では行動していないのではないかと思い始めていた。

実際、先日からのフィリピンの戦いで同海域における日本潜水艦の跳梁は確実視され、結局スプルーアンスの艦隊を夜間に襲ったのもサイパン攻防でフレッチャーの艦隊を襲ったのと同様の潜水艦による群狼戦法ではないかと疑られていた。

まあ実際には航空魚雷によるホーミング攻撃だった訳だが、アメリカの情報部にそれを見抜くだけの力量は備わっていなかった。

とにかくグアムを守る米軍に油断があったのは間違いなかった。

黒潮部隊の各潜水艦は、サイパンを発った白銀部隊の爆撃機群が到達するおよそ一時間前にすべての作業を終え沖合に避退した。

これと入れ替わる形で今度は中型の呂号潜水艦四隻がグアム島近傍まで接近し待機状態に入った。

そして午後二時二一分、グアムの米軍レーダーは接近する日本軍の大編隊を感知した。

いずれ来るだろうと予見していた攻撃だ。米軍は直ちに四〇機を超える戦闘機を発進させこの迎撃にあたらせる。同時に港に停泊していた全艦艇に港外への退避を指示した。

しかし、それこそが日本側の狙っていた動きなのであった。

人工の港湾施設としてグアム最大の荷揚げ能力を持つアプナ港にいた米国籍のすべての輸送船と軍艦は、敵機襲来の報を受けるや大慌てで缶圧を上げ錨を上げるのもそこそこに港外への脱出を開始した。

ところが、真っ先に脱出を試みた三〇〇〇トン級の輸送船ミラダタ号は、珊瑚礁を開削した水路の出口すぐのところで大爆発を起こし船首が文字通り消失した。そのわずか一〇秒後、輸送船はぐずぐずっという感じで海中に頭から没していった。

ミラダタのすぐ後ろにつけていた一五〇〇トン級輸送船のダイヤモンドバック号は急転舵で沈没するミラダタの艦尾をかわしたが、その直後に左の舷側が大爆発を起こした。

「機雷だ！」

爆発の正体に気付いた水夫たちが叫び、傾き始めた船から次々に海に飛び込む。

状況はまだ港から脱出できていない船からも理解できた。

だがそれは同時に、自分たちの出口が完全に閉ざされたことを意味していた。沈没していく二隻の輸送船によって狭い港の出口は完全に封鎖されてしまったのだ。

機雷で閉ざされたのはアプナ港だけではなかった。

航空基地の荷揚げ用に作られた北東のアーゴポイント沖でも輸送船が一隻触雷し沈没した。

そして海軍の基地であるウマタック湾沖でも海防艦ホワイトラインが触雷、大破状態で漂流し始めていた。

「やられた、いつの間に機雷を敷設されていたのだ」

グアム島の海軍基地を預かるエマニユエル・カーベイ大佐が真っ青な顔で報告を聞き頭を抱えた。

「輸送船はすべて湾内に閉じ込められています。もう間もなく爆撃機は島に殺到します」

うろたえた様子を隠しもしない参謀の報告にカーベイは大声で答えた。

「慌てるな、既に戦闘機が発進している！　そうそう簡単に爆撃など許してたまるか」

だが、その迎撃に上がった四〇機の戦闘機は、爆撃隊を護衛してきた三六機の零戦と一八機の鍾馗の編隊に捕まり一気に空中戦に突入させられていた。

無論こうなると爆撃機の群れに近づけよう道理もない。

「戦闘機隊は護衛が押さえ込んだ。予定通り海軍機は港湾施設に、陸軍機は航空基地に向かう」

爆撃隊をリードしてきた海軍千歳航空隊司令の斎藤大佐が無線でサイパンの統合司令部に報告を入れた。

この報せを聞いた栗林は時計を睨む。

「二の矢を放つぞ。青龍《せいりゅう》隊発進だ」

命令を受けてアスリートから発進したのは海軍の局地戦闘機雷電三二機。本来は基地防衛のための切り札であるはずの彼らは、サイパンを離れ一路テニアン島へと向かう。

この攻撃隊と分けられた戦闘機隊発進の時間差にはきちんと意味があった。日本軍機によるグアム襲撃の報は既にテニアン島に届いている。となれば、テニアンの米軍戦闘機も援護のためにグアムに向け発進を始めるはずだ。

だがグアムに到着する前にテニアン基地に向かってくる日本機の編隊を米軍が捕捉したらどうなるか。

当然グアムに向かった戦闘機隊は引き返さざる得なくなる。それがつまり目的なのだ。最悪雷電隊は敵機と遭遇しなくてもいい、要はグアム攻撃隊を迎撃させなければいいのだ。

この采配は物の見事に図に嵌まった。グアムに向け飛行していた米陸軍のP38戦闘機二六機は、テニアン基地からの敵機襲来の報に慌ててUターンをする羽目になった。

結局海軍横須賀航空隊の明石少佐率いる雷電隊は、テニアン上空で一五分間の空中戦を行い敵機八機を撃墜、味方も四機の損害を出しながらもなんとか帰還、その任務を全うした。

そしてこの間にグアム空襲は見事に成功し、在泊していた輸送船のうち七隻を撃沈、漂流中だった一隻を含む海防艦二隻も撃沈、さらに航空基地では多数のＢ29を含む航空機を地上撃破した。

制空戦闘戦では零戦三二型七機と鍾馗二機を失ったが、米軍のＰ40戦闘機一〇機、Ｐ38戦闘機七機を撃墜した。キルレシオ概ね二対一という数値は、実は素のままの零戦と鍾馗ではなかなか叩き出せない戦果と言えた。これが叶えられた最大の理由はやはりエンジン回りを中心に行われた徹底した改良による性能向上であろう。

特に零戦は馬力でだいたい一五％の向上を果たしているのだが、この分を速度ではなく荷重に対する余力として割り振り、主翼の構造を強化している。この結果空戦の機動性が格段に上がり米陸軍機相手に急降下を行っても速度負けしない強度を得られていた。これに加え、日本の戦闘機も必ず二機以上が一組になって敵と対戦するように教育が徹底され、空中戦における優位を得られるにいたったのである。

グアムに対する奇襲を成功させた日本軍は、日没直前に作戦の本来の主役であるＢ29による空挺降下作戦を発動させた。

この空挺作戦も単に夜襲を行うのではなく、きちんと次の段階も準備がなされていたのであった。

実は前日のうちにテニアン攻略の主部隊となる海軍陸戦隊を乗せた駆逐艦二隻が

サイパンを発っていたのだ。つまり夜間に飛行場を襲撃しその無力化を図り、未明に上陸部隊が島の完全占拠を目指すことになる。

事前偵察によれば、島全体が平坦なテニアン島に駐留している米軍陸上兵力はおよそ一個連隊。守備の要は航空兵力に依存し、海軍の兵力は常態的に不足している。この作戦決行当日の偵察によれば、テニアンにいる米軍艦艇は二隻の輸送艦を除けば駆潜艇一隻と魚雷艇が二艇だけであった。

大きな翼を次々と翻らせ、鹵獲したB29の編隊がサイパンの地から飛び立っていく。

テニアン島奪取作戦はこうして始まった。

これは完全にアメリカの虚をつく動きであり、かなりの焦りをアメリカに感じさせる効果を発揮することになる。

だが、その一方でアメリカは日本の予想していない動きも見せていた。

それがニミッツ大将による謎の戦艦モンタナとの接触であった。

ニミッツを乗せたカタリナ飛行艇が星条旗を掲げた巨大戦艦の近傍に着水したのは、丁度サイパンからテニアン攻撃のための空挺部隊が離陸した頃あいであった。

「彼らときちんと話が通じることを祈ろう」

舷側から降ろされ向かってくるランチを見ながらニミッツはスタッフたちに言った。

もし彼らが本当にアメリカ人なら、少なくともメジャーリーグの話くらいは通じるはずだな。そう内心で考えながらニミッツはランチが接近するのを見つめていた。

そこから繰り広げられる光景はなるほど東京で国際救援隊ブレーンたちが予見したように、彼らと連合艦隊が繰り広げた接触劇に酷似したものとなった。

となれば、おのずとその先の着地点も予測はできる。

日本はやはりこの余分なお荷物と言うべき巨大戦艦も、敵として相対峙せねばならなくなったのであった。

第二章　太平洋戦域混沌す

1

テニアンの空に空挺部隊が舞ったのは午後七時五〇分過ぎのことだった。

アメリカ側はその三〇分以上前からレーダーが使用不能になっていた。これは日本側がアンチレーダー弾を発射したことによるホワイトアウト現象のせいであった。

この頃になると米軍は日本側が時折このレーダー妨害兵器を使用している事実に気付き始めていたが、その原理までは解明していなかった。まさかそれが使い古しの大量のアルミ箔と電磁パルスを発生させる発電素子を組み合わせた代物とは想像もついていないはずであった。

とにかく米軍はレーダーが使用不能になったことで再度の空襲に警戒をしたが、専門の夜間戦闘機を装備していなかったこともあり対空監視を密にする以外に打つ手はなかった。

そこに襲ってきたのがＢ29の編隊である。

目視でそれがＢ29であることがわかったことがかえってアメリカ軍を混乱させた。

アメリカもサイパンの失陥でＢ29が少なからず日本の手に堕ちたであろうことは想像していたが、そのＢ29をかくも大量に作戦に投入してくるとは予想できていなかった。

さらにそのＢ29は島の上空に到達しても爆撃を仕掛けてこなかった。これが米軍にその編隊がグアムから来た友軍機ではないかとの疑念を抱かせた。

結果的にその躊躇が対空砲火を浴びせかけるタイミングを失することに繋がった。

日本の空挺部隊は対空砲火の洗礼を受ける前に降下部隊の突撃を開始できたのだ。

米軍が日本軍の空挺部隊襲来に気付いた時には、既に空の大半には白い落下傘が花開いていた。

アメリカ軍が大慌てで高射砲の火ぶたを切ると、その高射砲陣地が次々と火柱を上げ吹き飛び始めた。

アスリートから飛び立っていたのはＢ29Ａの編隊だけではなかったのだ。

「火点を確認次第どんどん潰していけ！」

機上無線で部下に指示を出すのは、陸軍第一一戦隊長の重信《しげのぶ》大佐。彼が率いてきたのは二式複座戦闘機屠龍改三型。機種に四七ミリ自動砲を備えた特殊戦闘機というか、事実上対地攻撃機に改修された機体であった。

この屠龍はそもそも国際救援隊がタンクバスターとして考案し川崎飛行機に生産をさせたのだが、対戦車戦闘以外でも四七ミリ砲は陣地攻撃に使用できるという判断が陸軍の航空審査部から出された。

そこで急遽編まれたのがこの第一一戦隊の対地攻撃部隊だったのだ。

戊式輸送機からの空挺降下には、この屠龍改三型が三二機随伴し、目視による対空砲火陣地制圧に活躍していた。

月齢二〇日ではあるが、月の出は深夜。現在のテニアン上空はほぼ暗夜の状態でアメリカ軍は自分たちが何に攻撃されているのか理解できないうちに対空砲陣地を次々に潰されて行った。

しかも、この第一一戦隊の屠龍の一部は操縦士が暗視ゴーグルを装着していた。

彼らの任務はこの機体の本来の役目、つまりタンクバスターとしての務めを果たすことにあった。

「敵戦車を確認しました、第三小隊これより撃破に向かいます」

暗闇の中でもくっきりシルエットの見える赤外線画像独特の緑の視界、そこに敵戦車を認めた三井中尉率いる四機の屠龍改三型が高度およそ三〇〇メートルで突っ込んでいく。

照準環の中に敵戦車のシルエットを捉えトリガーを叩くと、四七ミリ砲の激しい反動が機体を揺する。この砲は陸上部隊が装備している一式速射砲をさらに長砲身にしたものを自動給弾式として三〇発の弾倉を機種に詰め込んでいる。

自動装填機構はシンプルブローバックを採用しているが、シアーをボルト下部のくぼみに落とし込むようにしてセミオートのみの機構にしてある。このため機銃のように連射はできない。

だがその射速と上方から装甲の薄い上面を狙える利点と併せ、単発で充分に米軍のM４中戦車を撃破可能な威力となっていた。

テニアン島には一個機甲大隊の米軍戦車と装甲車が駐留していたが、彼らは三〇分に満たない空襲で壊滅状態になった。

対空砲陣地のあらかたと装甲車両を壊滅させた第一一戦隊の屠龍は、攻撃方法を切り替えさらなる地上攻撃を行う。屠龍改三型は機首の四七ミリ砲の両横に一三ミリ機銃も装備しており、これに切り替えることで空戦や地上への銃撃も可能なのであった。

こうして地上の米軍が一方的に攻撃されている間に滑走路付近を目標に落下傘降下してきた陸軍第一挺進連隊は、地上での集合を開始し一気に米陸軍兵士との戦闘へ突入していった。

「降下成功、我優勢なり」

自ら先陣を切って突入した挺進連隊長の望月大佐が無線機を背負った兵士の背から伸びる受話器に怒鳴った。無線はサイパンの司令部に繋がっている。

「抜かりなく戦術目標を確保されたし。武運を祈る」

司令部からの無線を切ると望月は叫んだ。

「まず敵の拠点を叩く。連隊本部前進、各員続け!」

望月の背後で腹に巻いてきた軍旗を取り出し急いで組み立てた竿にそれを括ると連隊旗手の佐々木中尉がその軍旗を勢いよく掲げた。

軍旗の姿は暗夜の中でもはっきりと目立った。パラシュートを切り離し、小銃や短機関銃を構えた兵士たちはその姿に奮い立ち、口々に「進め!」「突撃!」などと叫びまだ組織抵抗ができていない米軍の陣地めがけて突進を開始した。

空挺降下開始から四五分後には飛行場に隣接する兵舎群と管制塔が、さらに一五分後には爆撃機群が格納されている掩体壕第一群が占拠された。

何とか態勢を整えようとする米軍主力は、基地から追い落とされる格好で現地民の村落方面に逃走した。つまり、この時点で航空基地の大半の占拠は為されてしまっていたのであった。

望月はここで一度全軍の集結を命じた。

武器弾薬の補充が困難な空挺作戦では、戦力の集中が最も重要なカギとなる。夜明け前には海軍陸戦隊が到着するはずだが、それまでまだ七時間以上も交戦を続けなければならない。戦力の掌握は指揮官にとって最も重大な役割となる。

「さて、焦りは禁物。特務班、敵の航空機を片端から動けなくして来てくれ」

望月の命令で動き出したのは、占拠した飛行場内にいるすべての敵航空機のエンジンから点火栓つまりプラグを引っこ抜きエンジンを始動不能にするという任務を担った部隊であった。

総勢一〇〇名からなるこの大所帯の特殊作戦隊は工具片手に広い飛行場のあちこちにある掩体壕へと散っていった。

「この段階からの逆転はないと思うが、油断は禁物だ。対装甲車輌戦闘も念頭に重火器を戦線正面に集めろ」

今回の空挺作戦には敢えて自衛隊の装備兵器は持ち込まれていなかった。事前の偵察行動でテニアン島の敵勢力をある程度把握できていたこともあり、無理に重武装に振る必要はないと栗林が判断したのだ。

その代わりに空挺部隊は、陸軍が開発した最新の兵器三式墳進弾を持ち込んでいた。

墳進弾はロケット兵器。三式墳進弾は直径九〇ミリの弾頭を無反動状態で打ち出せる筒状の発射機とセットで形作られている。

早い話がバズーカ砲の日本版だ。

国際救援隊がこの兵器のことを示唆すると、既にドイツ経由で情報を得ていた陸軍の砲兵工廠があっさり試作品を完成させ、あっという間に正式採用され量産化が始まった。

まだ実証されていないが、このロケット弾ならM４中戦車の正面装甲を破れるはずだった。

というわけで、まずこの空挺作戦に投入されたわけだがある程度の数がまとまったらフィリピンへの投入も開始される手筈となっていた。

連隊長の指示で墳進砲を装備した分隊が戦場の真正面に陣取り敵の反撃に備えた。

ここからしばらくは持久戦となり、その間に飛行場での工作を続けねばならない。いや、特殊工作は、鹵獲した飛行機を飛べなくするだけでなくもう一つ残っている。いや、そちらの方がより重要であるとも言える。空挺部隊は、夜明けまでにすべての滑走路を着陸不能にする必要があるのだ。

そうすべては、グアムを筆頭にした他の米軍基地からの航空機による奇襲、特に強行着陸を阻まねばならない。サイパンで自分たちが使った手段であるからこそ、それを封じる手立てにも万全を期さねばならんのだ。

「やることが多すぎるな。だが、ここまでは文句なしに及第点、取りこぼしのないように進めよう」

望月がバンバンと両の拳をぶつけながら言った。

この時点でテニアン守備隊の司令官ラウンドリー准将は、まだ他の基地に対し救援要請を行っていない事実に気付き、大慌てで日本軍襲来を各地へ打電し始めていた。もう最初の攻撃から二時間が経過していた今になって。

アメリカ軍がテニアン奇襲の事実に気付き、対応に大慌てになろうとしていた頃、遥かインド洋では伊号二〇潜が浮上航行を続けていた。

「水平線レーダーに艦影なし、しばらくは安全に航行できそうです」

艦橋でレーダー手が報告すると艦長は大きく頷き、すぐに通信長を呼んだ。

「傍受できたか？」

艦長が聞くと通信長は例によって悪筆のメモを見ながら答えた。

「日本からの報告通りの手順でドイツ海軍と接触できました。ドイツ軍は現在スエズ運河の安全の最終確認を行っており、これが完了次第Uボート一個戦隊と潜水艦母艦をインド洋に派遣すると言ってきています。当然本艦もこれに接触し指示を仰げという話になりました」

艦長が腕組みして「ふむ」と唸った。

副長が海図台の上にディバイダを置き距離を測り始めた。

「紅海からスエズを抜けるのに通常一日だそうですから、その後五日程度でこちらと接触できそうな感じですね」

副長の言葉に艦長は指を折りながら頷いた。

「そこからこちらは逆にスエズを抜けてエジプト北岸のアレキサンドリア行きということか。いやはや二〇日以上も工程短縮できるのは有り難いが、狭い地中海で敵と鉢合わせとかは遠慮願いたいな」

「そこなんですよね、気がかりは」

そう言って口を挟んだのは西岡であった。

「君の意見を聞いておかないと、この先の方針も確とは決められん。気に掛かっている点を教えてくれんか」

艦長に問われ西岡は言った。

「米軍は既に北西アフリカに上陸しています。ビシー政権下のチュニジアへ侵攻したわけですが、ドイツを挟撃するはずだった英軍の主要拠点だったエジプトが失陥しアラブもなし崩し状態になっている現状、連合軍の戦力がどのようにばらけているのかさっぱりわかりません。まあ恐らくエジプトで航海を止めるという判断は正解と思われますが、使節団本隊はドイツに入らなければ交渉がまとまらないですよね。この船をいつまでアレキサンドリアに置いておくのか、そういう話になると思うんです」

「その通りだな。そもそも載せてきた荷物の対価をどう受け取るかとかも決めて行かねばならんのだった。単純にエジプトで引き渡してそこまで運んできてくれるのかね。その先まで例えばイタリアなりに行かなくていいのか、この辺の判断は誰がつけるのだ」

艦長が考え込むと、そこに岸団長がやって来た。

「艦長、ドイツ軍との連絡がついたそうだね」

「ああ、岸さん。どうにか連絡は取れました。向こうから出迎えに来てくれるそうです」

岸が頭を掻きながら大きくため息を吐いた。

「正直ね、喜望峰周りは気が乗らなかった。荒れるそうじゃないかあの海域。私はどうも揺れるのは苦手だ」

「以前練習巡洋艦でイギリスに行ったときは派手に揺れました。おそらくあの海域の波はかなりの深度まで影響を与えますから、潜航で逃れるのも難しいでしょうね」

艦長の話に岸がほっと胸を撫で下ろす仕草を見せた。

そこに通信室から別の通信文が届けられた。

「味方がテニアンに侵攻したようです。サイパン奪還から準備していた作戦のようですね」

メモを見ながら艦長が艦橋に詰めている皆に説明した。

「このまま奪還できれば、首都圏がB29の危険にさらされる確率は下がると思いますよ」

西岡が説明すると一同が大きく頷いた。

「米軍の通信量もあがっているが、英軍も活発に動いている」

メモを繰りながら艦長が言った。

「ドイツ軍がインド洋に入って来るのが必至になった以上、彼らも気が気ではないでしょうしね」

副長が司令塔に上がる梯子に手をかけながら言った。

「おーい当直交代だ」

副長はそのまま上に昇り当直士官と交代した。

「他に気になる情報はありますか」

西岡が聞くと艦長はメモを見ながら答えた。

「ルソンの戦線は台風で一息ついていたようだが、南方総軍は新しい作戦に移ったようだね」

「あちらには一日でも長く地上軍をくぎ付けにしてもらわないと」

地図を見ながら西岡は考え込む。

ドイツ往復の日数が大幅に短縮された。これは戦場にとって大きなプラス要因と考えて間違いない。ドイツとの交渉がうまくまとまれば武蔵を商品として運びその代価を持ち帰ることになるが、その日数も大幅に短縮できる。

それがそのまま対米戦争への勝利の短縮となるのか、西岡には確信はなかったが国際救援隊が立てている計画が対米勝利に不可欠なものであることは確かだから、今はその筋道に乗って走って行くしかないだろう。

それにしても、ドイツは本当に戦艦を買うと頷いてくれるのだろうか……。西岡には少しだけ不安があった。しかし、それを今この潜水艦の中で口にするのははどうにも憚られた。

それが自分の見落としていたあまりに大きな過失に由来しているから。

今は余分なことを考えずにドイツの接触を待つしかない。西岡はそう腹を括り頭を振った。

「おーい西岡君、少し風にあたりに行かないか」

艦橋に顔だけ覗かせ江原医師が声をかけてきた。

「ああ、行きます待っていてください」

西岡はスタッフに一礼すると前部甲板に通じるハッチのある前部兵員室の方に向かった。

2

テニアンでの戦闘は三日で決着がついた。

空挺作戦の翌朝上陸を果たした陸戦隊兵力の増強で戦線は一気に収縮し、追い込まれた形になった米軍は島の南西部に立てこもる姿勢を見せた。しかし、繰り返し襲ってくる屠龍の空襲に悲鳴をあげる形でついに降伏した。

これを受け、直ちにサイパンから分派された増援隊がテニアンに送り込まれ、飛行場の再整備を行いかなりの量の航空機を鹵獲した。

奇襲に成功したおかげでＢ29の八割はすぐに飛行可能状態になり、テニアンで鹵獲した航空機は四日かけてすべてがサイパンに運ばれ、代わりに日本陸海軍の戦闘機と爆撃機が送り込まれた。今後はここが対グアムとの最前線になる訳だ。

テニアン島の守備隊が新たに日本で編成され、既に小笠原を発っていた。司令官は白川陸軍少将、部隊の基幹を為すのは京都第一六師団という編成であった。

このテニアンが失陥という事態はアメリカに新しい作戦の始動を促させていたが、その一方で激しい動きを見せていたのがフィリピンのルソン戦線である。

予定兵力が上陸した後も米軍は兵站基地として利用するために内海部シブヤンやポアックといった島の幾つかに新しい橋頭保を築いた。そして戦線自体も大きく動かしてきた。

サマール島での日本軍の戦線を支えてきたのはルソン島の東側に長く伸びた半島部の兵站線だ。米軍は内海に上陸させた陸上部隊で一気にこの半島付け根部分を縦断し、ルソン島西部の日本軍主力との切り離しを画策し、太平洋側に抜けた時点でこちらにも上陸部隊を送り新たな兵站基地を構築する計画を立てた。そもそも上陸箇所をタヤバス湾に選定したのも、その半島部分が最も狭隘《きょうあい》になる地域だからに他ならなかった。

しかし、これは日本側から見たら最初から予想された動きであり、備えをしていないはずもなかった。

牛島南方総軍司令官は、まず機動力を生かし巧みに米軍主力の上陸地点を北西部の密林地帯に誘引した。ここでゲリラ的な砲撃によるアウトレンジ攻撃を仕掛け動きを封じると、逆に半島付け根にあたるアチモナンから北西方向の密林地区に意図的に戦力空白を作り米軍を誘い込んだ。

米軍はあっさりと対岸への打通が完了したわけだが、この付近は道路がほとんどなく海岸部はマングローブに覆われ荷揚げが不可能な地域。ここから東はまだ日本軍の精鋭部隊が居座っており進むのはためらわれる。そこで米軍は仕方なくマウバン地区に兵を指向させた。ここより北方になると今度は低い山岳地帯がそのまま海まで伸び崖を形成していてますます兵站基地設営には不向きになってしまうからだ。

だが、ここで米軍は思わぬ伏兵に苦しめられることになった。

この付近は海岸を挟み南東から北西に向けアラバット島、海峡を挟みその北西にカグバレット島があるのだが、日本軍はここに高速で移動できる舟艇部隊を隠していた。その舟艇部隊が夜間になると海岸に接近し大口径の迫撃砲による砲撃で米軍を翻弄し始めたのだ。

つまりこの二か所の島も占領しなければ半島の分断は有効に機能していると言えなくなる。舟艇が自由に航行しているということは、日本の物資輸送も海上で継続されていることを意味しているのだから。

慌てた米軍はさらに北側へ進撃し山間部を抜けた先で橋頭保を築くべく移動を開始したのだが、この山間部こそが日本軍が牙を研ぎ澄ませ待ち構えたゲリラ複郭陣地そのものだったのである。

米軍は結局いいように遅滞作戦の網に絡み取られてしまったのであった。

だが、すべてが日本の思惑通りに進んでいるわけでもなかった。

東京に慌ただしく情報が飛び込んできたのは、九月も下旬に入った二四日のことだった。

「アメリカのスパイ組織から入った情報の裏が取れたそうじゃないっすか」

讃岐がサンドイッチをくわえた格好で統合司令部に駆け込んできながら言った。

時刻はまだ朝の七時を過ぎたところであった。

「おはようございます担当さん、さっきハワイの長期索敵に出ている伊号潜水艦から報告が入りました」

高野がメモを示しながら言った。

まだ司令部には彼の他には木下一佐の姿しかなかった。

「大型空母一と護衛空母四隻の機動部隊。護衛も多数いたのでこれ以上の追跡は困難と判断し離脱したそうだ」

讃岐は自分専用のラップトップを開くと起動するのを待つ間にたまっていた通信文を読み始めた。

「情報では東海岸を出たのが一〇日前、まさに最大速度でハワイまで来たみたいっすね」

「ええ、西海岸には一切寄港してません」

高野が何枚かの図面を見比べながら言った。それはアメリカ軍の空母、令和世界の過去に存在していた空母の図面を引き延ばしたものだった。

「やはり大型空母はエセックス級なのかな」

「そこは間違いないんですが、どうもね気になる話がありまして」

讃岐の質問を浴びている間も図面を見比べたまま高野が言った。

「なんす、それ？」

木下が一枚の手書きのメモを讃岐に示して話を継いだ。

「護衛空母のうち二隻が他の艦より大型という話なのだ。それで今大急ぎで高野君に確認作業をしてもらっているんだ」

「艦形が大きい？　それつまり把握してない空母ってことじゃないっすか？」

高野が顔を歪めながら頷いた。

「どうもそのようなんです。今アメリカの諜報網と接触を図ってもらっていて、この謎の護衛空母の正体を調べてみようと思っています」

讃岐は立ち上がったパソコンのキーを叩いてＨＤＤの中のデータを読みだそうと手を動かしながら眉間に深い皺を刻んだ。

「知らない船が出てくるのは正直気持ち悪いっす。モンタナの一件と言い、どうも先読みが難しくなってきたっすね」

「でも所詮は護衛空母でしょ」

声がした方を振り向くと、司令部の入り口に有川マネージャーが立っていた。寝起きですぐに駆け付けたからなのか少し寝癖がある。

「おはようございますマネージャー、顔色良くないっすね」

讃岐が言うと有川は首を振りながら入室し自分の席に腰を下ろした。

「昨夜、あの逃げている元部下の馬鹿二人の足取りを憲兵隊が掴んだって言うから一緒に隠れ家に乗り込んだんだけど、間一髪で逃げられたのよ。何してくれるのよ、これ以上問題を起こさないで欲しいわ」

この話に木下が不安そうな顔を見せた。

「やっぱり市街地に紛れ込んでたんですか？」

有川が頷いた。

「ええ、よりによって川崎よ。工業地帯に紛れ込まれたので、捜索が遅れたって寸法。でも、隠れ家周辺は既に軍が封鎖し接触者は全員隔離したわ」

今最も懸念されるのは、ワクチンのない状況での首都圏でのコロナ感染爆発だ。

「でも当のスプレッサーが逃げてるんですよ、これやばいっすよね」

讃岐の言うとおりこれはかなり深刻な事態なのだ。だが、そちらに神経を向けていられぬほど戦争の行方にも真剣にならざるを得ない。

特に今ここで踏ん張らないと、対アメリカ勝利という図式が確立できなくなるかもしれない。その正念場でもあるのだ。

「逃げた感染者探しは警察と憲兵に任せるしかないが、さてこの謎の空母の正体はどうやったら探り当てられるのかな」

木下が腕組みしながら考えこんだ。

「あら、そう言えばいつも朝の早い副担任の姿が見えないわね」

有川が室内を見回しながら言った。

「岩崎女史は今日は朝一で中島飛行機行きだそうです。何かの実験に立ち会うって言ってましたよ」

有川は「ふーん」と言って顎に手を当ててから呟いた。

「謎行動が多過ぎね、あの人も」

これを耳にして高野がふと有川に視線を向けた。

「も？」

有川が高野の顔を見つめ返して頷いた。

「ええ、も、ですよ」

するとキーボードを叩きながら讃岐が言った。

「ああ、なるほどそう言えばここ何日か春日部教授と楢本さんの行状が摑めてませんね」

これを聞いて高野は納得の表情を浮かべた。そもそもこっちの二人は、司令部立ち上げ当初から何をしているのかいまいちわからないことが多かった。

その時部屋にどやどやという感じで野木と大島がやって来た。

「おはよう」

二人が挨拶すると讃岐が片手をあげて言った。

「遅いっすよ二人とも、朝からめっちゃ動きがありましたよ」

すると野木が大きく頷いた。

「ああ、だからここに来る前に通信室によって情報仕入れて、大島連隊長と話をしてたんだ」

讃岐のキーボードを叩く手が停まった。

「何かまた新しい情報が出たんすか？」

野木が渋い顔で頷いた。

「海軍がアメリカの機動部隊を見失った。今大急ぎで第一護衛隊が索敵計画を作っているが、網にかかるかは微妙らしい」

「それで村田司令官はここにいないのね」

有川が納得して頷いた。

「きな臭すぎませんか、アメリカ軍の動き」

高野が不安そうに言った。無理もない新たな空母の太平洋派遣と歩調をあわせての機動部隊の移動。ここに何の関連もないなど有り得ない。

「作戦が近いのは確かだろうけど、いったいどこが狙いなのか」

野木が眉をひそめ顔を曇らせる。

「関係あるのかな、モンタナと」

高野がぼそっと言ったが、その名前はここ数日この司令部では半ば禁句になっていたものであった。

「味方に引き入れてしまったと考えた方がいいかもね」

有川が半ばあきらめ口調で言った。

「どっちにしろ先が読めませんよ、今の状況」

高野がお手上げといった感じで言うと、部屋に大きな声の挨拶が響いた。

「おはよう諸君！」

多少ボケている以外は健康そのものの名取の声であった。

「ああ、ご老公おはようございます」

反射的に高野が名取を振り返って言ったが、その時名取が高野の手の中のメモに視線をやって何かを呟いた。

「アメリカの新型護衛空母？　なんじゃそりゃ？　この数字が正しいとしたら、これはアメリカの空母じゃないじゃろ」

一同が「えっ」と言って視線をご老公に集めた。

「この数値に近い空母と言うたら、イギリスのイーグルとハーミーズじゃろ、片方がやや長いとか書いておるしな」

目から鱗だった。

連合軍なのだ、イギリスの軍艦がアメリカ軍と行動を共にしてもおかしくはない。

そしてこの空母群は大西洋からやって来た。

「ご老公、もしかしてそれ金星かもです」

高野が名取の肩を摑んで叫んだ。

「そうか、そりゃよかった」

名取は何が金星なのかよくわからないが、かかと大笑いを始めたのであった。

3

岩崎はヘリではなく列車で群馬の太田に向かっていた。理由は今回の中島飛行機訪問がかなりの大所帯であったからだ。

岩崎の周囲には陸海軍の士官がずらっと並んでいた。彼らはいずれも航空士官なのが徽章から伺えた。まあ航空機会社に向かうのだから当然と言えよう。

その一行を引率するのは、岩崎の前に座った口髭をたくわえた白髪頭の民間人であった。

「社長自ら引率とは恐れ入りますわ」

岩崎がお茶の入ったサーモスから湯のみに中身を移しながらその初老の男に言った。

「私も現物に大いに興味があるのでね、それにそもそもこの案は最初私の私案にすぎなかった。それを国際救援隊が拾ってくれて国策に押し上げてくれた。まあ私としては感謝からの奉仕といった感じですかな」

岩崎の前に腰を掛けていたのは、彼女たちがまさに向かっている中島飛行機の創業者で社長の中島知久平本人であった。

「それにしても驚異的な速さでの試作機完成ですわね、母体にしたB29が本土に届けられたのが七週間前でしょ、この短時間でよく試験までこぎつけましたわね」

岩崎たちはこれからある実験機の試験に立ち会う手筈になっていた。その機体はどうやらサイパンで手に入れたB29を母体にして何か工作なりを行った機体のようであった。

「まあ我々は切ったり貼ったりで大きさを変えエンジンを乗せ換え、さらに与圧室を作っただけのこと。そもそもエンジンの半分はアメリカ製、残り半分もあなた方の世界の代物、正直かなり楽をさせてもらいました」

中島はそう言うとにやっと笑って見せた。

岩崎たちが立ち会うのは、元は中島飛行機が独自で研究していた米本土爆撃機のZ機、まあ令和の世界においては広く『富嶽』として認知されていた機体だ。

しかし、この世界でも令和世界同様に計画は流産していた。だが、国際救援隊は、というより崔麗華と岩崎の携わる極秘計画がこれを復活させた。そして優先的に資材と人員の提供を行い、あっという間に試験までこぎつけて見せたのだ。

「まだターボプロップエンジンは間に合っておりませんが元々B29が積んでいたエンジンを改良したものを六基載せてあるので離陸は何の問題もなくできるはず。気になるのは燃料をどの程度食うのかという話にまで絞り込めておりますよ」

どうも新Z機計画の機体は、B29をより大型化させたものというのが正解であるらしかったが、二人の話している中身からではこれをどう使うのかなど具体的な作戦などは見えてこない。しかし、崔麗華の肝入りでやっている以上は何らかの具体的な使い道があっての開発なのは間違いない。

単純にアメリカ本土爆撃を目指す機体を作ったところで、それが戦争を終わらせる手段になり得るのか極めて疑問だ。そもそもB29を母体に作っている時点で量産化は無理だ。一機や二機の爆撃機でいったい何をしようというのだろう。

いや、そもそも作っているのは爆撃機なのだろうか。

中島の語っていた話とこれまでの岩崎と崔が話していた計画などから伺えるのは、この機体が大きな推力を持つエンジンを複合で装備すること。つまり従来のガソリンエンジンの他に軽油で回るターボプロップを装備するという点。そして、その大きさは確実にB29よりも巨大化しているという点。

いったい中島飛行機は何の目的でそんな巨人機を作っているのだろう。

謎をはらんだまま一行が群馬を目指しているその頃、日本を事実上独裁下に置いた女首相崔麗華は、身辺警護の一個小隊の憲兵隊を伴って御殿場の陸軍演習場にいた。

朝から秋晴れの演習場には物々しい警備が敷かれ、崔の周囲には秘書の楢本と柴田の他に、先日まで滋賀である実験にかかりきりだった秋葉原大の生徒の三船の姿があった。

「材料さえあれば頭脳は揃っている。なるほどあなたの言っていることは正しいわね」

崔が楢本にそう言いながら双眼鏡を構えた。

視界の二キロほど前方に何かの発射台が組まれていた。

「まあ実際には工作精度だの細かい問題があるのですが、試作を二段階くらいすっ飛ばせる訳です、コンピューターを駆使すれば」

楢本はそう言って頷く。

しかしそのすぐ横で三船が呟いた。

「データ入力するのは私たちなんですけどね」

やがて遠くで白い旗が上がり、何かの準備をしていた兵士たちが一斉に車に飛び乗りこちらへ引き上げてきた。

その車に同乗していた白衣の青年が崔たち一行の前に降り立ち報告した。

「準備完了しました。これより点火実験に取り掛かります」

「御苦労さん糸川技師、では始めて頂戴」

崔に促され白衣の青年は手にした旗を何度か振った。

青年は中島飛行機で設計技師をしていた糸川英夫であった。岩崎によってある作戦に引き抜かれ、これまで何かを設計させられていたようなのだが、それが今日ついに実験に供されるということらしい。

遥か向こうの発射台では大きな円筒が直立していた。先を円錐形のキャップが覆い、それは誰が見ても見間違えようのない代物であった。

「これより第一回弾道弾ロケット初段点火実験を開始する」

糸川が叫ぶと演習場のあちこちのスピーカーからサイレンが響いた。

「首相念のためにこちらに」

柴田がそう言って崔たち一行を土嚢の積まれた箇所へと導く。

全員が退避を終えると糸川が青い旗を振りながら叫んだ。

「点火」

間髪入れずに発射台のロケットから白煙が噴出し始めた。

「三、二、一、離床」

機器に張り付いていた技官の声に合わせロケットは空中に舞った。

「これもうドイツのV2号より進歩してるんですよね」

崔が隣の楢本に訊いた。

「ええ、燃料にはアルミニウム推進剤を使ってますから、まあ令和の宇宙開発用ロケットと同じと言えば同じですかね。ただ燃焼室とかすごく単純化……」

楢本が説明をしている途中でいきなり糸川が叫んだ。

「まずい加熱反応だ。緊急自爆！」

機器の横から糸川が手を伸ばし何かのボタンを押した。

次の瞬間、ロケットは真っ白い火球となって爆散した。

タイムラグがあり観測地点にも爆風が襲ってきた。

「失敗、みたいね」

髪に降り注いだ砂埃を払いながら崔が言った。

「三船さん、今の部分を巻き戻しできますか？」

糸川が三船に言うと、彼女はすぐにパソコンを操作して細かく動くパラメータを固定した。

「ここですよね？」

糸川がすっとモニターに視線を近づける。科学者というのは新しいものに順応が早いというが、糸川は完全にパソコンを使う作業に慣れ切っている様子だった。

「圧力がこっちへ逃げたんだ。やっぱり部品に無理があったのかな」

糸川が腕組みをする。

「この燃焼室周りの構造、これ以上の単純化は難しいですよ。それでこの状態だとしたら、ローンチに必要な推力を今のやり方で作るの難しくないですか？」

三船の言葉に糸川が頭を掻いた。

「確かにそうなるなあ」

このやり取りを横で見ていた崔が楢本に呟いた。

「これは、かなりまずい状況のように私には見えますけど」

「そ、そうですね……」

楢本には失敗の原因はわかっていないが、すぐに深呼吸をするとどんと胸を叩いた。

「こ、このためにですね、岩崎さんのプランを並行してやってるわけでして」

「そう、ならいいわ」

崔はそう言うとすぐに双眼鏡を机において護衛役に言った。

「東京に戻るわよ、ヘリを準備して」

柴田が慌てて指示を出しに走る。その様子を振り返りながら三船が言った。

「もう一つの実験が成功しそうなことは黙っていた方がいいかもしれないわね」

三船が一体崔麗華の背中に何を見たのかは彼女自身にしかわからぬ問題であった。

同時刻、東京の司令部では朝からの情報の続きを協議し喧々諤々の論争が繰り広げられていた。

「アメリカ軍の狙いが見えてこない状況では、海軍の主力はどこにも動かせませんよね」

野木が田村に強く言うのだが、田村は困った顔で首を横に振る。

「いや、しかし今すぐに機動部隊の再編成に着手しないと、どこが戦場になっても後手になる。ここは、無理を承知で全艦隊を一度内地に引き上げさせないと駄目だろう」

アメリカ海軍が英空母らしき戦力を伴いハワイに入った。これと時を同じくしてフィリピンに張り付いていた機動部隊の行方がわからなくなった。

この単純な構図は、アメリカが次の戦略目標を定め動き出したことを物語っている。

しかし、日本側はその目標を絞り込めていない。

この状況で取るべき手段は二つ考えられる。

まずは全戦線に対する引き締めと戦力強化、もう一つが打撃戦力の再編成。

だが、そもそも戦力がじり貧の日本ではこの二つを併存させるのが難しいのだった。

「連合艦隊からの打診でも、空母戦力を立て直しその間に『いずも』を何とか改装させられないかと言ってきている状況なのだ」

村田の説明する護衛艦『いずも』の改装とは、現在ヘリしか離着艦できない状況を、何とか固定翼機も着艦できるようにして『いずも』を本格的に空母として運用したいという海軍からの要求に基づく改装工事の話であった。

まあ、着艦制動索を五本設置する工事なのだが、これが結構手間がかかる見込みで入渠したら二か月は動けなくなるようだった。

しかし、その前に修理中であった空母『飛鷹』がかなりの前倒しで完成したことから、この改装が実施時期にあるのではないかと議論され始めたのだ。

「今は最大限に偵察の手を伸ばしつつ、敵の動きを睨んで海軍艦艇の引き上げを行うしかない。こう結論するしかない」

渋い顔で村田が言うと、野木も渋々引き下がった。

その時、司令部の電話が鳴ったので一番近くにいた讃岐がその受話器を取った。

「ほいっす、有川さんですか？」

讃岐がきょろきょろと室内を見回したが、有川マネージャーの姿は見えなかった。

「マネージャーはさっき頼んでいた資料が届いたからって下に確認に行ったよ」

野木が讃岐の方を見て言った。

「了解っす。いないですね、今。え？　あの二人捕まえたんすか？」

讃岐がそこで受話器を手で押さえ室内をもう一度見まわす。

皆それぞれに忙しそうで、名取老人まで何か資料に目を通していた。

ふと、讃岐の頰にいやな感じの笑みが浮かんだ。

「ああ、いいっすよ、それ自分が何とかするんで、今からそっち行きます。横浜の関内警察っすね」

受話器を置いた讃岐は誰に言うでもなく。

「出かけてきます」

とだけ言いおいて部屋を出て言った。このため、この時彼が何をしに出掛けたのか司令部の人間は誰一人関知していなかったのであった。

4

インド洋のど真ん中、伊号二〇潜水艦はポカリと浮上し停泊していた。

このおよそ三時間前、伊号二〇潜はドイツ軍機と接触を果たしていた。

「アラドＡｒ１９６水上機……」

司令塔の上を旋回するフロート付きの単発機を見上げて西岡は呟いた。

ドイツ海軍の艦載機として広く用いられた偵察攻撃機だが、日本海軍の水上機と比べると平凡に過ぎる機体と言える。

伊号二〇潜と接触を試みたいとしてドイツ軍の潜水艦母艦ドネル・シュタインが連絡を寄越したのは前日であった。暗号で二段階接触を打診した伊号二〇潜に対しドイツ側も了承、まず航空機を飛ばし所在を確認したうえで母艦が接近するという安全策が取られた。

インド洋は言ってみれば英連邦軍の海上輸送路の真っただ中。ここで長時間、真昼間に浮上しているのも気持ちのいい話ではないが、伊号二〇潜側にはハイテク機器があるという強みがある。敵の航空機も艦船も確実にアウトレンジで捉えられる自信があるからこその大胆な行動と言えた。

ドイツ側にはこのからくりが見えていないはずなので、この大胆不敵な行動を彼らがどうとらえているのか正直わからなかった。しかし、作戦に文句をつけてこなかったことから、彼らなりにこちらに信頼を寄せていると感じることもできた。

さらに、その裏側にあるものも少しだが見えていた。

「水平線レーダーも探知しましたよ。やはりドイツの母艦は対航空機用と艦船用の二つのレーダーを装備していますね」

司令塔の艦長の元に通信室から報告が上がった。司令塔の潜望鏡の前でくるくる回っているアンテナは、対レーダー波用の傍受アンテナ。パッシブ状態での受信が可能なので、敵が近海にいる場合などに多用するのだが、これが味方であるドイツ軍の居場所を確認するのにも役立ったわけである。

どうにも伊号側は必要以上に警戒を強めている様子が見えるが、それには理由があった。

令和の過去においてドイツは、絶対に解読不可能と思われていたエニグマ暗号を英国情報部に暴かれてしまっていたのだ。

これを知っていた西岡が、英軍の動きを探る意味もあって二段接触を提案した。しかし、ここまで英軍のものと思しき動きは全く探知されてはいなかった。

「確率は半々だと思っていたけど、やはりまだ解読するための暗号機本体を手に入れていないのかもしれないな」

西岡は目の前で展開していくドイツとの接触儀式を見ながら呟いた。

彼はドイツ軍が予想以上に勝てているこの世界では、まだ暗号が解読されていないのではないかと推理を立てていた。まあ、実際これは正しかった。ドイツの誇るエニグマ暗号は、令和の過去の連合軍がそうしたように暗号機本体を確保しなおかつ暗号の種に使うコードブックを手に入れなければ解読できない。

令和の過去において英国は、周到なる準備によってUボートを拿捕しその暗号機とコードブックを手に入れたのだ。

だが、その事実をドイツに悟らせないために英国は自国の都市が爆撃の目標にされているのを知っていながら事前にそれを現地に伝えず多数の市民を犠牲にした。それほどまでして機密を守らなければ戦争に勝てない。英国をそう追い込んでいたのがドイツのエニグマ暗号だったのだ。

実はこの暗号を日本も使っていた。無論ドイツから供与されたのである。令和からの時空転移が発生するまで、日本軍はそれを普通に利用していたが、現在はほぼ使用しなくなった。より高度な暗号をやり取りできるようになったからだ。無論それにはスマホやタブレットといったデバイスが必要ではあるのだが。

アラド水上機が去って一度は潜航した伊号二〇潜だったが、接触予定時間を前に再浮上し水平線を睨んでいると、そこにゆっくりと黒い船影が現れた。

総トン数八七〇〇トンのドイツ海軍の中型潜水艦母艦『ドネル・シュタイン』である。

甲板の中央部に水上機発進用のカタパルトを備えており、艦首と艦尾に一五センチ単装砲を、艦橋の前後に二〇ミリ四連装機関砲を一基ずつ備えていた。

発光信号でお互いを確認し合うと、伊号側から微速で細かく調整を行いピタリと接弦し両艦は停止した。

「あちらからの正式なご招待だ。使節団は全員で乗り込む、艦からは副長と通信長が同行してくれ」

後藤大佐の指示で人選がなされ、降ろされたラッタルを使い一同はドイツ船へと乗り込んで行った。

この訪問団の中には西岡と江原も含まれていた。

出迎えてくれたのは、ドイツ海軍の少将Ａ・ハウグレーデン。彼は新たに作られたインド洋方面潜水艦隊の司令官だそうである。

「いやあ、我々が日本を発った時は、こんなに早く同胞と接触できるとは思いませんでした」

岸信介団長が笑顔で少将の手を握りながら言った。どうも岸は、本当に喜望峰を回らずに済むのが嬉しくて仕方ないようである。

「我が軍のこのスエズ奪取作戦はまさに秘密裏に用意された第二の電撃戦だったのです。連合軍は、秘かにアフリカ軍団の戦車部隊が強化されていた事実をまったく摑んでおらず、カイロを突き抜けて部隊が進撃するとようやく我が軍の本来の意図に気付き反撃を試みましたが、まあロンメル軍団の前に敵将モントゴメリーはあっさり白旗を掲げましたよ」

この会話によって西岡は初めてスエズ作戦の過程で英軍の著名なる将軍バーナード・ロー・モントゴメリー大将が捕虜になったことを知った。

令和の過去では色々欧州反攻後にしでかす将軍だが、まあアフリカ軍団を遣り込めたのは彼の率いる英第七軍の功績だったから、これが丸っと覆ったことになる。

「ところで岸さん、あなた方は我々に買って欲しい物があるのではありませんか？」

にこやかな顔のままいきなり切り出したハウグレーデン少将。

通訳にこれを訳してもらった瞬間、交渉団全員の表情が固まった。

どうしてそれを？

いや、いつからそれを知っていた？

西岡は江原と視線を合わせゆっくり首を左右に振った。

どうもこの世界のドイツも、一筋縄ではいかない相手のようだった。

インド洋からの報告が日本に届いたのは、日本時間で夜九時過ぎだった。

「これマジなのか」

報告書を前に野木は目を真ん丸に見開いていた。

この時刻には昼間あちこちに飛び回るブレーンたちもだいたい顔を揃える。

特にこの日は崔麗華自身も司令部に顔を出しており話の通りはめちゃくちゃいい状態となっていた。

そこに齎されたのが「ドイツ側武蔵売却の件を既に承知」という国内の秘密防諜を改めて考えないといけなくなりそうな報告だった訳だ。

「しかも、ドイツの方が乗り気になっているというおまけつき、もう何が何だか」

岩崎が天井を仰いで深々とため息を吐いた。

「西岡二尉からの意見書がついてるわよ」

有川が報告書の最後の一枚を示して言った。

「どれどれ、ドイツ軍はジブラルタル占領を目指しており、この作戦に早期に武蔵を投入したいと考えている模様か。なるほど、こりゃ戦艦が欲しいだろう。それも地中海に」

木下一佐がコピーを読み上げて何度も頷いた。

すると高野が腕組みをしたまま低い声で言った。

「まさかとは思うんですが、ドイツが無理やりスエズ運河を奪ったのって、武蔵を地中海に入れるためじゃないですよね」

「え？」

一同の動きが完全に止まり、何とも形容しがたい空気が流れた。

「ま、まさか、そんな……」

軽口で讃岐が受け流そうとしたのだが、途中で言葉が詰まった。

なんとなくなのだが、高野の言葉が正解としか思えなくなったのだ。

ここで、久しぶりに顔を合わせた春日部教授が恐ろしい一言を漏らした。

「踊らされたな、こりゃあ。どうも何か儂らに見えていないものでドイツに味方してるものがありそうじゃぞ、この世界」

「やめてくださいよ教授！　これ以上話をややこしくしないで！」

岩崎がヒステリックに叫んだ。

「皆さん落ち着いて」

本当に冷静そのものの口調で崔首相が言った。

不思議なもので、彼女がそう言うと皆の気分がすっと落ち着いてきた。

場の空気が冷静さを取り戻しつつあるのを確認してから崔は言った。

「この話は私たちから振ると決めたことです。それに向こうが乗って来たのは、タイミング的なものは置いておき好都合なのは確かでしょう。対価についての交渉も既にインド洋上で始まっているというなら、これはもう武蔵の地中海行きを決定してしまって構わないんじゃなくて」

確かにその通りなのだが、今一つここで乗り気になれない一同がそこにいた。

「うーん、はいどうぞって言っていいのか本当に……」

野木が顔を真っ赤になるほど力《りき》ませて言うと、楢本までもが不安そうに言った。

「ドイツが不気味すぎますね、これ少し探った方がいいかもしれないですよ」

「でも、どうやって？」

有川が怪訝そうに楢本に訊いた。

「ほら、これから使節団一行はドイツに招かれて行くわけですよね。潜水艦をエジプトに残して。だったら、その彼らに調べてもらうのが一番早いでしょ」

「そう言うの想定してないっしょ」

讃岐が突っ込むと岩崎も頷きながら言った。

「無理だと思うわ、政治優先で人事組んじゃったし」

すると大島がぼそっと言った。

「いや、一人だけ適任者がいる」

一同が大島に視線を集めた。

「まさか西岡二尉ですか？　専門の諜報とかを履修してるなんてことはないでしょ」

野木が言うと大島は首を横に振った。

「違う違う、あのオタクにそんな高等な技術があるはずない、儂が言ってるのは江原医師だ」

「え？」

「えっ？」

「なんでですか？」

大島以外の全員がきょとんとした顔をした。

「君たちは知らなかったと思うが、実は陸上自衛隊の一部で彼はマークされていたのだよ。かつて反戦運動家として沖縄で活動していてね、その頃にアメリカ軍の内部情報を探っていたのが彼だという噂が出たのだが、警察と公安が動く直前に本人は国連の仕事に応募して東チモールに行ってしまい結局調べ上げられなかった。そのころ私は陸幕の警務科にいたので、彼の素性を知っていたんだよ」

崔麗華の眉が一センチほどは跳ね上がった。

「そんな危険人物をドイツに行かせたんですか！」

「いや、ですから、確証が得られてない訳ですし、この非常時ですから自分でやりたいと言ってきた人間はどんどん活用しないといけないと首相ご自身も仰ってたので……」

こういわれると崔も口をつぐむしかなかった。

「しかし、江原医師はこの件を引き受けてくれるのかな？」

村田が心配そうに言った。

「頼んでみるしかない、ということでしょうな」

大島が半ばやけくそといった感じで言った。

「大丈夫なの？　私達っていうか日本の行き先……」

有川が胸の奥からため息を吐きながら漏らした。

すると、そこに木下が「確認ですが」と前置きして訊いてきた。

「武蔵の地中海行きは決定でいいんでしょうか？」

崔麗華が片手を振りながら答えた。

「ああ、それはもう決定でいいみたいね。海軍と打ち合わせちゃって頂戴」

こうして戦艦武蔵のドイツ売却はすさまじい程の前倒しで決定したのであった。

第三章　サンライズ・サンセット

1

ワシントンDC、ホワイトハウスのオーバルルームでルーズベルトは陸海軍のトップに国務長官を加えたメンバーで濃密な会議を行っていた。

「奇妙はことばかり起きていて、私は自分が知らぬ間に夢の世界から出られなくなったのではないかと毎朝疑っている」

大統領がそう真顔で言い切るほどアメリカがこの五か月間で味わってきた苦渋は形容しがたいものがあった。

日本は簡単に白旗を上げる。そう誰もが断言していた五月頭の勢いは、もうどこにも存在しない。

最初は単なる作戦のミスだ。そう思い込み、慌てることなく次のステップに仕切り直そうとしたはずだった。

だが悲劇は再来し、アメリカは負けた。

東京上空の惨劇は、百歩譲って慢心があったかもしれない。だが、マリアナでの悪夢の二日間の海戦はどんなに言葉を尽くしても真実を伝えきれないほど手痛い傷をアメリカに負わせた。

三人の提督と一人の陸軍司令官が戦死するなど、アメリカの歴史上類を見ない大敗だ。いや沈んだ船の数でも、一日の戦死者数でもそれはアメリカの歴史を塗り替えた。

もう日本を簡単に降伏させられるとは誰も言わなくなった。

無論戦争はまだアメリカ有利に進んでいる。しかし、日本軍全体がしぶとくなったのは、満を持して行ったはずのルソン島上陸作戦においても初動で躓き、上陸そのものは成功したにもかかわらず、戦線が予定通りに伸びていかない現実が如実に現していた。

マッカーサーは一週間でマニラに入ると言っていた。

そのマッカーサーはいまだにマニラの手前一〇〇キロ地点から一歩も動けていない。東部での戦況が予想以上に膠着し、マニラに向けての進撃が停滞したのだ。

そこに降ってわいたのがドイツ軍によるスエズ運河の電撃占領であった。

もうアメリカとしては、どこから手を付けていいのかわからないというのが今の状況だろう。

しかし海軍長官スタークは落ち着き払って大統領に言った。

「もう次の手は動かしています。順番に変わりはないでしょう。まず日本を降伏させる、そしてドイツ。これは崩れない図式のはずです」

ところがここで思わぬ横やりが入った。

「本当にそれでいいと思うかね?」

国務長官のハルであった。

「どういう意味ですか?」

スタークが聞くとハルが大統領の机の上に山と積まれた書類を示して言った。

「この半分は英国とその連邦からの救援要請だ。いかに欧州がひっ迫しているか、この声を読まずともニュースだけで理解できるだろう。いいかね、日本が退場しました、さあドイツと戦おう、そう思った時肩を並べてくれる戦友がどこにもいなくなっていたらどうするのかね?」

これは決して大げさではない。ハルの表情がそれを物語る。

「ロンドンのアイゼンハワーからも意見が来ていてね、アフリカを早急になんとかするべきだと。ドイツの狙いはこのままアラビア半島を席巻し紅海とアラビア海両方から連合軍戦力を追い落とし、あの地区の石油を手に入れようとしているに違いないというのだ。これがもし事実となると、今年の春から対ソビエト戦線でドイツが大きな動きを見せなかった理由が説明つく」

　スティムソン陸軍長官の説明にスタークは口をへの字に曲げ沈黙した。

「私は欧州反撃のために既に英国に送り込んだ兵力の一部をアフリカ戦線向けに取り崩して構わないと思っている。日本の反撃は予想外であったが、ここで東西両方で敗北を続けるわけにはいくまい」

　ルーズベルトの言葉に一同はゆっくりと頷いた。

「無論太平洋での海軍作戦は予定通りに進めるが、気になるのは例の謎の戦艦の件だ」

　ルーズベルトはそう言うと畳んでいたメガネをかけ、机の上の書類の中から一冊のファイルを取り上げた。

　表紙には『モンタナ』とだけ書かれていた。

「既にニミッツは空路でハワイに向かっており、問題の船もヘレン環礁の補給基地で停泊状態にある。諸君らの率直な意見が聞きたいが、ニミッツの言うとおりに彼らを味方であると信じて作戦に組み入れるべきだと思うかね？」

ここで意見は真っ二つに割れた。

スタークはニミッツを支持し作戦に組み込むべきと主張したが、スティムソンとハルはとんでもないと言下に否定したのだ。

「信用すべきかという以前に、謎が多すぎます。科学者の介入を待って本格調査することこそ本筋でしょう」

ハルが論理的に解くと、スティムソンが思わぬことを言い出した。

「この件までもが日本の謀略、いや恐らくはその黒幕はドイツであろうと私は疑っています。フィリピンで解放されたサイパン戦での我が軍の捕虜の中に日本軍に謎の映画を見せられたという人間が大勢いました。荒唐無稽《こうとうむけい》な話で誰も信じていないのですが、それはドイツが宇宙から来た異星人の技術を得て新しい兵器を続々開発し、その一部を日本に供与しているのだという内容で、見せられたのはなんとカラーの実写フィルムだったそうです。口では否定しても、これらの証言者が言うには兵器は本物にしか見えなかったというのです」

ルーズベルトがぎゅっと目を瞑り、両手で目頭を押さえた。

「信じて良い話とも思えぬが、こういうところを看過していった結果が敗北につながったとしたら、我々は一度足元を見直す必要がある」

ルーズベルトの言葉に一同が沈黙した。

そして五秒後、大統領は言った。

「すべての物事を疑え。まずそこから始めてもいいかもしれんな」

これが結果的にさらなる混乱を生むとは、この場の誰一人予見できなかったのは説明するまでもない。

同じ日の、いや正確には日付をまたいだ先の日本。

国際救援隊の主だった面々が海軍のお歴々共々呉の軍港に集まっていた。

呉軍港に国際救援隊司令部ブレーンが揃ってやってきたのは初めてのことだった。

一〇月二日、なんだかんだあって武蔵出港は結局、インド洋で伊号二〇潜とドイツ海軍のドネル・シュタイン号が邂逅《かいこう》してから四日もかかってしまった。

そもそも武蔵に燃料を食わせないとスエズまでたどり着けないレベルまでタンクが軽くなっていた。理由は、フィリピンでの囮作戦から戻った後も台湾とルソン間の輸送の護衛として何度か出撃したからである。呉に武蔵が他の戦艦たちと共に戻ったのが三日前だが、まず弾薬を満載した後燃料を補給。そして回航要員への二四時間上陸休暇が与えられ、ついに出港となった。

「今の国の置かれた状況考えると、できるだけ静かに見送るべきなんだろうがなあ」

野木が少しうんざりした感じで言った。それもそのはずで、岸壁にはずらっと海軍のお偉方が並んでいた。

「まあ国の威信が掛かってるんだから、これくらいはいいんじゃないの」

どこか白けた感じで岩崎が言った。

「それにしても大英断だったな、崔麗華首相様」

野木はそう言うと新調したらしい軍服っぽい服を着た崔麗華の方を一瞥した。崔は軍に対し命令権を持っていないので、階級章はないがちょうど自衛隊の婦人自衛官それも陸自の物に極めて近い。まあ帽子を被《かぶ》っていないので印象は薄いのだが。

「確かに、まさか自衛隊に地中海まで着いて行けって、普通言えないわよ」

岩崎が完全に呆れたといった口調で言った。

「何となく嫌な予感しかしないっすけどね」

横から讃岐が突っ込んだ。

「それみんな思ってるから。言わない方が良いって感じてるから言ってないだけよ」

有川が肘で讃岐の横腹を突きながら言った。

「こりゃ失礼」

讃岐がすっとぼけた感じで視線を中空に逸らした。

式典はかなりあっさり進んでいき、一同の見送る中、戦艦『武蔵』は抜錨《ばつびょう》し泊地に向かってゆっくり押されて行き、水路に面したところでタグボートから離され自力で進み始めた。

その先では航海を共にする艦隊が武蔵と合流するため待ち構えていた。

その中央にいるのは、イージス護衛艦『まや』そして護衛艦『むらさめ』と『いかづち』、さらに『しもきた』『おおすみ』の二隻の輸送艦。これに連合艦隊からは戦艦『陸奥《むつ》』と重巡『那智《なち》』『羽黒《はぐろ》』駆逐艦『野分《のわき》』『萩風《はぎかぜ》』『夕雲《ゆうぐも》』『風雲《かざぐも》』の四隻、これに海軍籍の補給艦が一隻という布陣であった。

戦艦一隻を送り届けるにしては大所帯だが、この編成にはそれなりに根拠があった。

まず護衛艦隊だが、イージス艦は言わずもがな電子の目となるために必要で、汎用型護衛艦は対潜哨戒の要《かなめ》だ。そして輸送艦は、武蔵の代価で受け取るあれこれを運んで戻るため最も確実に運搬できる入れ物であると同時に予備のヘリを搭載できる。

海軍側の艦艇は、まあ戦艦は言ってみれば保険的に連れて行く主戦力で重巡二隻が護衛の核ということになる。しかしこの選択は国際救援隊司令部から見ると疑問の声が上がっていたのも事実だ。曰く要約すれば、日本の重巡は役に立たない、となる。

相手が駆逐艦隊なら確実に有効に機能するが、戦艦が出てきたら完全に用なし、航空戦力ならなおさら使い物にならない。さらに対潜水艦駆除能力もほぼ皆無。これは確かにいい所がない。

しかし、今回海軍はそこをあえて重巡二隻を推したのには理由があった。これは日本のお家事情がそうさせたのであるが、アメリカの重巡と日本のそれで決定的に違っている装備がある。言ってみればそこに賭けたのである。一発逆転の可能性を……。

まあとにかく、こうしてドイツへの『武蔵』売却の旅は始まった。

出港を見送ると国際救援隊一行は、そのまま東京に戻るのかと思われたが、けっこうそれぞれに行く先が別れていることが判明した。

「小倉行きは例の戦車の出来を見に行くんでしょ。野木先生と有川さんですよね」

岩崎に聞かれ二人は頷く。

「ええ、岩崎さんは高野君と一緒に大阪の砲兵工廠でしたね」

「はい、例のレーダーと連動させる新型高射砲の動作確認に行きます」

そこで有川と岩崎は視線を合わせてから、さっと同時に讃岐を見た。

「謎なのは彼ね」

「いったい宇品《うじな》に何をしに行くのかしら？」

宇品は呉からは目と鼻の先だ。広島の陸軍にとってそこはなくてはならない軍港。ただし、それはあくまで陸軍のための港であって、海軍とは縁がない。いや、これまではというべきか。国際救援隊によって日本が乗っ取られてから、両者は無理やり協力関係に置かれ、その宇品にも海軍籍の輸送船や小型艦艇が出入りするようになった。

現在その宇品は、中国との休戦が成立してからは大陸との頻繁な資材出入りの重要拠点となっていた。

どうやら讃岐はそこに用事があるらしいのだが、その詳細は他のメンバーの誰も聞いてはいなかった。

結局誰も讃岐がそこに何をしに行くのか聞き出せぬまま解散となり、崔麗華と栖本と柴田は名取老人を伴い東京にヘリで直帰、山本長官と会談するために村田は呉に残り、木下は大島と共に海路で小笠原へ向かった。

そして讃岐は陸軍の士官数名と宇品を訪れた。

「お待ちしてましたよ」

宇品の軍港に一人の高級士官が待っていた。いや、厳密に制服を見たらそれが単なる陸軍士官でないことは明白だった。

「曽《そ》ヶ《が》端《はた》軍医大佐ですね」

握手を求めながら讃岐が聞いた。

「はい、陸軍防疫給水部の曽ヶ端です」

讃岐の手を握り返しながら軍医大佐の徽章を付けた男は答えた。

「例の奴らはもう船に乗せたっすよね」

讃岐が聞くと曽ヶ端は大きく頷いた。

「奉天《ほうてん》の石井部隊に引き渡す濃厚接触者は隔離船倉に、私どもが研究する抗体保持者は別室にそれぞれ監禁しています」

曽ヶ端がそう言って示した先には陸軍の病院船が停泊していた。

「みんな戦争に勝つことに躍起になるのは仕方ないっすけどね。勝ったところで誰も生き残らなかったら意味ないってわかってるんすかね」

讃岐はそう言ってにやっと笑った。

「基礎資料はしっかり預かっています。おそらく我々の技術でもワクチンの製造は不可能ではないでしょう。しかし、それが必要数揃うまでにかかる時間は全く計算ができません」

曽ヶ端はそう言って頭を掻いて見せた。

「とにかくここまで手を付けてこなかったのがアホなんすよ。すぐに始めてなければいけなかったのに、令和から来た人間の安全ばっか考えて行動してたから、こういう事態を招いたっす。自分の感触では、数か月以内に東京中心にコロナは大爆発するっすよ、あの馬鹿たれどものせいで」

そう言って讃岐が目を向けたのは、病院船であった。

その内部には、現在かなりの数のコロナ感染疑いのある昭和世界の人間が隔離されている。いや、それだけでなくその原因を作った二人の令和からの転移者も含まれていた。

元有川の部下でクローバーホテル従業員の松田と西尾である。

二人はそれぞれ鍵のかけられた船室に隔離されている。

横須賀から川崎そして横浜と逃げ続けた二人は、陸軍憲兵隊の捜査によって地元のやくざのしのぎである沖中師《おきなかし》の飯場で飯炊きとして潜り込んでいたところを捕らえられた。しかし、この報告を有川はまだ受けていなかった。

第一報を讃岐が受けた直後、彼がある企みから口止めをさせたのだ。

それがつまり、松田と西尾がブレークスルーによって強い抗体を持ったはずであることを逆手に取った人体実験の材料にしたワクチン開発と、彼らとの濃厚接触者を被験者とした何らかの実験というわけだ。

讃岐の計算では、どうあがいても日本国内でのコロナ封じ込めは不可能。こうなると、ワクチンの開発は無論急務だがそれ以上にやっておかないとまずい、そう讃岐が判断した何かがあるようだった。

「さて、実際のところどうなっちゃうんでしょ、自分にも先は読めないっすね」

この先のコロナ対策について曽ヶ端と話をしながら、讃岐は内心でそう呟いていたのであった。

この同じ日の午後、滋賀の饗庭野に作られていた極秘の核生成実験プラントに例の伊東の研究所の研究員三人組がやって来ていた。

東京の東大構内の研究所にいた秋葉原大の学生たちも一緒で元からここにいた三回生の潮田が一同に説明をしていた。

「目的の精製済核物質の量は確保できましたから、作れと言われたらすぐにでも作れる段階なんですよね」

彼らの前には防護隔壁で隔てられた精製ラインがあり、そこで伊東から持ち出した使用済みのプルトニウムから核爆弾に使用するためのプルトニウム235が濃縮されていた。

「まあ最初から爆縮しか想定してないし、最低臨界量以上であれば規模は任意って曖昧な指定なんですけどね」

潮田が言うと横で腕組みをしていた三船が口を開いた。

「でもあたしの方でやってるロケットの弾頭との兼ね合いで、直径は最初から最大でも一メートルって決まっちゃってるから、それ以上は大きくできないのよ」

「まあ、爆縮型のプルトニウム原爆は単純に質量で規模が決定してしまう。必要以上に大規模な核爆弾は作るのがしんどい、いろんな意味でね」

木藤がそう言って頭を掻いた。

「でも、その原爆本当にあと一か月もあれば形になっちゃいますよ、いいんですかね」

鈴木の言葉に皆はどう答えるべきか判断できず沈黙した。

ややあってから話題を逸らす意図で三船が木藤に訊いた。

「ところで、最近の春日部教授はどうなんですか？　そもそも何の研究なんですあれ？」

あれと言うのは、無論坂口の身体を無残に半分こにしてしまった例の機械とそれを取り巻く謎空間のことだ。

木藤がかなり困った感じで説明を始めた。

「我々が突き止めたのは、あの半分消えてしまった機械と中にあった反物質の代わりに出現したのが、異なる性質の二つの力場ということだ。一つは君たちの仲間を半分だけ別の次元に転送してしまった次元ゲート機能を有する境界域力場。もう一つは、ある一定方向からのあらゆる力学的アクセスも反発する仮称半重力力場だ」

「どっちも超科学じゃないですか」

潮田が激しく溜息を吐いた。

「でも、ゲートはもしかしたら私たちが令和世界に戻るためのヒントになるかも」

三船が言ったが、北谷が首を振りながら答えた。

「しかし君たちの教授はそっちにはいまいち興味が薄いようだよ」

「え？」

生徒たち一同が眉をひそめた。

「うむ、教授は半重力装置をどうにかして兵器転用できないかとか漏らしてた」

木藤の言葉に生徒たちは一様に肩を落としこう言った。

「そういう悪い方の期待だけは裏切らない先生なんですよね、春日部教授って」

で、結局のところその半重力は何に応用が利きそうなのか、生徒たちにも木藤たちにも皆目見当がつかないのであった。

2

武蔵の出港から二日後、必死になって探していたスプルーアンスの機動部隊の居所がわかった。

「なんと、グアム近海まで戻っていたとは……」

報告を受け取った野木が頭をぴしゃっと叩いた。

「通常哨戒に引っかかりましたからね、油断したら本当にあっという間にマリアナ全域が攻撃圏よ。もうサイパンとテニアンに警報は出てるのよね」

既にプロペラを回している連絡機に向かって小走りに進みながら有川が隣をのっしのっしと進む野木に言った。

「ああ、俺たちへの招集と同時に出てるはずだ」

予想外の地点での機動部隊発見に国際救援隊司令部は緊急招集が掛けられた。

前々日に呉から各地に散ったメンバーのうち何名かがまだ帰京していなかったのだ。

九州に行った野木と有川の二人、それに呉で山本五十六と会議を重ねていた村田はそれぞれ別の航空機で調布を目指し飛んでくることになった。

海の上にいる大島と木下は、この先の任務もあるので不参加となった。

とりあえず東京にいた岩崎と高野、そして讃岐と名取老人に崔麗華の二人の秘書を加えた面々がまず情報収集を開始した。

「ハワイの艦隊の動きも実はまだきちんとつかめてないのよね?」

岩崎が高野に確認した。

「ええ、出港した直後に所在確認できただけで、その後こっちの網にかからないんです」

あたふたと書類をチェックしながら高野が言った。

「その艦隊もグアムに行ってるとかないのかしら？」

高野の動きがピタリと止まった。

「副担任、それ意外とあり線です。でも、この前のフィリピンでの動きとか見ても感じたんですが、アメリカはこっちの作戦に対する分析と取り組みが早いので、たぶん同じ攻撃目標を狙ってても大きな艦隊を組まない可能性が大きいですよ」

「ああ、それありそうっすね。そもそも戦術単位を細かくして攻撃も波状攻撃、これがアメリカ流でしょ。そこへもってきて、まとまってると潜水艦と言わず航空機と言わず片っ端からたかって来ちゃうとわかってたら、群れませんって」

讃岐が言うと岩崎が地図の前まで移動して腕組みをした。

「考えられるのは、このますんなりとマリアナへのリベンジを仕掛けてくる、それかフィリピンへの梃入《てこい》れ、他には……」

「ペリリューは危ない」

名取老人が言った。

「ああ、そうだったわね、この世界ではフィリピンが完全失陥しなかったうえに南方に戦線が伸びなかったせいでアメリカは補給地点に苦労してなかったんだわ。だからペリリューもアンガウルもパラオ諸島は無事だったわね」

地図を睨み岩崎が言ったが、この線が実は彼女も気になっているようだった。視線を暫く動かさないでいたが、おもむろにポンと手を打った。

「司令室に田部井さんいたわよね、呼んでくれる？」

岩崎に言われ高野が受話器を取って作戦司令室の田部井一尉を呼び出した。

田部井は一分もかからずに部屋にやって来た。

「なんでしょう急用って？」

田部井が聞くと何かメモを取っていた岩崎は、そのメモ用紙を田部井に突きつけた。

「これ、武蔵に送って」

「え？」

田部井が受け取ったメモを見て首を傾げた。

「お出かけついでのお使いを頼むのよ、うまくすれば敵が釣れるかも」

「はあ？」

田部井が通信室に行くと、その通信室から今度は岩崎が呼び出された。

「え？　野木さんが機上無線から？」

どうやら九州の築城《ついき》基地から陸軍機に乗った野木が機上無線で岩崎を呼び出したらしい。

急いで通信室に行ってみると、丁度、田部井の指示でドイツに向かって日本の南方一〇〇〇キロ付近を航行中の武蔵に打電している最中だった。その横で音声通話が結ばれた無線機はオンになっていた。

「岩崎です」

ヘッドフォンを付けると、耳元で空電に交じりながら野木の声が聞こえてきた。

「アメリカ機動部隊への対処ってもう命令は出たのか？」

「いえ、今はまだ準備命令の段階。どの程度の攻撃機を用意できるか算定中のはず」

すると野木の鋭い声が文字通り空の彼方から飛んで来た。

「中止させろ。攻撃は待っただ。代わりにすべての攻撃機を硫黄島まで下がらせて、いやB29だけは全機本土まで後退させるよう指示を出せ」

「ちょ。どういうことそれ？」

岩崎が野木の指示する意図がわからずに聞き返すと、野木がまくしたてるように言った。

「敵の狙いはこっちの攻撃力の払拭《ふっしょく》だ。おそらく敵は部隊を正反対の位置に配置してサイパンとテニアンを挟んでいる。どっちでもいい、こちらが敵に攻撃を仕掛けると見たら、向かって来られた方を下げ反対側から仕掛ける戦法だ」

「振り子戦法」

岩崎にも野木の指摘が呑み込めた。このどちらかが囮になる戦い方は、日本の合戦だと川中島の啄木鳥《きつつき》戦法が近いかもしれない。要するにこちらが両方に振り向けられる戦力がないことを見越して、攻撃隊を引っ張るだけ引っ張っておいた上で留守になった基地を襲うという寸法だ。

「ここは忍の一字だ。全攻撃隊を温存し、一撃に賭けさせる」

「わかったわ」

岩崎は無線を切るとすぐに正式の命令書を作り上げ、在サイパン及びテニアンの航空隊に対し攻撃機及び輸送機の全力での移動を命令した。

こうして三時間後には、両島の基地には戦闘機だけが残ることになった。

命令を受けた日本の航空隊指揮官は最初懐疑的であったが、暫くしてこの指示が極めて的確である可能性が判明した。

なんとサイパン島の北北東五五〇キロ付近の海上で敵の機動部隊らしき動きを味

方がキャッチしたのだ。

この時哨戒の中心が既にグアム方面に移動していたため、航空偵察も潜水艦哨戒も最低限しか行われていなかったのだが、航空隊の移動に合わせ機上電探を使用させたのだ。

すると、機動部隊の輪形陣と思われるものの外縁が探知されたのである。

もしグアム方面に向け攻撃隊を発進させていたら、この敵は間違いなく襲ってきたはずだ。

北マリアナの航空隊は、こうして壊滅の危機を脱したが、まだ島が攻撃される可能性は高い。いや、ここまで来て敵が何もせずに帰るはずもない。

こうして、開戦後からずっと続いているマリアナを巡る戦いはこの段階に来てもなお継続されることになったのであった。

まず動いたのはスプルーアンスであった。

「明らかにこちらを探知していると思われたのに動きがない。これは揺さぶるしかないということだな」

振り子戦法の基本として、敵が仕掛けてこない場合はこちらから動いて敵を誘引する状態を作り出すというものがある。

しかし、それには大前提があることをスプルーアンスは気付いていなかった。

彼は単に事前の取り決めどおりに攻撃隊を発進させた。

まず余力を残して半数の航空隊をテニアン攻撃に向かわせたのだ。

戦闘機四六機、急降下爆撃機三二機、攻撃機二八機という陣容でかなり小ぶりであるが、フィリピン海での戦闘で受けた傷の補充がままならぬ現状では仕方ない。

この数字からわかるように、そもそもの囮役がスプルーアンスの役目であるので、打撃力を減じていても問題は少ないという判断であった。

攻撃隊は午後一時一〇分にテニアン上空に到達したが、そこには日本軍の戦闘機およそ三〇機が待ち構えていた。

「敵機が少ないな」

攻撃隊を率いてきた攻撃隊長カーター中佐が呟くが、すぐに無線を切り替え命令した。

「戦闘機隊敵機に突っ込め、攻撃隊は滑走路にかかれ」

命令と同時に米編隊は二手に分かれた。

この敵部隊の迎撃に上がっていたのは、海軍の雷電を装備した厚木航空隊分遣隊であった。本土空襲の危険度が下がったことで、遥々《はるばる》テニアンに派遣されていたのだ。

「到着して早々に派手な迎撃戦を演じられるとはな」

戦闘機隊を率いる及川《おいかわ》少佐が無線のスイッチを入れて吠えた。

「いいかここは敵の誘いに乗ったふりをしろ。戦闘機の相手を務め、敵編隊が去るまでやり過ごすぞ」

こうして米軍のＦ６ＦとＦ４Ｕ混成部隊に海軍の雷電が突っ込む形で激しい空中戦が始まった。

数の上で日本側は劣勢だが、日本の戦闘機は常に編隊をばらさないように留意しながら一撃離脱式で空戦を続ける。

この戦法は、アメリカ側からするとてもやり難かった。と言うのも、これまでの日本軍機は陸海軍ともに格闘戦を率先して挑んできていたからだ。

「この太い腹の戦闘機は、格闘戦が苦手なのか？」

いまだに雷電との戦闘を経験していなかった米戦闘機隊を指揮するラムゼー大尉は首を傾げた。なるほど見た目はパワーがありそうだし、実際加速でもヘルキャットは引き離されるくらい敵機は優速だ。

しかし、試しに尻に食いついてみた味方がくるりと背中を取られ、あっさり攻撃されるのを目の当たりにし、この評価は引き上げられることになった。

「小回りは従来の日本機と変わらない。これは厄介だ……」

これまでの日本機と違ってパワーに頼った戦い方をしながらも、ドッグファイトでも米軍機より小回りが優れているとなれば、この戦闘機相手に従来の戦法は使えないことを意味する。

実は彼は気付いていないが、この時期日本の最前線で戦闘機対戦闘機の戦闘を優先して受け持っているのは、陸軍なら鍾馗と飛燕で海軍はこの雷電の担当になっていた。これは国際救援隊の指摘で零戦も隼も米軍機に対して優位性を保てないとされ、これらの戦闘機は敵の攻撃機や爆撃機といった鈍重な機体のみを相手にするよう指示が徹底されはじめていた。

フィリピンでは敵の絶対数が多かったことからこの図式が崩れてしまった。そのせいでだろう、米側はこの高出力機を正面に立てて新たに組み立てた戦法の実体にこの瞬間まで気付いてはいなかったのである。

この制空戦闘は結果的に混戦となり、両軍ともある意味決定的なアドバンテージが握れないまま時間ばかりが推移していった。

無論この間に攻撃隊は滑走路への攻撃を行っているのだが、掩体壕にもエプロンにも日本軍機の姿が見えなかった。

「地上に敵機がまったく見えない。全機が上空退避したということか？」

カーターは首を傾げた。しかし見渡してもどこにも機影はない。上空では敵味方の戦闘機が格闘しているだけだ。

「とにかく地上施設を叩け」

命令一下爆撃隊は投弾動作に入るが、それを待っていたかのように一斉に対空砲火が始まった。

この対空砲火は、ほとんどが中低空用の中口径の機関砲で構成されており、飛行場の周囲をぐるっと取り囲んでいた。

無論大口径の高射砲も多数配備されているが、こちらはここまで火を噴いていない。これは米軍機が単発の艦載機、そして低高度での攻撃を仕掛けてくるのを見越して沈黙を命じられていたのだ。

小回りの利かない高射砲が迂闊《うかつ》に発砲したら、逆に攻撃目標にされかねないのだ。という訳で高高度を受け持つ高射砲群はカモフラージュネットを被ったまま砲身を水平にし息を潜めていたのだった。

濃密な対空砲火で少なくない米軍機が被弾し炎を上げていく。

皮肉なことに、この時上空を覆った砲火の半分近くがアメリカ軍から鹵獲したM2重機関銃からの弾幕だった。

一世紀を経ても世界中で現役を続けるこの大口径機関銃は、その弾薬の優秀さと銃本体のシンプルでありながら頑強で信頼度の高さが評価されている。

自衛隊でも長らく使われているこの機銃、対空砲としても優秀で高度三〇〇〇付近までカバーできる口径に見合わぬ高性能銃であった。

ちなみに米軍の戦闘機の搭載機関銃もほとんどがこのブローニングM2で構成されている。

味方の残していった重機関銃で狙い撃たれているなど思いも寄らず、米軍の攻撃隊は爆撃を続けるが、やはり対空砲火が濃密で戦果は思うように上がっていなかった。

しかし、彼らはこれで良しとするしかない。

自分たちが囮であることを十分に承知しているからだ。

「引き上げるぞ」

攻撃隊長の命令を受け、すべての爆弾を投下し終えた米軍機は退却を開始した。

これを見て戦闘機隊も戦闘を切り上げ遁走に入る。

「さて、我々も行かなくちゃな」

去っていく米軍の編隊の背を見つめ及川が呟き無線機に告げた。

「厚木空戦闘機隊転進するぞ。赤松中尉被害を纏められるか？」

「了解、把握している限り三機食われてますが、その他に被害は？」

パイロットたちが自分の周囲の機体を確認していく。

「損失三機、ですね。戦果は纏めなくていいんですね」

赤松が言うと及川が頷きながら答えた。

「ああ、こりゃ前哨戦だ。まだ二回戦が待ってるぞ」

「了解」

アメリカ軍機の姿が小さな点となる頃、テニアンの上空を旋回していた雷電隊はおもむろに翼を翻し北に進路を向けた。

その先には水平線にかすかにサイパンが横たわっているのが見えていた。

スプルーアンスの機動部隊では攻撃隊の攻撃終了の報告に幹部たちが鳩首《きゅうしゅ》し思案していた。

「敵の動きが不自然すぎますね。やはりこのままこちらに攻撃隊を寄越さない気でしょうか」

参謀長の言葉にスプルーアンスが考え込む。

「考えられるのは、敵がキンケイドの艦隊の存在に気付いたということだろうな」

スタッフの顔に緊張が走ったが、スプルーアンスはその緊張をほぐすかのように
ふっと微笑んだ。

「どうした？　この状況までを組み込んでの作戦だろう。我々は粛々と次の一手を
準備するだけだ」

一同が頷いた。

「了解しました」

スプルーアンスが帽子を脱いで頭を撫でながら通信長に命じた。

「さて、敵に我が海軍の本気を見せてやろう。しっかりキンケイド艦隊に聞こえる
ように、第二次攻撃発進準備中を打電しろ」

スプルーアンスはぐっと拳を握った。

「戦いの本番はここからだ」

3

キンケイドが率いているのは、二群の空母部隊。現在二個の輪形陣が一〇キロの距離を隔て南南東へ突き進んでいた。

この時点で部隊は、サイパン島まで三八〇キロの地点にまで接近していた。

「日本軍がスプルーアンス艦隊の誘いに乗らなかった。つまり、我々の所在を敵が感知している可能性が大きいな」

キンケイドは短気で有名だが、この時も苛立ちを隠そうとしていなかった。

「敵機への備えを万全にすることだ。ジェントルマンの諸君に戦闘機の準備を怠らないよう伝えてくれ」

副官のマードック大佐にそう言うと、キンケイドは大きく深呼吸をし自分を落ち着けようとした。彼が言うジェントルマン諸君とは、後方の輪形陣の中央に位置する二隻の英国小型空母のことだ。

太平洋戦線での度重なる空母の損失は、アメリカの戦略全般に狂いを生じさせた訳だが、スターク海軍長官はイギリスと折衝し大西洋海域では用途が限定される英国空母のうち、機種変更時期と重なりインド洋に派遣できないでいたハーミーズとイーグルを借り受け、パナマ運河経由で太平洋に送り込んでもらった。

同時に本来は英国に供与する予定だったカサブランカ級護衛空母二隻と新造されたばかりで訓練を終えた直後のエセックス級空母バンカーヒルで一個空母群を作り同行させた。

これがつまりキンケイドの率いる機動部隊の正体である。

今回の作戦で英国空母の役回りは主に艦隊の護衛に主眼が置かれた。と言うのも、正直機種をアメリカ製に変更したばかりで、長距離の攻撃計画に同行させるのにキンケイドは技量的に疑問を抱いたからだ。

イーグルとハーミーズにはF6F戦闘機とアベンジャー攻撃機が搭載されている。しかし、キンケイドは英軍の攻撃機隊を発信させる気はないようであった。そもそも二隻の搭載機を足しても攻撃機は一二機にしかならないのだが。

それよりは艦隊防空の要として機能してもらえれば、攻撃隊の護衛戦闘機の数を増やせる。

というわけで、キンケイドは自分の空母部隊から攻撃隊発進を命令した。

目標はサイパン。先ほどのテニアン攻撃との時間差は、そもそもは日本軍を誘引するためのタイミングを見図るためだったが、スプルーアンスが第二次攻撃の準備に入ったということは敵は自分たちの艦隊の存在を既に知っていると見るべきだった。

という訳で合計九六機の攻撃隊が発進し終えたのは、テニアン島空襲が終了して三〇分後のこと、現地到着予想時間は午後三時を回ったあたりとなった。

キンケイドは手ぐすねを引いて日本軍機の襲来を待った。

しかし、警戒艦からもバンカーヒルのレーダー室からも敵編隊探知の報告はついに来なかった。

そしてサイパンに到達した攻撃隊を待っていたのは多数の日本軍戦闘機の姿であった。

この時日本の守備隊はサイパンとテニアンの両方を守り切ることを諦めていた。

しかし、それを悟らせないために最初のスプルーアンス部隊の空襲を迎撃させた。

その迎撃戦闘機隊を吸収し全力でキンケイド部隊からの攻撃を跳ね返す。

だが代償として、テニアンに薄暮《はくぼ》に襲ってくると思われるスプルーアンスの第二次攻撃隊を迎え撃つ兵力はなくなる。

テニアンの価値はサイパンとセットで意味を成す。あまりに近い位置のため、日本軍の逆襲でも最初は占領を免れながら、テニアンは反撃のためのジャンプ台としては全く機能しなかった。

これは逆に考えてみると、テニアンだけを攻略してもあまり意味はないということになる。航空基地を設けるくらいしかできない島なので、ここに早期に航空部隊を送り込んだとしても、またもサイパンから襲撃を受ける確率が高いだけだ。

日本が攻略を後回しにした背景もここにあった。

いや、そこにはさらに狡猾に一機でも多くのB29を分捕ってやろうという計算もあった訳だが。

こうして手ぐすね引いて待っている日本軍の只中にキンケイドの攻撃隊は突入した。

テニアンから移動してきた雷電、そして陸軍の鍾馗と隼、さらに海軍は零戦も二一機をこの戦闘に投入した。その結果、日本側は実に九〇機を超える戦闘機で敵攻撃隊を迎撃することができた。

これはもう戦闘機の数で見ればほぼ二対一で、とても米軍側のかなう数字ではない。

「ブレーク！　敵の中に突っ込むな！」

予想を上回る敵機の待ち伏せに米編隊は完全にパニックとなった。

そして日本側は最初から分業制が確立しており、対戦闘機戦闘には雷電と鐘馗が突っ込んでいき、散開した攻撃機には身の軽い零戦と隼が挑む。

完全に戦闘は日本の主導権の下に進められ、米側は満足に爆弾を投下できた機体が数えるほどしかいないという失敗攻撃となった。

そして被撃墜数でもそれははっきり数値化された。

戦闘機一八機と爆撃機一七機、攻撃機一一機が失われた。

日本側は鐘馗三機と雷電四機、零戦と隼それおぞれ二機が失われたに過ぎない。

完全なるワンサイドゲームだ。

しかし手放しでは喜べない。

サイパンの防衛には成功したが、その空戦が終わり補給の行われている最中にテニアンが再度空襲を受けた。

この攻撃で航空基地の機能は一時的にだが失われた。レーダーも無線設備も被害を受け、滑走路には無数の穴が穿かれていた。

ある意味この戦いは、一勝一敗と言えるが実質的には日本の戦術的負けだと国際救援隊は判断した。

「敵のサイパンへの固執は予想以上だったということか」

被害報告を纏めながら野木が苦々しそうに言った。東京に戻った時には、既に最初のテニアン空襲は終わっており、ヤキモキと報告を受け取る以外にすべきことはなかったのだ。

「まあ攻撃機部隊を温存できたのは大きいわ。もし、これが挟み撃ちだと見抜けなくてどちらかの空母部隊に攻撃を仕掛けていたら、大やけどを負ってしまうところだったもの」

ほっとした表情でお茶を飲みながら有川が言った。

「敵は今頃なぜ我々が攻撃してこなかったのか頭を捻っているでしょうね」

岩崎が言うと一同がにやっと笑った。

「どんどん深読みしてくれると期待したいですね」

高野はそう言うと地図の上の一点を睨んだ。

「こっちの秘策に向こうはまだ気付いていない。そこには自信がある訳ですが」

この高野の言葉を受けて野木が腰を上げ、やはり地図の前に立った。

「木下一佐たちはそろそろ小笠原に着く頃だったね」

岩崎がちらっと壁の時計を見上げた。

「そうね、予定ではもう到着しているはずね。部隊の状況に関して特に報告って来てる？」

「ああ、そんなら今朝騒ぎが起きる前に最終試験が終わったって報告書を読んだっすよ」

讃岐がそう言って机の上をかき混ぜ始めた。そして一枚の書類を引っ張り出して指で弾いた。

「これで、畳み込みの第一段階が始まってしまうが、その前に武蔵をインド洋に送り込めるかどうかも気になるな」

野木が腕組みをして言った。

「ああ、そう言えば、今朝その武蔵にある指示を出しておいたわ」

岩崎が言うと、他のメンバーが興味津々といった顔で彼女に視線を集めた。

「いったいどんな？」

それは指示を受け取った武蔵での会話を時間を巻き戻してみた方が早い。

「ここに砲撃に向かう意味とは？」

武蔵の艦長の斉木大佐は、最初飛び込んできた指示に首をひねった。

だが程なくして入って来た「敵機動部隊マリアナ接近」の報告になるほどと膝を

打った。

「敵に撃たせるだけ撃たせて、懐《ふところ》を軽くさせてここまで舞い戻らせる。タイミング的には我々がたどり着く方が早くなる。そういうことか」

岩崎が指示したのは、南下を続ける武蔵艦隊に、米軍がフィリピンへの輸送ルートの中継地点として作り上げた一大補給基地コロール環礁への砲撃というものであった。

なるほど、マリアナへの攻撃を終えた米軍は補給を必要とするはずだ。

それも、フィリピンへの支援を続けなければならないスプルーアンス艦隊はなおさらここで補給をし、早急にマッカーサーの元に戻る必要があるだろう。現在フィリピンにいる海軍は、フレッチャーの非力な艦隊だけなのだ。

岩崎の狙いが当たれば、スプルーアンスの艦隊が受けるはずの補給物資を武蔵艦隊が叩けるというものだった。

しかし、同時に薄氷を踏む戦術にもなりかねなかった。

武蔵の存在をアメリカに知られれば、スプルーアンスの空母部隊の追撃を受けるかもしれないのだから。

しかし、岩崎はこの作戦は成功すると踏んでいた。

アメリカは自陣の奥深くに日本が仕掛けてくることはないと信じ込んでいる。そう彼女は判断していたからだ。

この読みは当たっている。アメリカはまだこの期に及んでも油断しきっているのだ。

ただ、この指示の待つ先に日本側が読み切れていなかったある誤算が待ち構えているのであったが……。

小笠原に海軍の駆逐艦でやって来た木下と大島。二人はある部隊の様子を見るためにやって来たのであった。

父島の大きな入り江に入った駆逐艦雪風の前に、ずらっと翼を並べた二式大艇の姿が目に飛び込んできた。

その数実に三〇機、どれもまだ完成したてのピカピカといった機体だ。

しかし、よく見ると二種類の機体があることに気付かされる。

そのどちらもが従来の二式大艇とどこか趣《おもむき》が違っていた。

それもそのはずで、ここに居並んでいるのは両機種ともに特殊攻撃機の名が課せられた機体だったのである。

説明すると、まず一機種が主翼下に専用の爆弾架を有する爆撃機型で、もう一機種は機体後部に大きな変更の加えられた武装の少ない物。こちらの機体は明らかに窓の数が少なかった。

「あれが三式タンカーですか」

大島一佐が感心した風に言った。

「ええ、日本海軍初の空中給油機です」

木下が微笑みながら解説した。

そもそも二式大艇は通常のミッションでも二四時間の連続飛行が可能だ。実はこれに空中給油を行うことで三七時間もの連続飛行を行わせようという作戦が進められていた。

今目の前に並ぶのは、その作戦に参加するための特殊部隊『コウノトリ部隊』であった。

まあ片割れが大型爆弾を載せるように改造されていることからもわかるように、目的は長距離の爆撃作戦だ。

しかし、そんな遠大な攻撃距離の作戦とはいったい何を想定しているのか。

ここで振りかえられるのが、国際救援部隊本部でかつて行われた喧々諤々の攻撃目標決めの論争だ。

あの席で春日部教授が口にした言葉。

「ハワイでも攻撃すればいい」

そう、目の前に居並ぶ二式大艇にはまさにそのハワイ爆撃が可能な能力が付加されている。

では、彼らの攻撃目標は本当にハワイなのか？

実は、それはまだ不鮮明なのである。

とりあえず機体を完成させ、作戦案は立てたものの、実際にこれにゴーサインを出せるかがまだ微妙な情勢なのだ。

実はここに木下と大島が乗り込んだのも、その作戦の可否と目標選定のやり直しが必要かどうかの判断のためであったのだ。

「そんなに素直に作戦をやらせてくれるほどアメリカは甘くないと思うのですがね」

木下は腕組みをしたまま、ずらっと並んだ大きな翼を見つめて言った。

「まあ確かにそうですな」

ちょうどその時、テニアンとサイパンから退避し日本本土に向かうB29、いや戌式爆撃機の群れが小笠原上空を通過していった。

木下も大島も、まさかその自分たちの上を飛んで行く機体と目の前の機体が一つの作戦に組み込まれていくことになろうとは夢想だにしていなかった。

とにかくまだ戦場は混沌の香りに満ちており、その行き着く先はどれも予断許さぬものとなっていた。

これは攻撃を終えたアメリカ側にも言えた。

「キンケイドの艦隊はハワイに戻って再編成の必要がある」

報告を聞いたスプルーアンスが大きくため息を吐いた。

「あの島をもう一度手に入れるには、いったいどれほどの犠牲が必要になるのだ。そして日本に勝つにはどれだけの戦力が必要なのだ。今の私には全く見当もつかない」

彼が愚痴りたくなるのも道理であろう。

この五か月でアメリカ軍が被った損害の量は、開戦から一年でアメリカが被った損害の五倍にまで達したのだ。目指す高みの屋上にあと一歩まで登ったところで、突然建物の床がすべて抜けてしまったかのような絶望を太平洋の将兵は味わっている。

「仕方ない仕切り直しだ。ただし、明朝もう一度テニアンに空襲を仕掛け、それから我が艦隊は泊地へ戻る。ここで我々が手を出さないとキンケイド艦隊が追い打ちに会う危険があるからな」

という訳で、スプルーアンスは今一度の攻撃を仕掛ける決意をした。

まあこの判断が後に戦線すべてに大きく影響することになるのである。

しかし、それを彼もそして日本の国際救援隊も全く予見できてはいなかった。

こうして航空機隊を大きく減じたキンケイド艦隊の退避の時間稼ぎをスプルーアンスが決意している間にも、各地では戦闘が継続し時間がどんどん流れ過ぎていた。

フィリピンでは相変わらず過酷な戦いが続いていたし、欧州戦線でもドイツがイギリスを相手に戦闘を繰り広げている。

無論アフリカでもドイツは米英軍と戦っているのだが、そのドイツの占領圏の中にいまやすっぽりと紅海とスエズ運河が含まれてしまっていた。

最初はおっかなびっくりその紅海に侵入した伊号二〇潜水艦であったが、そもそもこれだけ透明度の高い海では潜水しても意味はなく、堂々と水上走行していく意外に早く抜ける手段はない。というわけで、スエズ運河に入るまで全速で航行した伊号二〇潜は、運河の閘門《こうもん》部で順番待ちをする間に、驚くほどの数のドイツ軍機が上空を警戒し続けている光景に出くわした。

「こりゃ驚いた」

司令塔の上から空を見上げ、トロピカルカラーに塗られたメッサーシュミットBf109Fやフォッケウルフ Fw190Aの姿を見上げ西岡二尉は呟いた。

「この世界のドイツは本当に一味違うみたいだな。どうやら違っていたのは総統だけじゃないみたいだ」

彼はそう言うと隣に立った江原医師を見たが、彼は小さく肩をすくめてこう言った。

「その私たちの知らないヒトラーという総統のことを、私に色々調べろとか日本の皆さんも無茶を言う」

西岡も頭を掻きながら頷いた。

「私もベルリンに入ったらいろいろ動いてみますけどね。それにしても、五か月近く私たち何をしてたんでしょうね。まさか同胞のはずのドイツの国家総統の名前が、私たち令和から見た過去の『ヒスター』と違っていたことに全く気付かなかったなんて」

「まあ経歴なども似てましたし、何よりヨーロッパに目を向ける余裕なんてないくらいに日本の戦況は逼迫《ひっぱく》しておりましたからね」

江原はそう言うと日本から持参してきたデジタルカメラで上空のドイツ軍機を撮影し始めた。

「そう言えば気付いていましたか西岡さん」

「え？」

西岡が首を傾げると、江原が今撮影したドイツ機の写真の尾翼をすっと拡大して見せた。

「このドイツ軍機のテールレター、私たちが知っているのは『卍《まんじ》』でしたよね」

「ええ」

江原はさらに画像を拡大した。

「この世界のカギ十字は我々世界のそれとは逆向きです」

「あ……」

どうも、日本ではまだこう言った差異に関して誰も突っ込んで考察をしていなかったが、実はもっと早い段階でやっておくべきだったと後で後悔する人間が一人いた。

その男は、今日も伊東の謎の研究施設の奥深くで一人謎の機械を相手になにかの実験を繰り返しているのだった。

「世界を滅ぼすわけにはいかん。消滅だけは回避するのだ……」

春日部教授は徐々に色濃くなる狂気の瞳で計器を睨み続けるのであった。

戦争だけではなく、どうもこの世界そのものの行く末に暗雲が絶ち込めてきている気配であった。


（次巻に続く）

コスミック文庫

超時空イージス戦隊 2
対艦ミサイル奇襲攻撃！

2021年11月25日　初版発行

【著 者】
橋本《はしもと》　純《じゅん》

【発行者】
杉原葉子

【発 行】
株式会社コスミック出版
〒154-0002 東京都世田谷区下馬 6-15-4
代表　TEL.03(5432)7081
営業　TEL.03(5432)7084
　　　FAX.03(5432)7088
編集　TEL.03(5432)7086
　　　FAX.03(5432)7090

【ホームページ】
http://www.cosmicpub.com/

【振替口座】
00110 - 8 - 611382

【印刷／製本】
中央精版印刷株式会社

乱丁・落丁本は、小社へ直接お送り下さい。郵送料小社負担にて
お取り替え致します。定価はカバーに表示してあります。

ISBN978-4-7747-6327-9 C0193